論創ミステリ叢書

31

風間光枝探偵日記

木々高太郎

海野十三

大下宇陀児

論創社

風間光枝探偵日記　目次

風間光枝探偵日記

科学捕物帳　海野十三

凡例

一、「仮名づかい」は、「現代仮名遣い」（昭和六一年七月一日内閣告示第一号）にあらためた。

一、漢字の表記については、原則として「常用漢字表」に従って底本の表記をあらため、表外漢字は、底本の表記を尊重した。ただし人名漢字については適宜慣例に従った。

一、難読漢字については、現代仮名遣いでルビを付した。

一、極端な当て字と思われるもの及び指示語、副詞、接続詞等は適宜仮名に改めた。

一、あきらかな誤植は訂正した。

一、今日の人権意識に照らして不当・不適切と思われる語句や表現がみられる箇所もあるが、時代的背景と作品の価値に鑑み、修正・削除はおこなわなかった。

一、作品標題は、底本の仮名づかいを尊重した。漢字については、常用漢字表にある漢字は同表に従って字体をあらためたが、それ以外の漢字は底本の字体のままとした。

風間光枝探偵日記

風間光枝探偵日記

離魂《りこん》の妻

木々高太郎

一、馬わきの会社

六条子爵は、遠乗りから不機嫌になって帰って来た。

孤独の遠乗りで不機嫌になったのも一つであった。いつも遠乗りに一人で出かけることはなかった。誰か、仲のいい友人か、或いは女の友達かあるのが常であったが、今日は誰もなかった。

止むを得ない事情で、——というのは、休暇は毎夏二週間しかないので、子爵にとっても止むを得ないということがある——今日は一人で出かけ、深い山の中で、木樵《きこり》の子供であろう、藁草履をはいて、木の枝を背負って歩いて来た八九歳の子供を怪我させたり、道を迷ったりして、今やっとホテルに帰りついた。

ホテルの灯がうす暗《やみ》のうちに見えてきた時にはホッとしたが、やがてホテルの玄関についてみると、今日はまた頗る混みあっているらしい。子爵は、混みあっているホテルが嫌いであった。

妻が病気してから、山の別荘は閉じたままにしてしまった。休暇も僅かなのに、わざわざ別荘を開いて、下僕や女中をつれて来る大がかりな避暑は御免であった。それで、このホテルの一番いい部屋をあらかじめ取っておいて、休暇の日数だけきっかりやってくることにしてから、もう三年にもなるのである。

尤も、このホテルというのが、父の子爵が重役をしている時に父の発議で建てたものであり、支配人も副支配人も父の息のかかった者で、建てた当時は父も、別荘に家族を置いて、自分はホテルへ来て泊っていたものである。

「今日は混みあってるな。東京は暑いと見えるな」

「おお、閣下でしたか。混みあってることも混みあっていますが、西洋人が三人ばかり来ています。それで、警戒に来ているのです」警部は、巡査を一人つれていた。下りようとする六条子爵を、助けるような気持ちを見せながら、それでも、馬の手綱を取ろうとはしなかった。子爵の馬は相当荒らいということを、この警部は知っていたからである。

ホテルの馬係の男が、子爵の手綱を受け取って、廏の方へ引いて行ったので、子爵はいきなりホテルの玄関を入ろうとすると、警部が秘密の話らしく、ちょっと子爵を牽制するような身振をした。

「何だ。まだ何かあるのかね」

「はい。実は東京の警視庁の方から通謀がありまして、憲兵隊と協力して」

「何？　何か犯罪か？」

「それが、我々にはさっぱり判りませんので——直接に警察部長が来ていますので」

「警察部長が？　ふん、この県の警察部長は誰かね」

「はい、岸生田《きしおだ》という人ですが、それが自分で、平服でやって来ています。外《ほか》のものには言えないことと見えまして、——それで六条検事に御挨拶はせぬことになると思うからと言うので、私から予め閣下の御了解を得ておいてくれ、と申して居られましたのです。それで私共は、先生の馬を待って居ったわけでして」

「ほう。何しろ、僕には関係のないことじゃろう。——憲兵隊と言うのは？」

「それも、私服でやって参って居ります」

「じゃあ、君達二人だけだね、制服なのは——公の執行は君がやるわけだね」

「はい、必要があれば——です。現につい二時間ほど前に、半ば公然とお客の持ち物を調べました」

「半ば公然と？」

「そのために、サクラをやりました。私服の刑事が、盗棒《どろぼう》の真似をして、その調査のあげく引っぱられて行ってみせて、それでお客達はやっと得心が行ったことと思います」

「反間苦肉の策じゃね」

「はあ」

「わしの部屋はどうしたかね。――」

「閣下のお部屋は、私が開けて、そして閉めたばかりです。部長もよかろうと申しますので、尤も今朝閣下の出かけなすってから誰も出入りをしませんから」

六条子爵は、黙ってうなずいた。

急に空腹を感じたので、手真似で警部に挨拶をして、ホテルのうちへいそいで入ったのである。

二、義母《はは》の幽霊

ホテルのオフィスには、なるほど、今日は支配人も副支配人も顔をそろえていた。つとめて、何気のないような風をするように命じてあると見えて、ボーイやメイド達は、いつもの通りに立ち働いているが、知っているものの眼からみると、その底に何か好奇的な、詮索的な、気持ちが一同のうちに動いていることが判って、むしろ滑稽であった。

「僕の鍵をくれ」子爵は裁判所で廷丁に命ずるような口調で、オフィスの前に立った。するとボーイが、鍵を渡しながら「ちょっと」と言って、いそいで支配人に耳うちをした。

支配人が、子爵の前に顔をよせて、「閣下のお留守に、伊集院様がお見えになりまして――」と言った。

「何?　伊集院?　おばあさんか?」

「はい、御老人でございます」

「どこにいる?」

「唯今、お食堂へ出て居られますが……」

子爵はギョッとして、フロント・オフィスより見える食堂の入口を眺めて、急に険しい顔になった。


「何時頃に来たのかね。それで、わしの義母だということを君は知っていたかね」

「はい、伊集院様が、そう仰言られましたので、始めて判りました。午後四時頃の汽車でおつきになりまして、何か御心配の御様子で、あなた様に早くお眼にかかって帰りたいと仰せられて居りました」

「わしの妻の母だよ。もう六十歳——そうさ七十歳位になるよ」

「一人で来たかね」

「は、おめにかかったところでも、そのようでございます」

「はい、ただお一人でございますが、御老人にしては中々しっかりしていらっしゃるようでございます」

「ちょっと逢うの——まずいな」

子爵は妙なことを言い出した。

「では？」

「あとで、なるべくあとで逢うようにしよう。ゆっくり食事をして居られるだろう。食事となると、のろい人なのでね。——それで、泊ることになっているかね」

「はい、始めはそのようでございました。ところが、困ったことに、お部屋がないのでございます。あなた様の御母上ならば、お許しさえあれば御同室でもと考えましたが、とにかく、そのことを申上げました。すると、ちょっとあなた様にお逢いさえすればよいので、帰ると申して居られます。立ち入ったことを伺ってしまって、申訳ありませんが、何でも、お孫さんで二十幾歳《いくさい》かになる方が、一週間ばかり行方知れずになった、心当りをお探しのような御話でした」

「ふうん」

「それで、このホテルにそのような心当りがないか、とのお話ですが、何しろ二十幾歳位の方は一日に何名と来られるのですし、皆目わかりません。それに閣下の居られるうちなら、閣下が御気付きでしょう、と申しましたら、さあ、頭の中がいそがしい人じゃから、気付いてくれているかどうか判りません、と言って居られました。――ともかくも、閣下のお部屋に休んでいただいて、ホテルの宿泊人名簿などここ十日ばかりの間のを調べて差上げました。あなた様のお帰りがおそければ、置き手紙でもして帰る、と言って居られました」

「ふうん――」

子爵は、とにかく二階の自分の部屋に上った。

見ると、荷物は、自分のものだけで外《ほか》には何もない。義母なら洋装かも知れない。すると、山の寒さを考えて、ジャケツ位は持参していはすまいか――或いは洋傘《コウモリ》位は――しかし、部屋には、何もなかった。

子爵は、怖いものを探すように、部屋の中を精査し、気がついて箪笥のうちをも、一つ一つ抽出しをあけてみた。何《いず》れも、今朝自分が出て行った時と変化はない。

子爵はベルを押して、ボーイを呼んだ。

「おい。ドクトルは食堂ではないかね。君は知ってるかね」

「山路先生ですか。知って居ります。今し方食堂へ出られたようです」

「行って、そう言ってくれ、お一人ならわしが、今行って食事をするんだが、御同席いたしたい――と」

三、幽霊と離魂

子爵はボーイからの返事を聞いて、直ちに食堂へ出た。

食堂の入口で、ゆっくりなかを見廻すと、隅の方の席に、なるほど義母がいた。珍らしく、和装である。義母は家庭では老人の癖に洋装の方が多かった。それは若い時に父の大使につれられて、多くは欧羅巴《ヨーロッパ》や亜米利加《アメリカ》で生活していたからである。ところが写真を撮る時には、わざわざいつも和服を着てとるのが癖であった。今、向うの隅に坐って、落付いて食事をしているのは、和服を着た、確かに子爵の義母であった。

子爵は義母の横顔を見ると、ギクリとしたようにあわてて眼をそらした。あたかも、俺は見なかったのだ――と自分で自分に言って聞かせるかのように、ちょっと気色ばんで、すぐに、ドクトルの席のところへ、大股に歩いて行った。

「やあ、六条さん、今日は一度もお眼にかからなかったですね」

「山路さん。実はね、幽霊が出ているのです」

「幽霊が？　なるほどね。いかに××院検事でも、幽霊は拘置出来ませんかね」

山路ドクトルは、冗談だと思って、からかうような一言を洩らしたが、相手の顔をみて、おやと思った。

「どうも、これは始めての経験ですね。死んだ人が、そのまま現われるってのは、幽霊と名付くべきでしょうね？」

「言葉の字義から言うと、正に、そうですね」

「それでは確かに幽霊です」

「幽霊だとすると、私にも見えますか」

「あんたにも見えますよ。何しろ、ホテルの支配人やボーイにも見えるのですから」

「ほう」

山路さんは、まだほんとうにはしないらしかった。

「したが、検事さん。日本の法律には、死んだ人が、何年もたって生きて出て来たら――つまり幽霊が出て来たら、それを警察なり検事局なりで、引っ捕えるということは条文がありませんかね」

「そんな条文はありませんね——ただし、それがほんとうの幽霊でなくて、その幽霊を騙る奴だったら、引っ捕えることが出来ますね」

「では、それではありませんか」

山路ドクトルに注意されるまでもなく、子爵の頭のうちには、それがあった。それは警部も来ているし、極《ご》く容易なことだが、しかし何しろ、自分の義母を名乗って来ている。しかも、見たところ、まるで義母に見える——それを、引っ捕えるというのは困ったものである。もっと別の方法で、その正体を見現わす方法はないであろうか。

「ドクトル、あれですよ。ほらあのテーブルの、老婆なのです」

子爵は、何か心が据ったとみえて、ドクトルにその義母の幽霊を教えた。

「あれが私の義母だと言って、今は私の留守にホテルに来ているのです。まだ逢いませんが……」

「ほう、まるで人間ですな。いや確かにものを食べていますよ。したが、そのあなたの義母の方は、いつ頃お亡くなりになったのですか——」

「そうです。昨年です」

「昨年——してみると、まだ、御在世のことばかり信じている人が、世の中には沢山ありますな」

「そりゃあ、ありますよ。私の親戚のもの以外はね」

「すると、そのうちに、何かあなたを騙ろうとする人があってもいいわけですね」

「騙ると言ったって、ホテルには何も来ていません。騙ったとて、知れたものですよ」

「そうですね。大がかりなことを騙ると言って、あなたが検事だということを、知らぬのじゃあるまいし——一体そのあなたの御母上というのは、病気は何でお亡くなりになったのですか」

「病気は腎臓炎だということでした。尿毒症だったかな、何でも、そんな病気であったはずです。病気と幽霊と関係がありますか」

「いや、ないとも言えますまい。しかし腎臓炎や尿毒症の幽霊ってのは、似合いませんな。それが、せめて肺病であるとか言うならね、幽霊というのもふさわしいですがね」

二人は、初めはちょっと不気味な感じに襲われた、が話しをしているうちに、段々平気になっていった。そして、こんな話をそれでも遠慮して小声で話しているうちに、思いがけない、もう一つの事件が起きた。

一人のボーイがやって来て、小声で、子爵に耳うちしたのである。

「閣下、奥様が唯今の汽車でお着きになりました。そして、お食事はゆっくりおすませ下さるように、御待ちして居られます」

子爵は、今度はほんとうに蒼白になった。

「何？　わしの家内だって？」

「はい」

「間違いないのかね」

「はい。奥様でございます。私は一度もお眼にかかって居りませんが、支配人は、五六年前にお眼にかかっていますから、よく判って居ります。支配人の方から御挨拶を申上げた位です」

子爵は、とっさに落ち着いたらしかった。

「よろしい。待たしておいてくれ」

「六条さん、まさか、また幽霊ではありますまいね」

山路ドクトルが、そう言うと、再び子爵の顔は蒼白になった。

「はあて、今日は気味のよくない日です。尤も、私はね、山で木樵の子供を馬にかけましてね。実は、それが馬を下りられぬような山道だったので、ややあって痛そうに子供が立ちよって、恨めしそうにこっちを見て、さてあちらへ歩んだので、まあ大怪我はなかったものと考えて、帰って来ましたが、それに、狐狸の仕業があるというのですかな――妻は、もう三年越肺をやられて、海岸のサナトリウムに寝ています。一週間ばかり前に一度行ってみましたが、勿論、立ち上ることもできない重態で――さては、今日あたり危篤に陥ったのでしょうか。それで、妻の母の幽霊が来たり、妻自身の幽霊が来たのでしょうか」

「それは、私の領分ではなく、ドクトル、むしろあなたの領分ですな。とても、思いもかけないことです」

「では、一週間の間に、どんどんよくなって、奥様がこちらへ来られるということは――」

「では、昔から言う、離魂ですな」

「え？　離魂？」

「そう言うじゃあ、ありませんか――きっと支那からの伝説ですな。神魂が分離して、同一人の二体を現《げん》ず――という、支那の疾病ですな。つまり奥様の二体が現じて、一体は病院に、一体がここに来られたというわけですね」

四、以夷《いい》制夷《せいい》

子爵は、それから食事を終るまで黙りこくってしまった。

この二つの不思議なもの、この二つの心得がたいものを、どう取り扱ったらいいであろうか。

子爵は、検事を職としているので悪漢や不正を恐れなかった。しかし、これはまるで見当のつかぬ、不馴れなものであった。しかしその見当のつかぬ不馴れなものも、二つ一緒にやってきたら、案外毒を以て毒を制することが出来ぬ事はなかろうと、とうとう最後の方策に辿りついたのである。

食堂を出る時に、義母の幽霊は、もう食事がすんでしまったのであろう、テーブルにはいないことが判った。子爵は伝票にゆっくり署名して食堂を出た。そして、ホテルのロビイの方へと、わざとゆっくり歩を運んだのであった。

そして、ロビイの椅子を、ずっと眺めまわしているうちに、殆ど「呀《あ》っ」と叫びそうになった。いる。正に、それは妻の直子であった。おお、それにしても遠くから見て、そっくりである。一週間前には面窶《おもやつ》れのした、眼に隈のついたさながら幽霊であった妻が、ここでは若々しくなり、五六年前の直子そのままであった。子爵がもう四十歳になるから妻の直子は三十五歳になるはずである。妻はなるほど、あの隅の椅子にかけて、落ち付いて今やボーイの奉仕している冷たい飲物に口をつけるところであった。

子爵は迷った。これは妻として遇すべきであろうか。それが出来るであろうか。或いは、いきなり「君は誰ですか、僕の妻と名乗って、ここに来たのは何のためですか」ときめつけるべきであろうか。

迷ったまま、子爵は妻の姿をした女の方へ歩いて行った。そして顔を見合わせた瞬間に、自然に妻として遇するという、最も不思議な方法を取ることになった。というのは、女は子爵の顔を見ると、直ちに立ち上って「あら、あなた」と小さい声を立てた。

それは正に、彼の妻の癖を、一年に亙って研究し、練習した名女優とでもいうように、殆ど全く、彼の心のうちに、妻の意識を齎《もた》らしてしまったほど、決定的にうまかったのである。

それが妻の癖で、容易に二の句をつがず、まず彼の洋服のささやかな塵屑を見つけて、右手でそれをつまみとる仕ぐさを、この女も、その通りにしたのであった。

「おお直か、海岸からずっと来たのか」

子爵も自然に、第一の質問が口から出た。女はニッと笑った。その笑いも、妻を髣髴させるものがあった。しかし、この女は妻の直子よりも、はるかに整った顔をして、はるかに美人であった。そして、何よりも子爵の感じたのは、この女が、妻よりもはるかに年若であるということであった。

ある。年の若いのをかくして、直子位の年齢に見せかけていることだけを、子爵は僅かに見破ったので

「ええ、皆《み》んながとめるんですけど、逃げるようにして汽車にのってしまったの——だけど、ほら、用意はあるの」

女は、そう言ってハンケチに包んだ、薬瓶をさし示した。

「医者が、いいと言ったのかね」

「いいえ、いいとは仰言らないの、ただ、黙認するといった様子だったのですわ」

それは充分情慾をこめた言い方であった。

子爵は、久しぶりで、妻の媚態を感得して、我知らずこの女を妻と思い做《な》すような感じに襲われた。

「それで、いつ帰るのだい。帰らなければ叱られるだろう?」

「まだ、来たばかりで、帰ることなんか判んないわ」

「どうせ、今夜はもう帰れないよ。泊るより手はないよ。汽車のうちで夜をあかすのは、身体のためによくないだろうから」

「ええ」

女は、素直にうなずいた。すると、子爵は突然に、気味悪くなって我に帰った。

いたずらかな——自分を、どこかで知っている女が、あとの物笑いにしようとして、いたずらをしているのだろうか。そうとすれば、会話の最初のきっかけで、この女は勝利を占めてしまったのである、と言わなければならぬ。悪戯でもいい、こっちにも同じきっかけで、今夜はこの女を泊めてみるという手がある。

子爵は、以夷制夷を思い出した。

「おい。実は、小石川のお母さんが来ているのだ」

「お母さんが？　小石川の？　私のお母さんのこと？」

「うん、まだ逢わないが、お前よりはやく、今日の午後のうちに来て、僕は夕方馬から帰って来たものだから……」

不意の陥穽《おとしあな》に逢って、女はさすがに困惑したらしかった。

「あたしのお母さんて？　死んだお母さんなの？」

子爵は黙っていた。これは図星であった。

「おかしいわ――だけど、私病気でお母さんのお葬式には出られなかったのだから、お母さんはまだ生きてるみたいだわ、あたしお眼にかかりますわ」

おい、おい、何を言うのだ。死んだお母さんが来ているはずはないじゃあないか、と子爵は言おうとして、何か果てない混乱に陥ってしまった。それは、女を陥れる穽《わな》だったものが、今や自分で自分から陥《お》ちこんだ感じであった。

「尤も、お母さんは、孫の誰だか――ほら、恒雄か何かだろう、旅に出ると言って出たまま帰って来ないてんで、心配して探しに来たと言うのだがね――僕に用事のあるわけもないので、もう帰ったかも知れない。――」

子爵が註釈を加えるように、こう話しをしていると、女は真面目になって、じっと考えていた。その時は、妻を装う気持ちがなくなったと見えて、妻とは似ても以つかぬ顔付となってきた。すると、この顔はかすかに愁いを含み、何かを胸算用するらしく、その果てに、腑に落ちた輝くような美しい顔となった。

子爵は、改めてこの女に惹かれた。

「では、部屋に行ってみよう」

女は、うなずいて子爵のあとについて来た。おい、どっちが間違っているのだ、俺か、お前か――しかし、もしも間違っているんなら、俺の方では失うところは何もない。お前の方では、貞操を失ってしまっても仕方はないではないか。——子爵は、自分の方に失うものがあるかと、頻《しきり》に検討しているのであるが、それは一つもなかった。

夜中に、この女の良人《おっと》というのが出て来て、扉《ドア》を叩くということがあったら？——せいぜいその位のところであろう、何も、それだって俺の方には少しも失うところはない。この女は、俺の妻だと言ってやって来ているではないか——。

子爵は女を伴って、自分の部屋に帰ってみた。それは二間つづきの部屋で、一方は寝室となっているし、一方は深々とした椅子が置いてある居間になっていた。その居間の一つの椅子に、伊集院の母と名乗る女がいた。

「あら、おっ母《か》さん！　久しぶりねえ」

離魂の妻は、おっ母さんを認めた。

子爵も、妻の言うところに合わせた。

「おっ母さん、僕は馬で出かけていたものですから……」

不意を打たれて、驚いて立ち上ったのは、母親の姿をしている老女であった。

「おお、お前もここに来ていたのかい。私ゃまた、お前はいないとばかり思っていたよ——」

「ああ、とうとういないので、わたしゃ今夜の終列車で帰ろうと思っているのだがね」

「恒雄がいないんですって？」

「泊っていらっしゃいよ。私は泊ってゆくんだから」

「お邪魔じゃないかね。部屋がないと言うんですよホテルでは」

子爵は、これだけの会話をすると、離魂の妻は部屋のうちを見廻していたが、「私忘れものがあるの」と呟くように言って、部屋を出て行こうとするのを見た。

「おい、ボーイに取りにやらせればいいじゃあないか」

「オフィスではなかったの、ホテルの玄関に、警部さんと巡査が一人いたの、——私が六条の妻だって言うと、急に敬意を表してくれたので、つい、その警部さんにあずけたらしいの――あたしすっかりあわてちゃって……」

ボーイが来ると、離魂の妻は、ハンドバッグから小形の手帳を出して、その一枚を引きさいて渡した。

「警部さんにね。先刻のものを下さいって言って受け取って、それをオフィスにあずけておいて下さいな」

ボーイが出てゆくと、離魂の妻は、良人により添いながら、晴れ晴れと言うのであった。

「お母さんをここにおとめして、私達は別荘へ行って泊ってもいいわ。別荘の鍵は、あなた持ってるのでしょう?」

「鍵か? ううん、それは、ホテルの支配人に預けてある。ずっと毎年そうなのだ」

伊集院の母は、これ等の会話を聞くと生々《いきいき》として来た。

「別荘は閉め切りになっているのだね、まさかとは思うが、恒雄がその別荘へ来て自殺してるなんてことはあるまいね」

二人は、母にこう言われて、ギクリとした。

「いや、そんなことはあるまい、とは思いますがね。何しろ、妻が病気して転地している間に、三年も、ここには来るが一度も別荘を見にゆきませんからね」

「別荘を貸しもしないのかね」

「ええ、昨年は貸してもいいと思って、ここの支配人に頼んで、二三西洋人にも見せたのですが、後で貸さない気持ちになって断ったりしたので――でも、別荘の管理の方は、ここのホテルに頼んであるから、それに、ここの巡査達も僕のことというと大切に考えてくれるので、別荘を壊されることも今までなかったから、すぐにでも泊れぬということはありませんがね」

五、曇らぬ眼

伊集院の母は、恒雄のことが心配だから、是非別荘のうちをちょっとのぞいてみて、それから今夜の夜行で帰りたい、と言うので、子爵は、ホテルの支配人と提灯を持ったボーイとをつけて、ともかくも別荘にやった。

そして、離魂の妻と一緒に、冷たい飲みものを飲みながら、同じような話を繰りかえしていた。

「泊ってゆくんなら、お風呂へ入ってはどう。僕はその間に、ボーイ長に相談して、ベッドを作らせるようにしてもいい――この部屋もつい昨日までは二つベッドだったのだが、お客が混んできたので、一つだけ外《ほか》の部屋に持って行ったのでね」

「はい、泊ってもいいのですが」

「何んだい、テレてやがらあ、――三年も一緒に暮さなかったので――ね」

「あら、いやですわ」

二人は、気持ちの上からも、全く夫婦のような安易さを感じ合っていることを、互いに承認しているようであった。

「でも……」

「でも、何だい？」

「あたし、まだ少し御用事があるのよ」

「僕にかい」

「いいえ」

「じゃあ、何だい？」

「電話がかかって来るかも知れないと思うのですわ」

「海岸のサナトリウムからかい」

そう言って、子爵は、何かギョッとした。

「いいえ」

妻は、いいえと言って黙ってしまった。

それから約十五分ばかりして、突然に卓上電話が鳴った。

「僕だよ。六条だ」

「松本警部です。今御指令によって、大物を捕えました。これは大したものです。但し、巡査が二人怪我しました」

「何だって？　僕の指図によって？」

「はい。――先刻小さい紙切れに書いてお渡しの通りにいたしました。巡査を十名ほどとありましたので十名、それに憲兵隊から三名の応援がありました。ホテルの支配人が案内して来られましたので、かくれて伺っていました。すると、御別荘の中に入ってゆきました。そのあと暗闇のうちを、そっとあけられた別荘のうちに忍び込む奴があります。御命令によって、それも黙って忍び込ませました。すると忽ち中で格闘です。警戒に出向いたうち半数を躍り込ませました。するととにかく、御別荘のうちから、何か書類様のものを盗み出しているのです。それで、とにかくそれを奪い取ろうとすると、あの老人の女がまことに素早いのです。軽業師のように逆転横転自在で、とうとう、その書類を持って逃げました。外で警戒しているのが、それを追ってゆきますと、すぐ傍《かたわら》に、西洋人が二三名待っていて、その書類を受け取ろうとしました。それでやっと御命令の意味が判りましたので、一味三名と、その書類とを取り押えました。逃げたもの日本人一名、西洋人二名らしく、それぞれ手配をいたしました。唯今その書類を憲兵隊で調べています。どうやら今の日本のために最も大切な軍機の秘密らしく、松本警部は一世一代の面目を施しそうであります」

電話は切れた。六条子爵は、ほとんど相手の一句毎に復唱したので傍にいる離魂の妻にも、すっかりその内容は伝わった。

受話器を擱《お》いて、六条検事は緊張した面持ちで立ち上った。妻もまた興奮をかくし切れずに立ち上った。そして二人は、じっと眼と眼を見合わせた。

やがて、六条検事が、力なく椅子にかけて、謝罪するような声で、

「説明して下さい」

と言った。

「あなたは、誰方《どなた》なのですか」

と言った。

「はい。申上げます。憲兵司令官の××中将から御依頼を受けまして、三枚の書類を捜査して居りました。それが、どうしてもこの地に在ることが判りました。今日午後になってから一せいにホテルを洗ってみましたがありません。ところが、六条検事のお部屋や持物は調べませんでした。彼等も、予めそれを知っていて一旦検事の部屋にかくして、後でそれを取り出すという根本方針を持っているようでありました。そのために、六条検事の義母に変装して御留守に部屋に入った人もありました。仕方ないので、私はあなたの奥様に変装しました。ところが、そのお母さんに変装した女が、中々帰らぬところを見ますと、これは、思う書類が取りかえせなかったのです。それで私は、書類は今この地に来たのではなく、数箇月前に、この地のどこかに来ていることを知ったのでした。数箇月前には、一度この地のあらゆる別荘を全部捜査しているのです。その時除かれていましたのが、宮様の御別荘二つと、それから六条検事の御別荘とだけでした。私は、今晩そのためにあなたの名を騙って、松本警部に指図をいたしましたことを、深くお詫び申上げます」

「それでよく判りました」

六条検事はなお長く押し黙っていた。

「今晩はどうなさいます。よろしければ、このホテルにお泊りなすって、明日帰京なさることにしては？」

「でも、これで用事がすみ、そしてお詫びがすみ、帰るだけでございますわ」

二人は、再び長く黙っていた。

子爵はやがて、思い切って言う、というような風で、言い出した。

「あなたとは、ただ二三時間御話しただけです。しかし、仮りに良人であり妻であると、仮想の気持ちを持ちましたので、思い切れないものがあります。あとで、ゆっくりあなたと交際をして、お話しすることが許されるようでしたら……」

「はい。ありがとう存じます。女だてらに、探偵事務をやり始めましたのが三年になります。この間に、人間の心の奥の罪に触れるようなことが度々ありました。しかし、今晩ほど、人間の心の動きの恐ろしさを身に沁みて知ったことはありません」

「ありがとう。私の眼は、そのために曇っていました。それであなたのことが見破れませんでした。どうか、もう少し話していて下さい」

「いいえ、もう参らなければなりません。女探偵にとって、最も慎しむべきものが恋情であると、私の師匠が教えました。私は今日師匠から第一の禁として習って居りました道を取ってみて、この二三時間で、すっかり参りました」

子爵は、なお離魂の妻をとめて置きたいとあせった。

「せめて、駅まで私に送らせて下さい。歩いてゆけましょう。時間はあります」

二人は、折から高原の月光を踏んで、提灯も持たずに、駅への道を歩いていた。

「互いに、それに値する人間が二人逢うと、一時間か二時間でも、恋愛が生ずる——ということは、メーテルリンクか誰かが言うています」

「メーテルリンクは、それに似たことを言って居りますが、あなたの仰言るのは、別のことです。そしてそれは禁じられている私には、すっかり、よく判るのでございますわ」

二人は月光の道を、そんなことを言いながら歩いていた。

什器破壊業事件《ものをこわすのがしようばいじけん》

海野十三

女探偵の悒鬱《ゆううつ》

「離魂《りこん》の妻」事件で、検事六条子爵がさしのばしたあやしき情念燃ゆる手を、ともかくもきっぱりとふりきって帰京した風間光枝だったけれど、さて元の孤独に立ちかえってみると、なんとはなく急に自分の身体が汗くさく感ぜられて、佗《わび》しかった。

「つよく生きることは、なんという苦しいことであろうか?」

彼女は、日頃のつよさに似ず、どういうものかあれ以来急に気が弱くなってしまった。たったあれくらいのことで、急に気が弱くなってしまうというのも、所詮それは女に生れついたゆえであろうが、さりとは口惜《くちお》しいことであると、深夜ひそかに鏡の前で、つやつやした吾《わ》れと吾が腕をぎゅっとつねってみる光枝だった。

彼女の急性悒鬱症については、彼女の属する星野私立探偵所内でも、敏感な一同の話題にのぼらないわけはなかった。だが、余計な口を光枝に対してきこうものなら、たいへんなことになることが予《かね》て分っていたから、誰も彼も、一応知らぬ半兵衛を極《き》めこんでいたことである。

ところが、或る日――星野老所長は、風間光枝を自室へ呼んで、

「君はなにかい、帆村荘六という青年探偵のことを聞いたことがないかね」

と、だしぬけの質問だった。

帆村荘六――といえば、理学士という妙な畑から出て来た人物だ。それくらいのことなら光枝も知っているが、他《た》はあまり深く知らない。そのことをいうと、老所長は、

「あの帆村荘六という奴は、わしと同郷でな、ちょっと或る縁故でつながっている者だが、すこし変り者だ。その帆村から、若い女探偵の助力を得たいことがあるから、誰か融通してくれといっ

てきたんだ。どうだ、君ひとつ、行ってくれんか」

「はあ。どんな事件でございましょうか」

「いや、どんな事件か、わしはなんにも知らん。ただはっきり言えるのは、彼奴《あいつ》はなかなかのしっかり者で、婦人に対してもすこぶる潔癖だから、その点は心配しないように」

老所長の言葉は、なんだか六条子爵のことを言外に含めていっているようにも響いた。

とにかく風間光枝は、日毎夜毎《ひごとよごと》の悒鬱を払うには丁度いい機会だと思ったので、早速老所長の命令に従って、自分の力を借りたいという帆村荘六の事務所へでかけたのだった。

帆村の探偵事務所は、丸の内にあったが、今時流行《はや》らぬ煉瓦建の陰気くさい建物の中にあった。びしょびしょに濡れたような階段を二階にのぼると、そこに彼の事務所の名札が下げてあった。彼女は、入口に立って、ちょっと逡巡したが、意を決して扉を叩いた。すると中から、

「どうぞ、おはいりください。扉に錠はかかっていませんから、あけておはいりください」

と、若々しいはっきりした声が聞えた。風間光枝は、吾れにもなく、身体がひきしまるように感じて、扉を押した。すると、室内には、入ったすぐのところに大きな衝立があって、向うを遮っていた。その衝立の向うから、ふたたび声がかかった。

「さあどうぞ。どうぞ、その椅子に掛けて、ちょっとお待ちください。ちょっといま手が放せないことをやっていますから、掛けてお待ちください」

「はあ、どうも。では失礼いたします」

風間光枝は、挨拶をかえして、入口を入った左の隅のところにある応接椅子に腰を下ろした。その傍《わき》に、別な部屋へいくらしい扉があって、閉っていた。その扉のうえには、どこかの汽船会社のカレンダーが「九月」の面をこっちに見せて、下っていた。

光枝の腰を掛けているところからは、やはり衝立の奥が見えなかった。彼女はしばらくじっとしていた。衝立の向うで声をかけたのは帆村であろうが、彼は一体なにをしているのか、ことりとも

物音をたてない。

彼女は、すこし待ちくたびれて、眠気を催した。欠伸が出て来たので、あわてて手を口に持っていったとき、突然思いがけなくも、彼女が腰をかけているすぐ傍の扉が、カレンダーごと、ごとんと奥へ開《あ》いた。そして一人の長身の紳士が、ぬっと立ち現れた。その手には写真の印画紙らしいものを二三枚もっているが、いま水から上げたばかりと見えて水滴がぽたぽた床のうえに落ちた。

（奥から出てきたこの人は、一体誰だろう？）と、風間光枝は心の中《うち》に訝った。

「やあ、どうも。たいへん早く来てくだすってありがとう。星野先生は、ちかごろずっと元気ですか」

「はあ。さよでございます」

「それは結構です」といって、その長身の紳士は、光枝の前の椅子に腰を下ろして、じろじろこっちを見た。まだ光枝が名乗りもしないのに、紳士の方では、彼女のことを先刻知っているといったような態度を示しているのだ。どことなく薄気味わるさが、彼女の背筋に匐《は》いあがってくる。

「失礼でございますが、貴方さまが帆村――帆村先生でいらっしゃいますか」

「ははあ、僕が帆村です」と無造作に答えて、「風間さんの背丈は、皮草履をはいたままで一メートル五七、すると正味は一メートル五四というところで、理想型だ」

「えっ、いつそんなことをお測りになりましたの」と、光枝は思わず愕《おどろ》きの声をあげた。

科学探偵の腕

帆村探偵は、一向平気な顔で、

「これは内緒ですが、貴女も探偵だからいいますが、僕のところでは、訪問者が入口のところに立ったとき、自動的に身長を測ることにしています。もちろん光電管《フォト・セル》をつかえば、わけのないことです。あの入口の上をごらんなさい。一・五七と、まるでレジスターのような数字が幻灯仕掛で出ているでしょうが」

「えっ、まあそんなことが……」

光枝がふりかえると、なるほど入口の上の壁紙に、一・五七という数字がでている。

「こうすれば、消えます」なにをしたのか、帆村がそういうと、数字はぱっと消えた。まるで魔術を見ているような塩梅だった。なるほど帆村探偵という人は変っていると、光枝は感心した。

「貴女は内輪の人だから、もう一つこれも御なぐさみにごらんにいれるかな。さあ、この写真はどうです」そういって帆村は、手にしていた水のまだ切れない三枚の細長い写真の表をかえして、光枝の方に押しやった。

「あら、まあ！」光枝は、自分でも後で恥かしいと思ったほど、頓狂な声を出した。なぜといって、帆村がさしだした三枚の細長い写真には、表情たっぷりな光枝の半身像が五六十個も連続的にうつっているのであった。それは正面と横とが同時にとれていた。よく見るとなんのこと、それは今しがたこの部屋に入って、この椅子に腰を下ろすときから始まって、終りのところは、すこし睡くなって口をあいて欠伸をするところまで、いやにはっきりととれていたのであった。

「あら、まあ。あたくし、どうしましょう」風間光枝は、もう一度愕きの声を発した。

「きょう試験的に、この写真機を取付けてみたんです。ちょっと貴女を材料に使ってみましたが、なかなかうまく撮れる。一分間に六十枚まで撮れます。一つのレンズは、正面にあって、あの厚い辞書の中にあります。黒い紗《しゃ》のきれが前に貼ってあるから、こっちから見ても分りません。もう一つのレンズは、そのカレンダーの下の方に黒い波がありますが、そこに窓があいていて、扉の向うから撮るようになっている。いや、案外簡単なものですよ」

そういっただけで、帆村は光枝の表情の変化などについても一言も批評らしい口をきかなかった。それだけ光枝の方では、間が悪かった。

「先生は、お人がわるいんですのね」

「いや、どうしまして。これが商売ですからね、そうじゃありませんか」帆村は、そういった後で、光枝の姿をじっと眺めていたが、やがて、

「ときに貴女は、なかなかいい身体をしていますね。うまそうな女というのは貴女のことだ。ちょっとこっちへいらっしゃい。誰も居ないから、大丈夫です」帆村はそういって、腰をうかすと、いきなり風間光枝の手首を握って、ひきよせた。

「まあ。先生」光枝は、愕きのあまり呼吸《いき》が停りそうになった。ここへ来る前、星野社長はわざわざ、帆村の潔癖を保証したが、その話とはちがって、彼はとんでもない痴漢であった。六条子爵の場合よりも、もっともっと露骨で下卑ている。光枝は、帆村と抗争しながら、そのとき脳裏に電光の如く閃いたものがあった。それは、傍の衝立の向うに、なにか手の放せない仕事をしているといった男のことを思い出したのだ。あの男は、彼女がこの部屋に入ったときからあそこにいて、静かに仕事をつづけているらしい。なぜなら、彼はどこへ立った気配もないから、やはりあそこにいるにちがいないのだ。

「あっ、先生。およし遊ばせ。あの衝立の向うに仕事をしていらっしゃる所員の方に対しても、恥かしいとお思いにならないんですの」といって、帆村に握られた腕を無理やりに払った。

「えっ、所員ですって。そんな者はいませんよ。きょうは僕一人なんです」

「でも、さっきあの衝立の向うから……」

「あっはっはっ、あの声ですか。あれは所員がいて、声を出したわけではなく、録音の発声器なんです。自動式に、訪問客に対して挨拶をする器械なんですよ。嘘だと思ったら、こっちへ来て衝立の蔭をごらんなさい」

「そんなこと、嘘ですわ」と光枝はいったが、衝立の後を見ないではいられなかった。帆村が後にさったのを幸いに、素早くそこを覗いてみて、あっと愕いた。なるほど、衝立の後には、誰もい

ない。小さな卓子《テーブル》のうえに、なるほど録音の発声器らしいものが載っているだけだ。その付近には、人間の出ていく扉もなければ、人間の身体が隠れる物蔭もない。するとやっぱり帆村のいったとおりなのである。

また新たなその大きな愕きと、そしていよいよこの部屋の中に、自分は帆村と二人きりなんだと思うと、俄にぞくぞくとしてくる或る危険に対する戦慄！　光枝は、とんでもないところへ来たものだと、胸がどきどきだ。はじめから安心しきって来ただけに、彼女はこの不意打に狼狽するしかなかった。あの入口には、きっともう、扉をしめるとがちゃんと閉る自動錠がかかっているのであろう。壁はこのとおり厚いし、第一窓というものがない。いくら喚いたって、もうどうにもなるまい。こうなるのも運命だ。彼女は、すっかり観念して、目を閉じた。

奇妙な任務

そのとき帆村の声が光枝の耳に入った。

「いや、どうも失礼しました。これからお願いする仕事に関して、予め貴女の処女性反撥力というたようなものを験《ため》しておきたかったのです」帆村は、急に意外なことをいいだした。

「えっ、まあそんな……」

「でも、こいつばかりは話だけでも信用がなりません。やっぱり実験してみなくちゃね。さあ、そこへもう一度掛けてください」

光枝は、腹が立つというのか、それとも俄に安心をしたというのか、妙な気持で、再び椅子に腰を下ろした。この年齢になるまで――といって彼女はお婆さんだという意味ではない、これはそっと読者に知らすわけだが、風間光枝の本当の年齢は、当年とってやっとまだ二十歳なのである。――とにかく、こんなに愕きの連発をやったことがなかった。彼女は、改めて帆村の顔をぐっと睨みかえした。このまま部屋を出ていってやろうかと思ったほどだが、女探偵ともあろうものがと、どうにかこうにか自分の激情をおし鎮め、帆村の次なる言葉を待った。

「うむ、僕は満足です。貴女なら、きっとうまくやるだろう」

と、帆村はもとの冷い顔になって、しきりにひとりで肯いて、

「さて、貴女に頼みたい仕事のことなんですがね。或るお座敷で、主人公が小間使をさがしているのです。尤も、前にいた小間使の娘さんは、僕が買収して、親の病気だと申立てて辞《や》めさせたんです。そこで後任の小間使が要るわけだが、ぜひ貴女にいってもらいたいのです」いよいよ帆村は、こうまで彼女に手間どれた重大事件について語りだした。

「ねえ、ようがすか。そのお座敷は、最近建てたばかりの洋館です。貴女は今もいったとおり小間使だが、こんど主人公の希望に従って、貴女は洋装をしてもらわねばならない。明朗な娘になるのです。いま国策で問題になっているが、これも仕事のうえのことだから、ひとつ思い切って猛烈なパーマネントに髪を縮らせてください」

光枝は、最初はなにをいってるかと思って聞いていたが、聞いているほどに、だんだん興味を覚えてきた。これはなかなか念のいった冒険劇のようである。

「そこで、向うへいって貴女のする仕事だが、もちろん小間使なんだから、インテリくさい顔をしてはいけない。ほら、いまどき銀座通を歩けば、すぐぶつかるような時局柄をわきまえない安い西洋菓子のような若い女！　あの人たちの表情を見習うんですな。いや、これは女性の前で、ちと失言をしたようだ」

光枝は、またむらむらとしてきたものだから、何もいわずにいた。

「いいですか。向うへいったら、気をつけて、物を壊すんです。さかんに壊すんです」

「あらまあ、どうしてでしょう」向うへいったら、さかんに物を壊せ、気をつけて物を壊せといわれて、光枝はひどく愕いた。どうも帆村のなすこと云うことは突飛すぎて、常識ではそれについ

ていけない気がする。

「コーヒー茶碗とか、花瓶とか、灰皿とか、スタンドとか、そういったものを、あれっとか、あらっとかいいながら、じゃんじゃん下に墜として壊してください」

「そんなことをすれば、私はすぐ馘《くび》になってしまいますわ」

「なあに大丈夫。貴女なら馘の心配はないから、どしどし壊してください」

「弁償しなくていいのですか」

「弁償なんか、心配無用です。ただ心懸けておいてもらいたいのは、行ってから二三日以内に、本棚のうえにおいてある青磁色の大花瓶を必ず壊すこと、これはぜひやってください。そしてその翌朝、貴方は自分でハガキを入れにポストまで持って出るんです。いいですか」

「大花瓶を壊すことは分りましたが、翌朝ハガキを投函にいくといって、なんのハガキをもって出るのですか」

「誰あてのでもいいですよ。――それから大事なことは、けっして女探偵だと悟られないように振舞ってください。ものを壊すにしても、良心にとがめるといったような菩提心を出さないで、こんな壊れ物を扱わせるから壊れるんじゃないの……ぐらいの太々《ふてぶて》しさでやってください。なにしろすこしここんとこの足りない小間使らしく振舞ってください」と、帆村は自分の脳天に指をたてた。

「まあ、たいへん骨が折れますのねえ」

「まあ、そういわないで、やってください。主人公が何をいっても何をしても、例のすこし足りない小間使の要領でいくんですよ」

「そんなことをして、どうしようというんですの。一体どんな事件なんですか。あたしにすこしぐらいお明かしになったっていいでしょう」

「ううん、それがいけない」と帆村は大きく頭をふり、

「そのように貴女が探偵気どりでいちゃいかんです。あとのことは僕がうまくやるから、貴女は

なにも愕かないで筋書どおりやってください。どこまでも、うぶな娘さんのつもりでいてください」

「そして低脳ぶりを発揮しろとおっしゃるんでしょう」そういって風間光枝は、横眼をつかって、さも憎らしげに帆村をじろりと見た。

破壊作業

その日の夕方、風間光枝はすっかり仕度をととのえ、口入屋《くちいれや》の番頭に化けた帆村に伴われて、問題のお邸の裏門をくぐった。

裏門から裏玄関へ。裏玄関といっても、なかなか堂々たるもので、家賃百円を出してもこれくらいの玄関はついていまいと思われる大した構えだ。

「ああ大木屋か。たいへん遅いもんだから、もう他へ頼んじまった。用はないから、帰れ、帰れ」

この家の主人公にちがいない五十を二つ三つも越えた肥満漢が、白い麻のゆかたを着て、裏玄関までのこのこ出て来た。よほど暑がり屋と見える。

「へえ、どうも相済みませんでございました。じつはこちらさまにきっとお気に入ること大うけあいという上玉がありましたもんで、それを迎えに行っておりましたような次第で——ところがこれが埼玉の在でございまして、たいへん手間どれました。ここに控えておりますのが、その一件でございまして、在には珍らしい近代的感覚をもちました娘でげして……」

「こら、大木屋。こんどだけは特に大目に見てやるが、この次から容赦せんぞ。この次は絶対出入差止めだ。特にこんどだけは——おい、なにをぐずぐずしとる。早くその——ええソノ阿魔《あまこ》っ児を上へあげろちゅうに」

旦那様は、たいへんな騒ぎ方であった。

帆村は、わざとなんにもこの旦那様について説明をしなかったが、玄関の段でもって、この旦那様のこれまでの半生がはっきり分ったような気がした。なにかぼろい大仕事をして成上った人物で、教育なんぞはないくせに、尖端的文化の乱食者《らんじき》であることが、絵に描いてあるように、光枝にははっきり見えるのだった。

そこで光枝は、早速その夜から、旦那様づきの小間使として、まめまめしく仕えることとなった。

「ふふふん」ときおり光枝のうしろで、そういう咳ばらいとも呻《うな》り声ともつかないものが聞えた。そのようなとき、光枝がふりかえってみると、必ずそこに旦那様のきらきらした眼があって、とたんに旦那様は犬にとびこまれた鶏《とり》のようにばたばたと狼狽なさるのであった。

旦那様は、非常に無口の方であった。但しこれはあたらしい小間使の光枝に対してだけの話で、その他の女中や下男どもは、方言まじりの言葉で、こっぴどく叱りつけられていた。

その夜のうちに、光枝は廊下のうえにコーヒー茶碗をおとして、がちゃんと割った。それが開業式だった。早速その夜のうちにこの仕事を始めておかなければ、その次の日になってやりだすには、ちとやりにくいだろうと思い、ともかくも一発だけはその夜のうちにやっておくことに決心したからであった。

がちゃんと、たいへんな音がして、コーヒー茶碗の皿がたくさんの小片《こぎれ》に分れて、あたりに飛びちった。茶碗の方は、小憎らしくも、把手が折れたばかりだった。

「な、な、なにをしおった?」と、居間から旦那様の叫喚! つづいて廊下をずしんずしんと旦那様の巨軀がこっちへ転がってくる気配がした。反対の方からは、雇人の一隊が、それというので駆けつける。これは茶碗が破《わ》れた音に愕いたというよりも、旦那様の怒声に対応して駆けつけたのであった。

「うううう、なんだギンヤがやったのか」

ギンヤ――というのは、銀やと書くべきか銀弥と書くべきか、よくわからないが、ともかくもこれがこの邸における風間光枝の源氏名であった。――旦那様は、怒鳴りつけるつもりだったらしいが、新任の楚々たるモダン小間使のやったことと分ると、くるしそうにえへんえへんと咳ばらいをして、早々奥へひきあげていった。その代り、他の雇人隊が、口を揃えて光枝の不始末を叱りつけ、があがあぶつぶつはいつ果つとも見えなかった。するとまた、奥の方からずしんずしんどんどんと、旦那様の豪快なる跫音《あしおと》が近づき、

「こりゃ、いつまでも騒々しいじゃないか。壊れたものはしょうがない。早く片づけて、しずかにしろ。このバルシヤガルどもめ！」なにがバルシヤガルどもめか、なにしろこの旦那様のいう言葉の中には、時として訳の分らない言葉がとびだす。

とにかく、ギンヤこと風間光枝の什器破壊業の店開きは、こうして行われた。

そのとき光枝が感じたことは、物を壊すことは、案外気持のいいことである。もちろん物資愛護の叫ばれる現下の国策に背馳《はいち》する行為ではあったが、しかし光枝の場合は、壊すための理由があった。つまりそれは、帆村探偵から頼まれて、なにかの事件解決のためやっていることゆえ、国策に背馳するものだとはいえない安心があった。すなわち、がちゃーんの音を聞く瞬間、光枝の胸の中に鬱積した不満感といったようなものが、一時的ではあったが、たちまち雲消霧散してしまうのを感じたことであった。

だが、なにゆえに、什器破壊作業をやらなければならないか、その理由の本体については光枝は何にも知らなかったし、なんにも思い当ることがなかった。

犠牲の大花瓶

小間使ギンヤの什器破壊作業は、その第二日にいたって、俄然猖獗《しょうけつ》を極めた。まず起きぬけに、電灯の笠をがちゃーんとやったのを手始めに、勝手元ではうがいのコップを割り、それから旦那様の部屋にいって灰皿を卓子のうえから取り落し（たことにして実は指先でちょいとついたのだった）、

たちまち旦那様をベッドの上から下へ顚落させたのだった。

「わーあ、な、な、なにごとじゃ」

「どうもすみませんでございます」

「おお、ギンヤか。なに、灰皿を壊した。朝っぱら大きな音をたてちゃ困るね。わしはこの節、心臓がすこし弱っとるんで、物を壊してもなるべくしずかにやってくれ」そういって、旦那様はまたベッドにもぐりこんでしまった。光枝が見ると、旦那様は、壁の方に向き伏して、その大きな肉塊が、早いピッチでうごめいているのを認めた。

「あんた、なんか業病があるんじゃない。だって指先に一向力がはいらないじゃないの」女中頭《じょちゅうがしら》のお紋というのに、光枝はたっぷり皮肉をいわれた。

「病気なんてありませんけれど、あたし、そそっかしいのですわ。これから気をつけます」

「そそっかしいのも、病気の一つだよ。子供じゃあるまいし、十六七にもなって――ちょいとお前さん、年齢《とし》はいくつだっけね、わたしゃ洋装の女の子の年齢がさっぱり分らなくってね」

「あら、いやですわ。あたし、もっと上ですわ」

「じゃあ十八てえとこ?」

「ほほほは、ほんとはもう一つ上の十九ですけれど」と、光枝は嘘をついた。

「へえー、お前さん、十九かい。まああきれたわね。わたしゃ十六七とばかり思っていたよ。じゃもう色気もたっぷりあって――旦那様もなかなか作戦がしっかりしていらっしゃるわね。へえ、そうかい、十九とは……」女中頭のお紋は、ひとりで感心していた。

「あのう、うちの旦那様の御商売は、なんでいらっしゃいますの」

「ああら、あんたそれを知らないで来たの」

「ええ」

「ずいぶん呑気な娘《ひと》ね。知らなきゃ、いってきかせるが、うちの旦那様はやまを持っていらっしやるのよ」
「え、やま？　鉱山のことですの」
「そうその鉱山よ。金銀銅鉄鉛石炭、なんでも出るんですって。これは内緒だけれどね、うちの旦那様は、お若いときダイナマイトと鶴嘴《つるはし》とをもって、日本中の山という山を、あっちへいったりこっちへきたり、真黒になって働いておいでなすったんですとさ。つまり、鉱夫のルンペンをなすっていらっしゃったのよ。そんなこと、わたしが話したといっちゃいやーよ。わたしゃお前さんが好きだからおしえてあげたんだがね」お紋は、ふふふふと鼻のうえに皺をよせて気味のわるい笑い方をした。

（鉱山成金だったのか？）帆村探偵ときたら、仕事を自分に頼んでおきながら、これから働かせる家の主人公がなにを商売にしているかも教えなかったんだ。女中頭がこれだけ喋れば、もういい。帆村探偵なんか、間抜けの標本みたいなもんだと、光枝はひそかに鼻を高くしたことだった。

　だが一体、鉱山業のこの家の主人公と、そして帆村が苦心しつつある探偵事件と、どういう事柄によって繋がっているのであろうか。それについて光枝はすこしの手懸りも持ち合わせていなかったが、彼女も女探偵のことであるから、この興味ある事実をそのうちにきっと探し当ててみせるぞと、心の中で宣言したことだった。

　こうなれば、早い方がよかろうと思って、光枝は帆村から頼まれた大花瓶を、その日の午後、見事にがちゃーんと壊してしまった。なにしろ旦那様の居間は、床が支那式に煉瓦で敷いてあったから、下におとせば必ず失敗の虞《おそ》れなく完全に壊れてしまうのだった。もっともその煉瓦のうえには、立派な絨氈《じゅうたん》が敷いてあったが、それは小さくて、本棚の下は煉瓦だけがむき出しになっていた。

「あれえ——」光枝は、大花瓶を手から離すときに、もっともらしい声をかけておいた。それから手を離したのであるが、なにしろ大きな花瓶のことであったから、かなり派手な音がして破片はあたりに飛び散り、その一つが彼女の脚に当った。とたんにぴりぴりと灼きつくような痛味《いたみ》である。

「あっ、怪我をした！」チョコレート色の絹の靴下は、見るも無慙《むざん》に斜《ななめ》に斬れ、その下からあらわに出た白い脛から、すーっと鮮血が流れだした。

（あ、困った）そのとき、厠の扉が、はげしく鳴りひびき、中から旦那様が、茹蛸《ゆでだこ》のような頭をふりたてて出てきた。

「なんじゃ、なんじゃ。やっ、またギンヤか。なにを壊した。えっ、その棚のうえにあった大花瓶か。うーむ、それは……」とたんに旦那様の顔から血がさっと引いた。

「ううむ。――」と、旦那様は急にそわそわして、壊れた花瓶には目もくれず室内をぐるっと見まわした――が、そこで胸を拳でとんとん叩きながら、

「ああ、おどろいた」と呻くようにいった。

そこへ女中頭のお紋をはじめ、女中の一隊がばらばらと駆けつけた。

「あらまあ、またオギンさんが壊したの。きょうはこれで七つ目よ」

光枝は光枝で、傷口をおさえて、その場に座りこみ、

「あいたたた」と叫ぶ。旦那様は、光枝の負傷にやっと気がついた。

「おう、えらい怪我をやったな。そりゃ早く手当をせんといかん。ほら、この莨《たばこ》をもんで傷口につけろ。このハンカチでおさえて、そして医者を呼べ」

「あらまあ、オギンさん、怪我をしたの。天罰覿面《てきめん》よ」

「こら、なにをいっとるか。早くハンカチで結えてやれ、それからこの壊れ物を早く片づけて――」と、旦那様はいったが、どうしたわけか急にまた周章《あわ》てて、

「おい、皆、早く向うへいけ。片づけるのはあとでいいから、早く向うへいけ」

「はい、はい」といいながら、お紋は光枝の怪我した脚にハンカチを結きつけようとしているのを見て、旦那様はさらに大きな声で、

「こら、ここで結えなくともいい。ギンヤを早く向うへ担いでいけ。こら、早くせんか」

旦那様が目に入れても痛くないはずのギンヤまで、矢庭に退場を命ぜられるとはこのとき旦那様の胸に往来するよほどの不安があったものらしい。その不安とは？

中間報告

光枝は、かねて帆村との約束で、大花瓶破壊事件の騒ぎが一通りかたづくと、その足でハガキを出しに屋敷を出た。彼女がポストに近づいたとき、ポストの向うから、

「やあ、だいぶん涼しくなりましたねえ」と声をかけたものである。もちろんそれは帆村荘六だった。光枝は、どぎまぎして、

「あら、まあ先生」と叫んだ。

「さあ早いところ伺いましょう。もう大花瓶を壊したんですか」

「あら、早すぎたかしら」

「そんなことはありません。大いに結構です。ところで貴女は探偵だから分るでしょうが、あの大花瓶を壊されてから主人公は、なにか室内の什器の配置をかえたということはありませんか」

「あーら、先生は都合のいいときばかり、あたくしを探偵扱いなさるのですね。そんな勝手なことってありませんわ」と、やりかえしたが、心の中ではいよいよ事件の核心にふれてきたんだわと光枝はひそかに胸をどきどきさせた。

「そんなことはどうでもいい。あとで皆一つに固め貴女の抗議をうけることにしましょう。――で、いまの返事は、どうなんですか。まさか貴女は、それについてなんにも気がつかないというわけではありますまい」帆村は、日頃の彼にも似合わず、妙に焦り気味になっていた。

「そうですわねえ」と光枝はわざと間のびのした返事をして、帆村がじれるのを楽しみながら、

「旦那様のお居間の什器で、位置の変ったものといえば――」

「なんです、その位置の変ったものは？」

「木彫の日光の陽明門の額が、心持ち曲っていただけです」

「ふむ、やっぱりそうか。その外《ほか》に変ったものがもう一つあるでしょう」

「いいえ、他にはなんにもありませんわ」

「いや、そんなことはない。きっと有るはずですよ。それとも貴女のにぶい探偵眼には映らないのかもしれない」

「まあ、――」と光枝は、むかむかとしたが、

「なんとでもおっしゃい。ですけれど、他にはなんにも変ったものはありませんのよ」

「そんなはずはないんだ。そこが一番大切なところなんだが――ちぇっ、仕方がない」と帆村は無念そうに唇を噛んで、「とにかく壊れた什器は、至急補充します。それから大花瓶は、ちゃんと元のところに置くようにしてくださいね」

「だって大花瓶は、きょう壊してしまったじゃありませんか」

「だから、至急あとの品を補充するといっているじゃありませんか」

「ああ、また新しい花瓶がくるのですか」

「貴女も案外噂ほどじゃないなあ」

光枝は、それが聞えないふりをして、

「そして先生が持っていらっしゃるの」

「そんなことは、貴女が心配しなくてもいいです」

「先生、それから……」

「頼んだことだけはやってください。もっと気をつけているんですよ。失敬」帆村は、はなはだ不機嫌で、ろくに光枝の言葉を聞こうともせず、向うへいってしまった。

光枝は、妙にさびしい気持をいだいて、お屋敷へかえった。そのさびしい気持は、やがて一種の

劣等感と変った。

（果して自分は、帆村のいったように探偵眼が鈍くて、当然旦那様の居間に起っているはずの什器の位置変化に気がつかないのだろうか）

光枝は、旦那様の居間へはいっていった。旦那様は、そこにいらっしゃらなかった。どこにいかれたのであろうか。来客かもしれない。機会は今だと思った彼女は、あたりを見まわして、誰もいないことを確かめると、つと木彫の日光陽明門の額の前に近よった。そもそも、この額一枚が、あの大花瓶の破壊以後に位置の変化をやった唯一の品物なのである。この額に、なにか重大なる意味がひそんでいるのだ。それは一体なんであろうか。

伸びあがって光枝が見ていると、その額はずいぶん大した彫物細工であった。額の奥から、一番前に出ている陽明門の廂まで、奥行が二寸あまりもあって、極めて繊細な彫がなされてあった。これはよくある一枚彫なのであろうが、このように精巧緻密なものにはじめてお目にかかった。

だが、彫を感心しているばかりでは仕方がない。なにかこの額に関して秘密があるのである。それはなんの秘密であろうか。

「ああ、もしかすると……」そのとき光枝の頭に閃いたのは、この部厚い一枚彫の陽明門が、じつは一枚彫ではなくて、陽明門のあたりだけが、ぽっくり嵌《は》めこみになっているのではあるまいか。そしてそれを外すと、この額が実は一つの箱になっている。つまり秘密の隠し箱である。

「きっと、そうかもしれないわ」光枝はそれをたしかめるために、つと手を額の方に伸ばした。

そのとたんであった。彼女の背後にえへんと大きな咳払いが聞えた。

（失敗《しま》った！）と思ったが、もう遅い。あの咳払いは、旦那様だ。

意外なる収穫

「ギンヤ、そこでなにをしているのじゃ」

「はい。この額がすこし曲って居りますので」

「なに、曲っていたか。はっはっは、曲っていてもいい。そのままにしておけ」

「でも、すぐでございますから」

「いや、手をふれることならん。すこしの曲りを直すつもりで、とたんに下に落されて、額がめちゃめちゃに壊れてしまっては大損じゃからな。わしはもういい加減懲りとるでな」

「どうもすみません」

「なあに、謝まらんでもいい、壊されるのには懲りていながら、あんたに居てもらうというは、そこにソノ……」といっているとき、廊下の向うから、女中頭の呼ぶ声がしたので、光枝は毒蛇の顎《あぎと》をのがれる心地して、旦那様の前を退った。

それから暫くして、光枝は、菊の花を一杯生けこんだ大花瓶をもって現れた。そしてそれを本棚の上にそっと置いた。そして電気をつけた。

旦那様は、安楽椅子に寄懸って、もう居睡《いねむり》をしてござった。だがそれは狸寝入らしく、ときどき瞼がぴくぴくと慄えて、薄眼があく。もちろん旦那様の視線は、光枝の着物のうえから身体をつきさしている。

「旦那様、御入浴をどうぞ」

「いや、きょうはわしははいらんぞ」

眠っているはずの旦那様が、はっきり返事をした。あの入浴好きの旦那様が、いつになくはいらないとおっしゃる。

光枝は、ははあと思った。

（ああそうだったのか。帆村先生が、もう一ケ所、位置の変ったものがあるはずだとおっしゃったのは、この意味だったか）

——というのは、外《ほか》でもない。たしかに、或る一つの重要物件が、あの陽明門の額から取出されたのだ。そしてこの居間の、他のいずれかの場所に移されたのだ。帆村はその移された場所を光枝に質問したのだ。ところが光枝は、知らないと答えたので、帆村が悲観したのであるが、まさかその重要物件が、陽明門の額から出て、旦那様の懐中に移されたとは、さすがの帆村も気がつかなかったのであろう。しかるに光枝は一歩お先に、そのことに気がついた。

まだ帆村探偵の知らない事実を、風間女探偵は知っているのだ。彼女はちょっと得意であった。だが、その重要物件というのがなんであるか、光枝には分っていなかった。帆村は大体知っているのであろう。知っていればこそ光枝などをこんなところへ住込ませて、大袈裟な捜査陣を張っているのだ。

(いいわ、こっちで先生よりもお先へ、その重要物件を失敬してしまおう)そう決心した光枝は、その夜更けて、朋輩の寝息を窺い、ひそかに旦那様のベッドに近づこうとした。だがそれは失敗だった。ベッドの置かれてある主人公の居間は、錠がちゃんと下りていて、明ける術《すべ》がなかった。

その翌朝のこと、光枝は旦那様の居間へはいっていった。旦那様は、起きて莨を喫っていた。彼女は挨拶をして、朝刊新聞をベッドのところへ持っていった。

旦那様は、きょうは不機嫌と見えて、常に似ず一言も冗談さえいわない。そして蒼い顔をして、眼が血走っていた。その間にも光枝は、この室内を一応隅から隅までぐるっと見廻すことを忘れなかった。

(あっ、あそこだわ!)烱眼《けいがん》なる彼女の小さな眼に映じた一つの異変! それは高い天井の隅にある空気抜きの網格子が、ほんのちょっと曲っていたことである。それに気がついて、大理石の洗面器の傍《そば》にかかっているタオルを見ると、これが真黒になってよごれていた。

(たしかにそうだわ。例の重要物件は、旦那様の懐中を出て、あの空気抜きの網格子をあげて、天井裏に隠されたのにちがいない!)

光枝の胸は、またどきどきしてきた。じつに大発見である。

光枝は、じっとしていられない気持になって、ハガキを、握ると、ポストのところへいってみた。まさかこの早朝から、そこに帆村が来ているとは思わなかったけれど、家にじっとしていることには耐えられなかったのだ。

「やあ、とうとう突留めたかね」ポストのかげから、帆村がぬっと顔を出して、いきなりそういったものだから、光枝はびっくりした。

光枝の報告は、帆村を躍りあがって悦ばせた。そして二人は、連立ってお屋敷の方へ引返した。その途中、帆村が早口にいった話によると、

「もう隠す必要はないだろうが、あの大将は、じつはもう一人の仲間と協力して探しあてた或る重要資材の鉱脈のことを、内緒にしているんだ。その仲間というのは、山の中で縊死自殺の形で白骨になっているのを発見されたが、遺書もなんにもない。ただその生前一枚のハガキが、その遺族の許に送られていたが、それによると、あの大将と最近大発見をしたから、やがて大金持になって、これまでお前たちにかけた苦労を一ぺんで取返すということが書いてあった。だが、何を発見し、どこで発見したのか、それについては一言も触れてなかった。そこで仕方なく、あの大将の身辺から秘密を探しだす必要が生じたのだ。何を発見し、そこはどこから発見したか。これからいって、のっぴきならぬ証拠をつきつけて、あの大将の口から聞くんだ。さあ、君はさきへ帰りたまえ。僕は表門から案内を乞うから」と、帆村ははじめて事件の内容を語ったのだった。

光枝がお座敷へ戻ってみると、ただならぬ様子である。なにごとが起ったのか。

「いや、お前さん。たいへんなんだよ。旦那様のお居間で、大きな音がしたんだけれど、皆で入っていこうとしても、扉に錠がかかっていて明かないんだよ。窓にもカーテンが下りていて、中は見えないしさ、困っちまうね。それに中には旦那様がいらっしゃるはずなのが、しーんとしているんだよ。気味がわるいじゃないかねえ」

お紋はぶるぶる慄えていた。でも、男たちが窓を外から破って、室内へはいった。

「おい、たいへんだ。旦那様が緒切《ことき》れておいでだ」扉を内側から開けて、下男たちがいった。

旦那様は、たしかに居間の絨氈のうえに大の字にのびて死んでいた。

その傍《そば》には、小卓子や椅子などが倒れており、大きな桐の箱なども転がっている。

そのとき室内へ組立て梯子を担ぎこんできたものがあったが、それは別人ならぬ帆村だった。彼はするすると身軽にそのうえにのぼって、天井裏の網格子を外して、そこから穢《きたな》い小袋をとりだした。

「うむ、これだ」

小袋の口を明けて逆にしてみると、黄色っぽい鼠がかった鉱石が転がり出た。

「ふん、これは水鉛鉱だ。珍らしくなかなか良質のものだ。光枝さん、大手柄だぞ」

さてここに隠されていた鉱石は現れたが、その鉱脈の所在を書いた地図も書類も、ついに見当らなかったので、光枝はがっかりした。だが帆村は、光枝の耳にそっと口をよせて、

「まだ悲観するのは早い。もう一つ、取って置きのタネがあるんだ」

「まあ、それはほんとですの。そのタネは、なあに」

「それはあの新しい大花瓶の中にあるんだ」

「えっ」

「つまりあの大花瓶の中に、君をいつか愕かせた録音の集音器が入っているんだ。昨夜一晩、あの集音器はこの居間にいて、主人公の寝言を喰べていたんだ。僕はその寝言の録音に期待をもっているんだよ」

「まあ、そんなことをなすったの」

光枝の愕きはのちに帆村が大花瓶の中に仕掛けた録音線から、主人公の寝言を摘出したときに絶頂に達した。例の不正な鉱脈の秘密が知られるかと気がかりの主人公は、ついに寝言のうちに、い

くたびかその鉱山の位置を喋っていたのであった。ここに事件は解決した。

光枝は、この事件で立役者ではなかったけれど、科学探偵帆村の活躍ぶりに刺戟されて、元のように朗かな気分の女性に返った。

危女《きじょ》保護同盟

大下宇陀児

完全女性

危女保護同盟というのは、女学生同志が作った一つの会であった。

危女——という言葉は耳慣れない言葉で、辞典など探してみても有りはしない。しかし「危険多き女」という意味を、女学生好みの省略法で「危女」と呼んだまでの話である。ついでに言えば、はじめは「危女」という言葉を使わずに「媚女《びじょ》保護同盟」という名にしようという説もあったが、

「どうしてよ、媚女っての」

「ううん、コケティッシュガールの翻訳よ。だって誰か言ってたじゃないの。彼女は、美女にしてまた更に媚女なりって」

「うん、そう言えばそうね。だけど、その名前じゃ少し可哀想だわ。あの人を侮蔑するとおんなじなんだもの」

というようなわけで、結局「危女」に決定されたものである。なおまたこの時に、「完全女性保護同盟」という名前を考え出したものもあり、これはしかし、少々長々しく、お互いに喋る時面倒だからという理由で、採択にならず終ったものだった。

危女と言い媚女と言い完全女性と言う、これはその当時の彼女等の同級生であった山辺弓子のことを言ったのであるが、危女と媚女の意味は解るとして置き、完全女性の意味は、少しく説明を要することだろう。同盟員は千鶴子・奈津・曄子《はなこ》・喬子《たかこ》・光枝——の五人で、同盟結成の当初、めいめいがその同盟の名前をつけるのに苦しんでいると、同盟員のうちで一番読書家だった光枝がある日、顔を輝かしていった。

「いい名があってよ。完全女性保護同盟ってのはどう?」

「え、なアに、完全女性？　どうしてよ、そんなの」

「昨夜《ゆうべ》、本を読んだわ。オットオ・ワイニンゲルの本。——それを読んでみると、山辺の弓公、完全女性だってことよく解るの。説明してあげようか」

「うん」

「ワイニンゲルの言うのにはね、男も女も、総て完全な男性であり女性であることはないというのよ。あとはちょっと六つかしいから、ペン貸して……」

そうしてここで光枝の説明したのが、次の如きワイニンゲルの「性と性格」論だった。

即ち、男性と女性とは、常に全然分離して存在するものではない。男は、女性体質の痕跡である乳首や退化せる乳腺組織をもっているし、女は、男性体質の痕跡である鼻下のムク毛をもっているのである。換言すれば男性には、多少とも女性的性格が存在するし、女性には、多少とも男性的性格が存在するということになるのであるが、翻って思うに山辺弓子こそは、徹底的に女性のみであるといってもよいのではないだろうか。ワイニンゲルの作った公式だと、一個の女性をBとして現わし、このBのうちの女性である部分をβ《ビーター》、男性である部分をβ'《ビータ・ダッシュ》とするならば、βもβ'も、常にη《ユニット》より小さく0《ゼロ》より大であって、$\beta+\beta'=B$となるのが普通だが、

「弓公の場合は違うわ。あの人、男性部分のβ'がゼロで、女性部分のβばかりなのよ。だから……」

と光枝はいって紙の上に、

$\beta'=0$　故ニ　$\beta=B$

山辺弓子＝B＝β＝完全女性

という式を書いたのであった。

事実上は、山辺弓子にだって、鼻の下の可愛らしいムク毛がないわけではなく、従って生理的に論じたら、彼女のβ'がゼロであるということは、少々無理な議論であったはずだが、これをしか

し同盟員達は、なるほどと思って聞いたものである。

「そうだわ。本当にあの人、よオくその議論にあてはまるわ」

「完全女性っての、あったらば、つまりあの人と同じことになるわけね。あの人が悪いんじゃない。完全女性がいけないのよ」

「そうそう、賛成だわ。だからこそ、あたし達、この不幸な完全女性を守るために、同盟を作ってやる義務が出て来るんだわ」

めいめい感動して叫んだほどであった。

「あの人」というのは、ここでもやはり、彼女等の同級生山辺弓子のこと。

では次に、山辺弓子なる女学生が、どうしてそんなにも完全女性であり媚女であり危女であったかということになると、これまた相当に説明を要する事柄ではあるが、それはこの女学生が、あまりにも美しくあまりにも女らしく、そしてあまりにも男好きのする性質を、生れつき、多分に持っていたからである。その性質のために山辺弓子は、学校の中にいても外へ出ても、絶えずいろいろのトラブルを惹き起し、実に数多の誹謗と誤解とを雨の如く浴びせられてきたところの少女だったのである。

山辺弓子は、ある商人の娘だった。あまり富んでもいず、またあまり貧しくもないという商人だったが、弓子は、この両親のもとから学校へ通って来る途中、男達から幾度附文をされたか知れなかった。

附文をした男達は、大学生や専門学校の生徒から始まって、中学生、電車の車掌、不良少年、またそれよりずっと年長のサラリーマンなどに至るまで、実に多種多様の男性に及んでいるのであったが、彼らのうちには、山辺弓子に附文をしたため、学校を退学されたり勤めを馘首《くび》にされたり、また不良同志でひどい仲間喧嘩をやったものなどある。その上に、ある中年の銀行員は、既に勿論妻子もあるし、十分に思慮分別のある男であったにも拘らず、同じく山辺弓子に心を惹かれ、その銀行への通勤途上において、かなり非常識な方法を用い、彼女を誘惑しようという行為に出たため、即刻身柄を最寄り交番まで拉致されて、いたく叱責を蒙ったというようなこともあったが、時にその銀行員は、自分の不心得な行為については、深く後悔をしたり謝罪をしたりしたあとで、当局係官に向って、次のごとく訴えたとのことであった。

「イヤ、しかしですね、私もこんな大きな恥をかいてしまって、今更ら弁解するというのも変なのですが、ここで正直なところを言いますと、あの山辺弓子という女学生は、実に不思議な少女なんですよ。私は、通勤の途中、しばしばあの少女と同じ電車に乗り込みます。綺麗な少女ですから、自然私も、すぐと顔を見覚えてしまったわけですが、するとどうでしょう、私はどうしてもあの少女のことを、忘れられなくなってしまいました。どう言って説明したらよいでしょうか。あの子は、顔や姿が美しいというだけではなくて、見ていると、何かこう変てこな一種の魅力があって、こいつが私のような分別盛りの男をでも夢中にさせてしまうのです。実を申すと私は、昔はさんざん道楽もやり、いろいろの経験があるのですけれど、男にとって、あんなにも好ましい感じを与える女というものを見たことがありません。私は、だんだんに、分別を失いました。銀行にいても家にいても、あの子のことばかり思っているようになりました。

まアあなた方も、よく観察をしてごらんなさい。あの子は、髪の毛一筋でも、イヤ、その一筋の髪の毛が生えている頭の地肌の青さでも、耳朶、鼻、口もと、おとがい、首筋、肩、胸、背中、みんなもう、男の眼をギュッとひきつけてしまう力を持っているのです。そうして悪いことには、あの子は、電車に乗っている時など、男達が知らず知らず不遠慮な眼附で彼女を見ても、その不遠慮な視線に対して、厭だというような態度を決してしません。厭などころか、男の視線を受けとめると、一種の嬌羞《きょうしゅう》といったようなものを顔に浮かべて、時にはニッと笑いさえするのです。イヤ本人の方では、別に笑ったつもりではなく、ただこっちでそう見るだけのものかも知れませんが、とにかく、どこかにそういった色っぽさがあり、言わばまア、隙だらけだという感じもするのです。私は、彼女の前にいると、息苦しいような気がしました。何かこれは悪いことになるぞと思いつつ、いつしか理性を失いました。ついに、こんな不面目な騒ぎを引き起してしまったというわけですよ」

銀行員のこの言葉は、恐らく、彼女に附文をした大学生、電車の車掌、そうして不良少年の仲間達にとっても、大いに同感するところのものであったに違いない。実際山辺弓子の持つ外面的特徴というものは、悉くこの銀行員の感想によって、言い尽されていたからであった。

学校の中で山辺弓子は、こうした風貌の少女であるにも拘らず、学業の成績がなかなかよかった。光枝・奈津・千鶴子・曄子・喬子等と、ほとんど肩を並べていた。

ところが、この成績についても、ある時は、男の教師達が、弓子に贔屓《ひいき》をしているのだという説が、かなり強く流布されたし、また事実、弓子がその学校の五年生になり、更にまた特設になっている高等科まで進む二ケ年間に、二人の若い男の教師が、一人は突如転任を命ぜられ、一人は、辞表を出したことがあって、この原因が、確かに弓子に関してのことだと推測された。弓子は、教室にいても、教師の質問に答える時、それが女教師であれば問題はないが、そうでないと、妙に態度が変って来る。本当の気質は非常につつましやかだし温順だし、だから意識してやるのではないけれど、通勤の銀行員を唆かしたと同じような微笑と嬌羞とがいつも必ず浮かんで来る。これがため二人の教師は、飛んだ過ちを仕出来《しでか》したのであった。

学校当局でも、これに類する問題は、山辺弓子がいる限り、いつかまた必ず起って来るということに気付いたようである。

教員会議で、しばしば、弓子のことが取り上げられるようになった。

それから、ついに弓子を呼び出し、退校を勧めるという段取りにまでなったのであったが、この時、敢然として起《た》ったのが「危女保護同盟」の会員である。

光枝・奈津・千鶴子・喬子・曄子は、校庭の隅でシクシクと泣き沈んでいた弓子を取り巻き、大いに学校当局の処置を非難しだした。

「そんな法ってないわ。何もこれ、弓子さんが悪いんじゃないんだもの」

「そうよそうよ、これは圧制だわ」

「うん、それでね、あたし達、先生のところへ行った方がいいわ。弓子さんのこと、あたし達が引受ける。誓って、弓子さんをもっと強い女にしてみせるっていって」

「賛成。行こう行こう。あたし達で、同盟を結成すればいいんだもの」

同盟員は、ひょっとすると、β'が多過ぎて、完全女性にはいともほど遠き存在であったかも知れない。

彼女等は、ともかくも、弓子の退校を喰い止めることに成功した。そうしてそののちは、絶えず弓子を鞭撻し、彼女にβ'を注入することに努力し、やがて無事に一同、その女学校の特設高等科まで卒業することが出来たのである。

卒業式の日に、同盟員プラス山辺弓子の一団は、かつて同盟を結成さした記念の地、校庭の隅にあるアカシヤの木蔭にと集合し、涙と共に別れの握手を交した。そしていつまでもよき友達であろうということを、互いに固く誓ったのであったが、さてそののちはめいめいが、結婚したものありせぬものあり、洋裁へ行ったものありタイプをやったものあり、各自好むところへ向って進んで来ている。

中で、最も変った道を選んだのが、同盟員のうちでは委員長格であった風間光枝だと言えるだろう。読者も御承知の通り、彼女は私立探偵事務所の一員だった。珍らしい女探偵というわけで、だんだんと世間へ知られてきた。光枝は、健康で快活で敏捷で、この点、β'が相当にあり、しかも「離魂《りこん》の妻」事件だの「什器破壊業者事件《ものをこわすのがしょうばいじけん》」などでは、かなりβに豊富であることをも示している。ワイニンゲルのいわゆる「完全女性」ではない代りに、もっと女性を尊敬した意味での「理想的女性」であったかも知れないのである——。

緊急動員

風間光枝は、口笛を吹きたいような気持で、女性会館のエレベーターへ乗った。女にしては、実に大胆で突飛な職業についたものと、人も言うし自分も思う。

この女探偵の光枝のところへは、今日の午後二時、

「ねえ、困ったことがあるわ。お願いだから、今夜女性会館まで出かけて来てよ。危女保護同盟の緊急動員というわけだわ。――同盟の人達、奈津子さんもダットサンもドクトル夫人も、みんなあたし召集しとくから」

その昔のチイ公、今はある劇作家と結婚している平井千鶴子夫人から、突如として電話がかかったのである。

困ったことというのは、どんなこととか。

イヤそれは、危女保護同盟員の召集だというのだから、多少見当のつかぬことでもない。が、それを問題にするより先き、光枝には、久しぶりで昔の仲間に会えるということが、この上もなく愉しかった。生憎と、探偵事務所の仕事は立てこんでいて、なかなか外へは出られない。漸く、一通り机の上の書類を片附けると手を洗い顔を直し時計を気にして、やっと今、女性会館まで駈けつけたのであった。

エレベーターは、瞬時にして光枝を、地上何階目かにある会館の、明るく清潔な廊下へ吐き出した。

案内係り兼クローク・ルウムになっている受附で、平井夫人の名前を言い、それから絨氈《じゅうたん》を敷いたサロンの方へ入って行くと、もうすぐに光枝の姿を見つけたと見えて、

「来た来た、来たわよッ!」

「まア、随分待たせたのね。十分遅刻よ」

「でも、よかったわね、来てくれて」

平井夫人をはじめとして、ダットサン会社に勤めている佐野曄子、お医者さんの奥さんになっている林喬子、某洋裁学院の先生をしている小栗奈津、これが揃ってテーブルを立上るようにした。

「あらア、とても暫らくね。女探偵さんのこの頃の活躍ぶりはいかが？」

「よしてよ、顔が赧《あか》くなるわ。それよりダットサン屋さんの御景気は？」

「有難う。売れて売れて困っちゃうの。ガソリンの節約が何年でも続けばいいと思うわ。入荷の少ないだけが玉に疵――」

「それから、ドクトル林。少しばかり痩せたようじゃなくって？　お母様になるんだって見たわ僻目《ひがめ》かしら。――うん、奈津ちんはこないだのお手紙を有難う。シェクスピアの奥さん、今日は丸髷が素敵に似合うのねえ」

「見せつけるつもりで結って来たのよ。羨しかったら、自分も早く結うようになること」

一度にみんなが久濶を叙すと、次にとりあえず口に入れるものをということになって、サンドウイッチ、紅茶、ポンチ等々食堂へ行って詰め込んで来たが、さてそのあとで光枝が、

「ところで、どう？　弓子さんだけがここへ来ていないのね。今夜の動員、危女がどうかしたっていうような話じゃなかったの」

改まって平井夫人の方へいったので、会議はこれからいよいよ本筋に入ったらしかった。

劇作家夫人は、丸髷を気にして、幾度も髷へ手をやりながら言出した。

「あたしね、顔が全部揃うまでと思って、まだ誰にも話をしてなかったの。光枝さんのお察しの通り、問題は危女のことなんだけれど――」

「で？」

「つまりね、危女は、あの時以来、ずうっとうまくやって来ていたわ。ワイニンゲルの侮蔑的な

完全女性が、相当不完全女性になって来て、理想的女性に近づきつつあったのよ。津田とタイプを一緒に勉強して、それから丸の内の商事会社へ入って、押しも押されもせずにやって来ていたわ。それは、あなた方が、みんなして知っている通りだけど、到頭、また問題を起しちゃったのよ」

「問題って、今度は、退校やなんか無いでしょうに」と、ダットサン屋さんが、早速と一つまぜっ返しを言ったが、

「黙って黙って。余計な台詞はこの際厳禁」

「そうよそうよ。それでどう、丸髷の奥さん」

皆まだこの問題の裏に、どんな事件が潜んでいるのか気がつかないから、巫山戯《ふざけ》半分、あとを促している。平井夫人は、また髪へ手をやった。

「でね、問題というのは、どうしてあたしの耳へ入ったかというと、それはあたしのうちで、芝居なんか書いているから、映画の試写の招待がよく来るわ。その試写へうちの人が行ってみたら、映画は弓子さんのいる商事会社が輸入したもので、その時自然に弓子さんの話が出て来たっていうの。弓子さんが、その会社の重役と駈落をしてしまったというんだわよ」

「まア」

「重役というのはね、もう五十を越した老人で、モチ、奥さんもあるし子供もあるという人なの。だから、弓子さんとその重役とでは、親子ほども年が違っているんだけれど、それが駈落をしたっていうんだから、いくら危女の弓子さんでも、あたし吃驚《びっくり》したりガッカリしたり、すっかりといかれたみたいになっちゃったのよ。気持、判る？」

「判るわ判るわ、同感だわ。だけど、それ本当かしら」

「本当にも何にも、ともかくその会社に、重役と弓子さんとが、もう一週間も前からいなくなっていることは確かなの。重役は、野脇馬五郎っていう人で、この名前だけ聞いたって、いい加減に近代感覚とは縁遠いわね。いったい、なぜそんな老人と駈落なんかする気になったのか、考えると

やっぱり危女は危女、媚女は媚女だけのことしかなかったのかと思って、あたし、涙が出てきてしまったわ。これは大きなスキャンダルじゃなくって。我々同盟にとって、重大なる面子《メンツ》の問題じゃなくって。態度をどうとったらいいのか、それをここで考えてよ」

終り際になって来て、平井夫人は、頗る雄弁だった。テーブルを叩かんばかりに昂奮して、しかし、また指でそっと髪を撫でた。

問題の内容、会談召集の目的は、皆これで明瞭になったようである。そうして、平井夫人の意志も判った。すぐに、曄子、奈津、喬子が意見を開陳し出した。

「まったくね。驚いたわ！」

「これじゃ、同盟は、寝返りをうたれたも同じことね。同盟には協定があったはずよ。危女は、何事によらず恋愛関係についてだったら、誰か同盟員のうちへ通告すること。彼女にとって、自主独往は危険だということ」

「そう。それにまだあってよ。危女は危女の特異性情をよく自認し、正しく強く生きること。常に同盟と親密なるべきこと。こっちは、それを守って、ちゃんと親密にして来たのに」

「うん、だからこれは、同盟誓約の、一方的廃棄というものね。あたし達はここでどうすればよいのか」

みんなに、平井夫人の昂奮が、感染してしまったらしいのである。

誰もひどく憤慨していて、じきと結論が出来上りそうな形勢になった。勿論、この一方的誓約の廃棄に対して、こっちが義理を立てる心要はない。老いたる重役と危女との間に、譬えばどんなに奇怪な協定が成立したにしても、こっちはもう絶縁を通告しさえすればよい。今までは、危女のことについて、世間で彼女を悪く言えば、一生懸命弁明してやったことがあるし、絶えず彼女を庇護する意気込みでいたのだが、もうこういう事態になってからでは、同盟と彼女とは別個の存在である。スキャンダルに捲き込まれぬためにも、こちらは彼女を除名処分に附さねばならぬということになってきた。

一人、みんなの意見を、黙って聞いていたのが光枝だった。そうして彼女が、委員長格でいるのだから、おしまいの断を決すべき立場にある。

「ねえ、どう、光枝さん。あなたの意見は」

一緒に顔を向けて訊いた時に、

「そうね」光枝は、考えてから答えた。「あたし、大体は、皆さんの考えに賛成していてよ。だけど……」

「だけど……」

「ものには、順序というものが有ると思うの。最悪の情勢に立ち至る前に、もう一度、危機転換の方策を講ずべきだわ。譬えば、危女の反省を促すということがあるの」

「だって、駄目じゃないの。もう、駈落をしてしまってから反省を促したって」

「いいえ、そうじゃない。過失があっても、その過失を、出来るだけ小さく喰止めてやるのが、我々同盟の情誼《じょうぎ》じゃなくって」

「ううん、そりゃ、そう行けばまアいいんだけれど」

「行くか行かないか、そこは、やってみた上できまることだわ。ね、皆さん、あたしからお願いが一つある。あたし、弓子さんに会って来てみようと思うんだけど」

一同は、顔を見合した。そして、会うのは構わないという意味で、みんな顎を縦に動かした。

「でね、あたし、会ったらば危女に、最後通牒をつきつけるの。反省をする余地があるならばよし、でなくば、こちらから誓約の廃棄通告をするわ。どうでしょう、この考え」

一同は、もう一度眼のうちを覗き合って、もう一度顎を縦に動かした。

これで光枝の主張は通ったのである。同盟と危女との間には、まだ一縷の糸がつながっている。

実はしかし光枝と雖も、この危機を蔵した一縷の糸が、その背後にどんな事件とのつながりを持

っていたか、まだこの時はてんで気がつかずにいたことだろう。彼女は、

「ありがとう。あたし、本当はまだ弓子さんに同情していたいの。あの人のため、皆さんの賛成を感謝するわ」といった。

光枝の本領

劇作家夫人、ドクトル夫人、そうしてダットサン屋さんと洋裁学院教授とは、この事件を処理すべき全権大使が出来たので、ひとまずホッとした顔色になっていた。

その夜彼女等は、まだ時間が早いというので、久しぶりに銀座へのしてみようということになり、これには光枝も誘われたが、光枝は辞退して彼女等と別れた。全権の責任を放ってはおけない。その夜のうちにでも、山辺弓子に会ってみたいと考えたのであった。

ところで、弓子に会うためには、商事会社重役野脇馬五郎氏と駈落をしたというのだったから、第一にその駈落先きを突止めねばならない。光枝は、女性会館を出るとすぐタクシーを拾って、弓子の両親を訪れて行き、ここで詳しい事情を知ろうという目論見を樹《た》てたのであったが、するとこの時、いざ実際に事件の中心へ飛び込んだとなると、危女保護同盟の一員としての光枝は、いつしか態度を改めてしまって、ただの全権大使ではない、はたから見たら、どうやらだんだんに、女探偵風間光枝としての活躍を開始したかの如く見え出したというのが、実はおよそ、次のような順序によってであった。

光枝は、まず弓子の両親に、会うことだけは出来たのである。ところが、その親達は、次のようにいった。

「はい、どうも御心配をかけて相済みません。弓のことについては、殆んどもう私共も寝耳に水、我子ながら呆れ返っているような始末で、それに今あの子が、重役さんと一緒でどこへ逃げて行っ

ているのか、それすら判ってはいないんですよ。こう申すと親としては、いかにも冷淡のようでございますが、今まであいつも、幾度となく世間から、厭な噂を立てられたことがありますし、今度という今度こそは私共も、すっかりと愛想がつきてしまいまして、エイもう、あんなやつ、どうにでもなれと思っておりまするし、それに商事会社からは、支配人の方がわざわざ宅へ見えまして、何しろ今度のことは会社としても、体面上ひどくまずいことで、世間へ知られたくないと思う、なるべく騒ぎ立てずにいて、警察へなど行方捜査を願い出さぬようにしてもらいたいが、その代りには会社としても、あらゆる手蔓を探ってみて、もう私立探偵などにも依頼してあるし、行方はきっと近いうちに突きとめるからというお話もあったんですよ。まア、ここだけの話ではございますが、会社の支配人さんは、口止料だといって、千円もの金を手前共のところへ置いて行ってあります。イエ、新聞社などへも、会社からたくさんの金をふり撒いて、事件が明るみへ出ないようにしてあるということですし、また重役さんのお邸では、これも世間体が悪いからというのは同じことで、会社に一切を任せてしまい、やはり黙ったままでいるのだそうでございますよ。無論私共としては、会社から金を貰ったから黙っている、貰わないから世間へ喋り立てるというわけのものでもないんですけれどね」

両親は、我娘の不行跡に、芯からひどく恥入って、他人様《ひとさま》に合す顔もないといった口吻である。が、それはそれとしておいて、こうなるとひとりでに光枝の方は、彼女の探偵的手腕を、いやでも発揮せねばならないということになってきている。両親さえが、弓子の逃げた先きを知っていない。まずそれを探すのが、絶対必要になってきた。

光枝は、その夜、考え込んでいた。

翌日、探偵事務所へ出勤すると、実はまだまだこの時も、事件の全貌が、そんなによくは判っていなかったに違いない。彼女は昨夜弓子の親達が、弓子の行方については、会社で万般の手配をして、私立探偵にそれを依頼してあるそうだと語っていたことに対応し、ひとしきり電話へかかりきりになって、そこは同業者同志の誼《よし》み、そういう依頼を引受けそうな私立探偵の事務所へ、片っ端しから問合せをし始めたが、するとこの時である、彼女の顔色は、だんだんにある変化を示した。眼附が緊張してきたり、電話をかける声に力が籠ってきたりした。ついに、目星い私立探偵の事務所を、あらかた当り尽してしまったと思うと、ガチャリ受話器を手離した途端、その瞳のうちには、深い深い心配の色が浮かび、それからざっと頭の中で、何か整理をしたり理論を組み立てたり、ある断定を作ろうとして、気持を焦《じ》らせている表情になった。

長いうち、物を言わない。

窓ガラスを透かして、バスが走り電車が行き、ゴーストップの標識が変る街の方を見下ろしているが、その実は頭の中の視神経に、なんにも外の景色が映って来ない。

彼女は、机に向って椅子にかけている姿勢を三度変えた。一度は、おとがいを両手に包み込んで、頬杖をついた時である。二度目は、男のように、腕を胸で組んで天井を眺めた。それから最後に、何かハッと眼が覚めたように、組んでいた腕を急にほどくと、その腕の一つはスカートの中で重ねていた膝の上に、他の一つは、机の上へパタリと落としたが、ここでまた、もう一度思案を纏めるといった顔附になった。

暫らく彼女は、タイプライターをうつ時のように、指で机のふちを小刻みに叩いた。

そうして、やっと最後の断定がついた時に、ブルッとするような恐怖の表情を浮かべながら、急いで席を立上ると、この探偵事務所の所長、星野老探偵の部屋へツカツカ入って行ってしまった。

所長は、折から、新聞を読んでいた。

愛弟子《まなでし》風間光枝の緊張し切った顔色を見て、オヤとばかり首をかしげ、それから黙って新聞を下に置いた。

二人が、何を話したのか、これは所長室の外からでは解らない。

が、二十分ほど経った時、所長は、光枝もろとも、ぬっと所長室を立ち出でた。

そして、

「オイ、諸君。当事務所の総動員だぞ」と響くような声でいった。

同盟強化

劇作家夫人、ダットサン屋さん、ドクトル夫人、洋裁学院の先生は、恐らく、何も知らなかったことに違いない。

彼女等は、あの夜、何事もなくめいめいの家へ帰って行った。それから、劇作家夫人は、気六ずかしい良人《おっと》の劇作家が蓄膿症にかかったので、この看病に時間をとられ、ダットサン屋さんは、ペルシャ猫を二匹貰ったので、これを飼い慣すことに寝食を忘れ、ドクトル夫人は、ドクトルが国語問題に熱中し出したため、毎晩その問題についての議論を聞かされ、洋裁学院の先生は、雷が大そう嫌いなのに、近頃季節外れの雷鳴が多く、蒼い顔ばかりし続けていた。

危女のことは、大使に任せてあるからいいのだと思っている。ただ、あれ以来、大使から報告が来ないので、時々ちょっと気にしている。

ある日にしかし、めいめい電話を貰った。

そうしてその電話は探偵事務所からで、今夜六時、同盟員は再び女性会館へ集まること。なおまた、女性会館へ来る前に、めいめい今日の夕刊を熟読して来るようにという、厳然たる指令であった。

女性会館は問題なし。

だが、夕刊を見よというのは変である。

同盟員は、いらいらしながら夕刊を待った。

そして来るとすぐに開いて見て、息もつけぬほど驚いた。社会欄のトップに「戦慄のスパイ・鬼畜の殺人・××商事重役死体となって現わる」という三段見出しで、次のような記事を発見したからである。

――――〇――――

実に恐るべきスパイ事件が発覚した。作×日早朝より警視庁当局においては何事か重大なる事件の端緒を握りたるものの如く、各課係官総出動の形で諸方面に活躍を開始したが、右は××商事会社を中心とするスパイ事件のためである。××商事は、資本関係においてその半ばまでが外国資金によって成立している会社であるが、同会社支配人角倉紋吉《つのくらもんきち》は、かねて某々外人等と連絡をとり、国家枢要の機密事項を数回に渡って漏洩しつつあったもので、しかも最も恐るべきことには、支配人角倉紋吉は、その計画せるスパイ組織を、同会社重役野脇馬五郎氏によって発見され、野脇氏よりその非行を難詰さるるや、ひそかに野脇氏を殺害して、自己の安全を計らんとしたのであって、彼は野脇馬五郎氏を殺害後、その死体を商事会社内物品倉庫の中に隠匿し、しかもこれを極めて巧妙なる欺瞞によって、野脇氏が最近ある特別なる事情によって失踪したるものの如き体裁を装っていたものであることも明瞭となり、当局係官もその悪魔的犯罪計画の内容には舌を捲いて驚いているほどである。即ち××商事には野脇重役の秘書兼タイピストとして某英学塾出身仮名山田雪子さんが勤めていたが、角倉支配人は野脇氏を殺害すると同時に、山田雪子さんをもひそかに自宅へ呼びつけて監禁し、その後一歩も外出することを許さず、一方においては野脇氏と雪子さんとがいなくなったのは、二人して駈落をしたものであるという風説を流布していたものである。因に、この事件発覚のもととなった主要動機は、前記山田雪子さんの友人である一女性が、行方不明になった雪子さんの身の上を心配し、苦心の結果××商事に怪しむべき節のあることに気付いたためであるが、幸いにして事件発覚後において山田雪子さんは無事であることが判明し、雪子さんの証言によっても、なお続々として角倉支配人の犯罪工作の跡が明瞭となり、当局は目下厳重に角倉支配人を取調べ中である云々《うんぬん》。

茫然自失、驚愕嗟歎、駭神驚目、啞然として吃驚《びっくり》し仰天し、そのほかどんな言葉を使ってもよいだろう。

同盟員は、めいめいがもう、指定された時刻を待ち切れないほどになってしまった。


ようやくにして午後の六時。

女性会館では、一時間も前から、四人の同盟員が待っていて、そこへ、今度も十分遅れて、風間光枝がやって来た。

「ああ、来た来た、来たわよ！」

「待たせたわね、ひどいわ。十分遅刻よ」

「いいのいいの、そんなこと許すわ。さアその代りに話してよ。早く、危女が助かっていた話を聞かせてよ！」

恐るべき事件ではあったはずだが、皆、息を弾ませているし熱心だし、明るい顔をしていたのは、事件が既に完結している。

陰謀は発覚し、悪支配人は逮捕され、その上に弓子は無事でいて、今彼女等の委員長が、凱旋将軍の如く見えたからでもあろうか。

光枝は、あの夜以来のことを順を追って説明し出した。

説明の内容は、夕刊を前に見ているので、みんなよく呑み込めた。

「……でもね、一つおまけに言っときましょうか。あたし、はじめに、××商事がなぜ怪しいってことに気づいたかというとそれは弓子さんの家へ行った時に聞いて来たこと、これが役に立ったのよ。あたし、目星い私立探偵の事務所へ電話をかけて、××商事から最近に何か失踪人のことで依頼を受けたかどうか問合せてみると、どこにもそんな事実は無いっていうのよ。ここであたしには、××商事が弓子さんのことを私立探偵に頼んで探しているということが、嘘じゃないかと気がついたわ。それからまた考えると、××商事の支配人が、弓子さんの家へ千円も金を置いてきたり、新聞社へ運動して事件を秘密にしようとしている、このことが怪しく見え出してきて、何かゾオッとするような気持だったのよ。これは放ってはおけない。何とか手段を大至急講じてみなくちゃならないと思ったの」

光枝は、最後にそういってから改めて一同の顔を眺めた。

「そしてね、何より有難いのは、弓子さんが助かっていたことよ。あの人に少しもスキャンダルなんか無い。同盟は元通り結成していて差支えないわ。さアみんなで、あの人の見舞いに行きましょう。身体が弱って病院に今いるんだから」

赤はぎ指紋の秘密

木々高太郎

一、本格的の殺人事件

久しぶりで本格的の殺人事件に、立ち会うことが出来た、風間光枝は、警視庁から来ている刑事達の乱暴な言葉使いに閉口しながらも、何か一種の満足と張りとを経験することが出来た。

光枝が探偵事務所から出て、地下鉄で自分のアパートへ帰ったのは、昨夜の九時頃で、それから二時間も読書に耽って、いよいよ寝に就こうとした時に、卓上電話が鳴った。

出てみると、向うは、蚊の鳴くような細い、弱々しい声なのである。

「もっと大きな声をして下さい。何？　誰か殺されたと言うんですか」

すると、また、電話の声が変った。確かに一人ではない。二人なのである。その代りあった声も、さっきの声と同じように心細いのである。泣いてはいない。しかし、とにかく物おじする少女の声であることに間違いはない。

「お父さんが、殺されているのです」

「え。あなた達のお父さんが？　どこですか、電話をかけていらっしゃるのは？」

すると、また声が変ってきた。今度の声が一番若々しいが、しかし一番大きな響く声なので、よく判ってきた。すると少女は三人いるのであるらしい。

「うちからかけて居ります」

「男の方はいないのですか？　お嬢さん方三人ですか？」

「いいえ、女中も二人居ります」

光枝は、いよいよこれは、お嬢さんなのだ。どうも重大な事件である癖に、何という困った電話だろうと思った。

「所番地を言って下さい。それから現場に手をつけてはいけません。わかりましたか。現場というのは、その殺された方を動かしたり、その部屋のものを動かしたりしてはいけないということですよ。その部屋へ入らぬのがよろしい」

相手は所番地を言うので、光枝は、よほど苦労して、それをメモに書きつけた。

「警察へ言いましたか。私のところが最初ですか?」

「はい。まだ警察へは言いませんが、言わなければいけないのでしょうか」

「言わないでもよろしい。こちらですぐ連絡を取ってあげます。したが、あなた方はどうして、いきなり私のところへかけたのですか」

「はい。二た月ほど前に、学校へ来て探偵のお話をして下さいましたので、覚えていたのです」

そうか。それで判った。或る女学校へ出かけて行って、校長の依頼で全校の生徒に講話をやったことがあった。その時に警察にも言えない困ったことがあったら、私のところへ必ず相談をなさい、とつけ加えたことがある。それは広告のつもりではなかったけれども、帰って所長に話したら「えらい広告をやったもんだ」と言って冷やかされたのを覚えているのである。

「すぐ行ってあげますから、待っていらっしゃい」

光枝は、あの時の生徒なのだ、と思って、急に湧いてくる親しみを感じながら、こう言って電話をきった。

そして、すぐに、自分の探偵事務所の所長に電話をかけて打ち合わせをすまし、その手ですぐに、警視庁の第一課長の自宅に電話をかけた。こうして、光枝がその家にかけつけたあと、二十分ほどしてから、警視庁の一隊が、どやどやと乗り込んで来たのであった。

三人の少々が、一人一人ひょくりと頭を下げて、光枝の前に出て来た。

「どうして、あなた方だけなのですか」

「はい。兄達が二人いるんですが学校の旅行に出かけましたの。それから、書生が一人いるのですが、父の命令で、昨日からどこかへ参りました。うちには、私達三人と、女中二人だけ、それに父とだけになりました」

「何時《いつ》から」

「一昨日からです」

「誰が発見したのですか」

「私達三人が、一緒です」

光枝は、じっと三人を精査した。一番年上の少女が、女学校の最上級であろうか。

「私達、一つ違いです。同じ女学校の五年生と四年生と三年生なのです――今夜は、父の許しを受けて、夕方から出かけて夕御飯を食べて、映画を見ました。そして帰って来たのが十時から十一時の間でした」

「もっと正確な時間がわかりませんか」

「はい。十時二十一分でした」

一番小さい少女が言った。

「それから、私のところへ電話をしたのが、十一時五分ですね。では、その間に発見した時間は?」

「それから、帰って来て、内玄関から入って、二階のお父さんの書斎の方へ向って、三人で、唯今! とどなりました。いつものことですもの。だって、わざわざ行かなくても父には聞こえるんですもの」

「よろしい。それから」

「すると、女中が、旦那様は洋室の方のお客間です――と言いますから、お客さま? と聞くと、はい、そうらしゅうございます、と言うので、そちらへはゆきませんでした。ところが、四重《よえ》ちゃんが、そっと行って立ち聞きしたのに、中に人声がちっともないのですって――」

光枝は黙って聞いていた。少女達は正直に話しているらしく、その実況がありありと想像された。父は、洋室の客間の時には、自分で客を招じ入れて、自分で送り出すことが多かった。自然、命じられなければ、女中等も客間に出入することはしないので、或いはもうお客は帰ってしまって、父一人、客間の椅子にかけているのではないか、と思ったので、一番年下の四重ちゃんは、ノックをした。声がないので、把手《ハンドル》を引くと鍵がかかっている。おや、と思っているところへ、姉さんの二重《ふたえ》さんと三重《みえ》さんとが、やって来た。

書斎は、入口が二つあって、一つは大廻りをして表玄関へまわらなければならなかった。三人は、表玄関の方へまわってみると同じように鍵がかかっている。しかも、鍵は、表玄関から客間へ入る扉《ドア》に、外からさし込んであった。

三人は、ちょっと相談をしたが、かまわないというので、さし込んである鍵をまわして中に入って、死骸を発見したのであった。

「表玄関は?」

「表玄関は、内からはあきますが、外からしめると、そのまま鍵がかかってしまいます」

「では、お客は、お父さんを殺して、客間に鍵をかけて、表玄関をあけて外に出て、行ってしまったという想像ですね」

「ええ、そう出来ると思いますわ」

二、指紋のない死体

光枝は三人の少女が怖がるのを、強いて促して、客間に入ってみた。現場を動かさぬように、器具に触れないようにして、その位置を見た。

死体は、ソーファの上に横になっている。割合に楽な姿勢をしていることが、第一に眼についた特徴である。死因は、見たところでは、凶器を用いたのではない。薬品を用いたものらしく、静かな寝顔を見せている。

「おや？」

光枝は、死体の手の指先きに、血がにじんでいるように見えたので、ちょっとかがんで手指を調べてみた。すると、驚いたことには五本の手指の先端の皮膚が、丹念に赤はぎされている。光枝が、その手指を動かして、よく調べようとすると、三人の少女は、「あっ！」と叫んでバタバタと室から逃げてしまった。思うに、父の死体の、思いがけない傷を見るに忍びなかったのであろう。

光枝は、十数畳もあるかと思われる、広い客間に、一人残されて、指紋を赤はぎされた死体の傍《そば》に立っている自分を意識すると急に身の内を戦慄が走るのを覚えた。

この時に、「どうだい、風間さん。いそいでやって来たが、君の方が早かったね」と言って、自分の探偵事務所の所長が入って来た。そして、そのあとに、第一課長の濁《だ》み声で「やあ、先刻《さっき》は電話をありがとう」と言うのが聞えた。

警視庁からは、鑑識課も警察医も全部そろって来たので、現場写真をとり、見取り図をとり、すぐに動かし始めた。光枝は、手をつけないで、その動きを一々追いながら、せわしく記憶すべきところは、手帳に記して行った。

「薬品ですよ。何かということは解剖してみないと判りません。——指紋の赤はぎは、死後ですね」

「死後どの位の時間がたっているかね」

「そうですね。死固《しこ》はまだきていません。筋肉は、或る部分は、まだ生きていますね。そう時間はたっていません。二時間位でしょう」

「すると、今十二時過ぎてる。十時頃かね」

「さあ。あとで、それを唯一の手がかりになんかされては困るから、訂正しておくかな。まあ、九時から十時というところですなあ」

「赤はぎは死後どの位たってからかね」

「指紋をはいだのは――やあ、これはどうも不思議なはぎ方ですな。鋏ですぜ。鋏ではいだのですよ」

「何？　鋏で？」

「そうですよ。よく切れているところを見ると、外科用の鋏かも知れません。とにかくメスではないね。犯人はポケットに鋏を入れて来ていたね。――死後二三十分でしょうね。血がそれでも僅かだが出ていますよ」

一同は、やはり赤はぎ指紋のところへ来て、慄然とした。

「一体、何の必要があって、手指の皮を赤はぎしたのかね」

「そりゃあ、課長の役目ではありませんか。医者には判りませんよ。無論、指紋をかくすためであることは、間違いなしですね。それでなけりゃ、指先きなどをはぐわけはないですな。爪をせんじて飲む、ということは聞いていますが、指先きの皮膚を煎じて飲ませろというなあ、おかしいですよ」

警察医は、死体を残虐に取り扱うことには馴れっこであると見えて、一番平気であった。

「とにかく、訊問をしてみよう。死体に関する限り、これでいい――一体この家の殺された主人は、何をしているのかね？」

「さあ、しもた屋です。家作など少しもっているが、それで悪辣な商売をしているんではありませんね。株などは持っていますが、まあ、何もしていない。相当な金を持って、悠々自適している、というところでしょうか。――」

警部の一人が、もう調べて来たとみえて、説明していた。

「家族は、主人に、細君はもう数年前に、死に別れているね。男の子二人、大学と高等学校、娘三人、女学校、女中二人、書生一人、これは、今いない。つまり、男三人がいない。あとはいる。その時に、不思議な訪問客があったこと、――この訪問客についてはすぐ見当をつけよう。ともかくも、不在の男三人、息子二人と書生とは、足取りを紹介して、調べあげておいてくれ給え」

課長は命令を下した。

光枝は、今まで判ったことを頭の中でくりかえした。

主人が殺された。薬品である。すると、飲まされて死んだのか自分で飲んだのか。自分で飲んだとなれば、自殺である。しかし、あとで指紋をはいでいるところを見ると、自殺はおかしい。殺して、指紋をはいで、鍵をかけて、表玄関から逃げた犯人は、一体何の目的なのであろう。目的がさっぱり判らない。

この時、光枝の頭のうちには、指紋をはいだことは、恐らくその指紋が公知であることから来ている――という考えが浮んできた。

公知とは何か。それは、第一は、警視庁の指紋台帳にのっている――ということである。第二には、何か記録となって保存されている。どこに？　或いは病院かも知れない。或いは何かの研究所かも知れない。そうでなければ印刷物となって、書物か雑誌にこの人の指紋が公表されたことがあるのか――とにかく犯人は、この人の指紋とこの人の名とが同一人であることを知られるのを困ることと考えたのに違いない。

三、船客名簿

女中二人の訊問の結果から、夕刻からの主人の行動がかなりはっきり判ってきた。

「いつもというわけではありません。時々と申してよいでしょうか。私どもにお茶もお命じにならぬお客さまがあります。今日夕刻、御主人はお食事のあと、ずっと客間にいられました。何か打ち合わせてあったものと見えまして、お客様は玄関のベルを鳴らさずに入って来られたようなのです」

「どうして、判ったかね。お客のあることが」

「お電話がありましたので御主人に申上げにゆきましたら、今、留守だと言え、と申されました、その時、お客間の扉には鍵がかけてありまして、あけずに仰言いました」

「それだけでは、お客があった証拠にはならないね」

「でも、その時、確かに、話声らしいものが、部屋の中で、しておりました」

「最近、同じようなことはなかったかね」

「つい三日ほど前にも、ございました。その時のことは、もっとよく判っております」

「何？　もっとよく？　言ってみたまえ」

「はい。三日ほど前には、横浜から長距離電話がございまして、それが午後四時頃でありましたか、御主人に申上げましたし、その夕刻、書生の辛木《からき》さんは御用を言いつけられて出てゆきましたし、お嬢さま方も、映画に行ってよろしいとお許しがありました」

「何《な》んだ。今日と同じように、家の者を遠ざけているのだね」

「はい。そして、時間も全く同じように、お客様は帰られたらしく、午後の十時頃に、御主人は二階の書斎の方へ上ってゆかれました。お嬢さん方は十時半か十一時近く帰って来られました」

「書生は？」

「十二時頃に帰って来ました」

「書生に何か怪しいことはないかね」

「怪しいことがありました」

「何んだ。段々出て来るな。言ってみたまえ」

「帰ってから、御主人に用事のことを申上げるのか、と思っていましたら、そのまま寝てしまったのです」

「ようし、その、三日前の電話では、向うの人の名は言ったかね」

「申されました。コハラと聞きましたので、そのまま申し上げました」

「コハラ——小原か、木原か、とにかく、そう特別な名ではないね」

光枝は、第一課長の調べる、これ等の訊問を聞いていた。そして、横浜ということと、コハラ、という名前とを記入した。

その夜から朝にかけての捜査で判ったことは大体、これだけであった。盗まれた品物は勿論何もなかった。被害はただ、主人が殺されただけのことで、外《ほか》には殺人に関係のありそうなものは殆どなかった。

所長は、朝の九時頃になって、光枝と相談して帰ることになった。

「君はどうする?」

「私は、ここのお嬢さん方の御依頼ですから、この事件をもっと底までつきとめる義務もあるようですわ。警視庁の人達も残るでしょうから、私も残っていたいと思います」

「うん、それがよかろう」

午前十時には、刑事二名と、光枝とだけ残って、捜査の人達は引きあげて行った。

「お嬢さん。御親戚の方々が来られたら、私のことを、女学校の先生で、御不幸の時に、あなた方のお世話をするために来ているのだ、と申上げて下さいね」

「ええ、そうしていただくと、私達も結構です」

それで、光枝は、主としてお嬢さん方の相手をするために、奥の間にいることができた。刑事二人は、玄関と裏口に分れて、監視していた。

「手紙は、今日は来ないのかしらん」

三重さんが、時々言った。

「ひょっとすると、表の刑事さんが課長さんに見せないと、こちらへ渡してくれないのかも知れませんよ」

光枝は、そう言って、三重さんをつれて、刑事のところへ行った。案の通り、刑事は郵便物を保管していた。

「ちょっと見せて下さい」

「主人あてのは困ります。あとは、雑誌だの開封のものばかりですよ」

光枝は、それを受け取って、「お嬢さんあてのはありませんね。これは何か印刷物ですね」

「あら、つまんないわ。こんなもの、毎日のように父のところへ来るのですわ。父は見てもすぐ捨ててしまうのですのに」

「毎日ですって?」

光枝は、その開封の郵便物を見た。それは二つ共、船会社からのものであった。

「開いてもいいでしょうか。お嬢さん」

「ええ、いいわ」

開いてみると、一つはNYKの「××丸」の船客名簿で、一つはOSKの「△△丸」の同じく、船客名簿であった。

「お父さまは、船会社の株主ですか?」

「ええ、そうらしいの。来るものって言えば船会社の印刷物ばかりなのよ」

午後に至って、解剖の結果が判った。死因は予想のように毒薬であったし、その他は、今朝警察医の診断と殆ど異らなかった。

その日のうちに、警視庁の例のやり方——しらみつぶしに調べるという、やり方は進行したものと見えて、二人の息子たちも、電報で呼びよせられ、書生もつれ戻された。

二人の息子たちについては、別に不審とするところは一つもなかったが、書生には大いにあった。

というのは、書生は、関西の方へ使いにやらされるのだと女中達には言って出たのに係らず、東京市内の或る宿屋に泊っていたのであった。しかも甲原亀一《こうはらきいち》という名で泊っていた。

「貴様、少しおかしいところがあるぞ。御主人の命令通りになぜすぐ出発していなかったのだ」

「え？　出発？　どこへですか」

「どこって、関西の方へゆくように命ぜられたと女中達に言ったろう」

「ああ、それですか。言いました。しかし、実際命令が、東京市内に、変名で泊ってろと言うのでした」

「では、甲原という名をつかったのは、主人なのかね」

「さようです」

「君が甲原という名で泊っていたから、しらみつぶしの調査に忽ち引っかかったのだ。凡そ、今朝から、コハラという名で泊っていたから、しらみつぶしの調査に忽ち引っかかったのだ」

「何故また、コハラをあげたのですか」

「それは、君の御主人を殺害した犯人という嫌疑があるのだ」

「え？　御主人を？」

「そうさ。御主人は昨夜殺されている」

「ほんとですか？　ほんとなら、もっと申し上げることがあります」

「え？」

今度は課長の方が驚いてしまった。

「実は御主人から命ぜられた時は、同じ宿屋にいてはいけない。東京を振り出しに、一晩ごとに、どこへでもいいから、移動しろ、と言うのでした」

「へえ？　一晩ごとに？　それでやはり甲原で泊れ、と言ったのか？」

「そうです。だから東京に二晩、横浜、名古屋という風にゆくつもりでした」

「どこまでゆけと言ったかね」

「どこということはありませんでした。一週間したら、帰って来い、と申されました」

課長は苦笑した。

「目的は?」

「それは判りません。久しぶりで好きなところへ旅行しろ、と言って、お金を相当下すったのです」

四、光枝の調査

「所長さん。赤はぎ指紋の事件は、長期戦となりました」

「警視庁で投げたのかね」

「いいえ、警視庁では、他殺説で、未だに甲原某という犯人を追求しようとしています」

「それで、君の方は?」

「私の方は、私の考え方で少し進めてみたいと思います」

「うん。それがいい。何か考えがあるかね」

「あるのです。それを私は長期戦と申したのです。つまりこの事件はどうも根が十年も二十年も昔のことにあると思われるのです」

「何故ね」

「何故と言いますと、あの殺された光野というのは、七八年ほど前まで、伊集院という伯爵の家扶《かふ》だったのです。その頃、伊集院家には家督相続の争いがあって、光野氏は、その長男の方へ加担しました。そして、先代の伊集院伯爵は、爵位は止むを得ないものとして、財産の大部分は、弟の方へゆずろうとせられた事件があり、結局は長男が一切相続いたしましたが、その相続の完了する前に、光野は家扶をやめられているのです。それ以来悠々自適していたと見え、今では伊集院家とは一切縁が切れているのです」

「ほう、それが今度の事件に何か関係があると言うのですか」

「どうも、私は、それが関係があると思うのです」

「どうして？」

「その頃、伊集院家に二人組の強盗が入りました奇妙な事件があったのです」

それは、冬の寒い夜であった。伊集院伯爵は病床に横わっていたが、その隣室に拝領の品々と、伊集院家に長く伝わっている家宝とが置いてあった。伯爵の傍《かたわら》には、夫人と看護婦とが寝ていて、階下には書生や女中達が寝ていたが、強盗二人は、湯殿の硝子《ガラス》戸を切って押し入り、階下で書生と女中とを縛りあげて、二階に闖入して来たものと見える。伯爵の寝ている隣室に来て、強盗は拝領の品々に手をかけた。この時、伯爵は、眼を覚まして、隣に寝ていた夫人を起こした。看護婦も起こした。

「意気地のない奴じゃ、よし俺が」

盗賊と知って慄えている夫人と看護婦を叱りながら、伯爵は起き出ようとした。夫人と看護婦がすがりついて、まあ待って下さい、と身振りで止めようとするのを振りきって、病伯爵自らその部屋の床の間の槍立てに立ててあった、六尺の槍を取った。

あとで夫人と看護婦との、物語るところによると、伯爵よろめき立ち上るや、右の足をあげて、襖の唐紙を蹴倒したという。

賊の一人の脇腹をめがけて、長槍が閃いたが、手応えはなかった。驚きあわてた賊は、それでも、大切な品々の入れてあった櫃《ひつ》をかかえて逃げ出した。逃げ出す賊を追って、階段のところまで伯爵が追った。夫人と看護婦が起き出て、伯爵を助け起こして病床につれ戻し階下に下りて書生や女中の縄を解いたのは、それからものの二十分もしてからであったろう。警察官に知らせるやら、息を切らしている伯爵のために、主治医を呼びよせるやらしたのは、およそ三十分も過ぎてからであるから、二人の賊は取り逃してしまったことは言うまでもない。

ところが、不思議な賊であった。せっかく盗み出した櫃を、庭にすてて逃げている。あとで調べてみると、拝領の品々は全部あったが、家宝のうち二点だけ賊に持ち去られたことが判った。

「家宝の品だけでよかった。だが、それは警察官によく調べてもらわにゃならん」

伯爵の言にまつまでもなく、警察官は湯殿の硝子戸に印した鮮やかな指紋も得たし、盗み去られた品をも追求した。

結果は滑稽である。指紋はその頃警視庁には保存し始めたばかりの時で、数多くはなかったがともかくも常習犯のうちにはない。

「或いは、初めての盗賊でありましょう」

捜査課長も、そう言っていた。家宝の行方はなおのこと滑稽であった。それは質屋に約半箇年前から入っていたことが判った。

「入れた奴は、誰じゃ。光野の奴ででもあるか」

「いや、まことに申し憎いことでありますが、御次男の――」

伯爵は、あとを聞かないで、顔をそむけたまま、捜査を打ち切るように命じてしまった。これが財産相続の問題でも長男の勝利となった直接の原因であり、同時に、間もなく伯爵が亡くなられたのも、その夜関節を痛めたことに原因していたのであった。

「なるほどね――君の調査で、よく判ったよ。確かに、それが、今度の赤はぎ指紋と関係があるね。警視庁の連中はまだ、そんな話までは調べてないだろうね」

「ありませんね。警視庁は、例の、しらみつぶしで、やっているようです」

「それで、君はどうする」

「もう少し、この物語を調査してみます。そして、もう少し腑に落ちたらやってみたいことがあるのです」

五、三人姉妹

だが、所長と光枝とが笑い話にした、警視庁の「しらみつぶし」も、とうとうものになった。四五日後に、横浜の小さい宿に、古原《こはら》と書いてコハラと、読む姓の男が泊っていた。刑事が踏み込むと、貧乏らしくはあったが亜米利加《アメリカ》風な洋服を着ていたその男は一時逃げようとして、遂に捕えられた。

「貴様だな。光野氏を殺して、その指紋をはぎ取ったのは?」

「いや、新聞で承知しております。しかし、殺したのは、私ではありません。それには立派な証人がいます」

「駄目だ。貴様が二度光野氏をたずねている。その証拠はあがっているのだ。では、何の用でたずねたのだ」

その男は、光野をたずねた理由もすぐ自白した。古原というその男は、前に光野が伊集院伯爵家の家扶をしていた頃に、書生にいて、法律学校へ通っていたのである。光野が免職になってやがて伯爵の亡くなられたあと、盗癖のあることが判って出された。盗癖はあったが夜学の法律学校では秀才の方で、論文を書いてその学校の法律雑誌にのった事などがある。自分の論文の出た雑誌を持って、光野のところへ行って学資の支給を頼んだりした。

「どうだ。日本にいるより、外国へでも行って、勉強して来たら――二年間勉強する位の費用は、わしが出してやるから、あとはあちらで独学する工夫でもして、えらくなって日本へ帰って来るようにしたら」

光野が、そんなことを言ったので、渡りに船と思って、相当の金額を受け取って、アメリカ合衆国へ行った。

「ところが、わるい仲間と一緒になって、金などはすぐ使い果し帰れないままに、今年で七年にもなります。ところが思い付いたのは、光野氏のことで、あの時何の縁故もないのに、高が学友会雑誌に投書した論文ぐらいを見て、あれだけの金をくれたのには何かわけがある。恐らく、同じ頃伊集院家にいて、光野氏のやっていたことを、私が知っていると思って、——そう言えば、私の訪問した時に、うっかり自分でも知らずに、私から何か光野の弱点をつくようなことが出たのかも知れません——とにかく、日本へ帰っても、光野氏から金が出るというような自信が段々ついて来て、今度帰って来たのです」

「ふん、それから光野氏に電話をかけて、逢いに行ったのだな」

「そうです。いっそのこと、お前の財産を作ったのは、伊集院家から誤魔化したのだというような意味のことを言ってやろうと思って、逢いました。最初は下手に出て、金を欲しいと言いますと光野氏は、金は出す、と言うのです。だから、と思って、二度目に、友人の弁護士をつれて行って逢ったのです。だから、光野氏の殺された日は、私一人でなく、その弁護士と一緒に行ったのですから、証人があるのです」

「ふうん、それから光野氏はどうした」

「機嫌が悪くはなく、一週間だけ待ってくれ、と申しました」

「それだけか」

「それだけです。証人を呼んで聞いて下さい」

弁護士が呼ばれて、調べられたが、当夜は、確かに、それだけであった。では、コハラという電話がかかってから、光野氏が、女中に知らせずに逢ったり、書生に妙なことを命じたりしたのは何故であったか。

指紋赤はぎ事件は、これで警視庁では、迷宮に入ってしまった。

光枝は、これだけの調査を聞いて、わざわざ第一課長に逢った。

「知りたいのは、古原がやって来ただけで光野氏は何を脅迫に感じたのでしょう。古原はそれを知っていますか」

「ところが、自分は脅迫の種は持っていない。ただ自分が種を持っているように光野氏は思ったのであろう、と言うだけなのです。奴、そう思われていた方が便利だもんですから、それで、出るだけの金を出させるつもりだったのですよ――それにしても、この事件はさっぱり判りませんねえ。古原の脅迫を恐れたりしたところで、自殺するというのは解せないし、第一、死後に指紋の赤はぎがあるってのは、古原とその弁護士が帰ってから、誰かが押し入ったとでも考えなければ、さっぱり解せないのですよ。あなたにいい考えがありますか」

「後から調べてみるとここ数年の間光野氏は船会社と連絡を取って、日本と合衆国との間に往復する人の名をすっかり調べています。古原が帰ってくるのを恐れたとすればそれがよく判るのですが」

「そりゃ、船株を相当持っているからでしょう」

光枝はそんなことを言っている第一課長には、この事件は永久に迷宮に違いないと思ったが、それはおくびにも出さなかった。

その夜、この事件を考えながら寝床に入ろうとして、光枝は電光の如く我が頭に閃いてくる考えに、思わず躍り上った。

「そうだ。古原が青年時代に学友会雑誌に書いた論文というのは果して何であったろう？」

翌日、光枝は××法律学校へ行って、古い学友会誌を借受して繰って行った。すると、古原の短い論文にゆき当った。見ると「指紋の興味」と題してある。パラッと一頁《ページ》をめくると、そこに指紋の写真がのっている。その写真の説明を読むと、光枝は、思わず立ち上った。

「某家湯殿の硝子戸に残した二人強盗の指紋――実例」としてあるではないか。そこには、数個の指紋が歴々《ありあり》と印せられている。

光枝は、立ち上ってすぐに自動車へのった。そして、光野氏へかけつけた。

「二重さんか三重さんか、四重さんがいますか。できればお一人ずつに逢いたいのです」

女中はすぐに出て来て「三人御一緒におめにかかると申して居られます」と言った。その声につづいて「あら、風間先生」と言う三人の姉妹の明るい声が響いた。花のような三人の姉妹の顔は、その日の光枝の厳しい顔を見て忽ち笑いの影を消した。

「お嬢様方に、今日は大切な御相談に上ったのです。私の話を御聞き下さい。そして間違っていなかったら、そうだ、と言って下さい。そうすれば、この話は、ただ、今日、私の胸にうつっただけで、消えることでしょう。――いいですか。お嬢さん方が、帰って来られると、お父さんは死んで居られましたね。その時机の上を見ると、多分、一番大きいお嬢さんに宛てられていたでしょう、お父さんの遺言がありました。いいですか。それには次のように書いてあったでしょう。――父は重大なる犯人である。父の死後、直ちに父の左右の手指の指紋を切り取って捨ててくれ――と。その恐ろしい命令を、三人はわななく胸を集めて相談しました。そして、とうとう、お父さんの命令を守ることにして、一番大きいお姉様が、鋏を取りにゆきましたね。――」

光枝は顔をあげて、姉妹を見た。

三人は、涙を一杯ためて、うなずいている。

「何故お父さんが、そうなすったか知っていますか？　それは七八年前に自分の利益のためでない或る計画で、お父さんは、或る家の湯殿の硝子戸を破って、入ったのです。その時に、指紋を残しました。お父さんの指紋だけでは何でもありませんでしたが、お父さんの大切に思っている人も、その時協力して硝子を破ったので、その指紋もついたのです――その指紋の事を知ってお父さんを脅迫すると、お父さんには信じられる人間が一人居ました。お父さんは、その人間の脅迫をのがれ、ついでその時の共犯者をかばうためには、自分が死ぬことと、そして自分の指紋を永久になくなすことが必要である――と信じたのでした。お父さんは、出来れば、自分で自分の指紋をはぎ取って、捨てて、死にたかったでしょう。ところが、それがどうしても出来ませんでした」

「風間先生、判りました。お父さんの手紙には、鋏で切れと、書いてございました。そして私達はやはり親の命令は、その意味がわからないでも遂げるべきだと、三人で決心したのでした」

二重さんが、三人の美しい姉妹の代表者のように、そう言った。

「お父さんの指紋は永久にわからなくなりました。従って、もう一人の指紋が追究される機会――証明される機会は、永久に去ったと思われます。お父さんは――」

光枝がそう言うと、三人の姉妹は、左右と前とから光枝の袖と胸とに、泣きながらすがりついた。

盗聴犬

海野十三

古くさい鞄

例の女探偵風間光枝は、このごろ、妙な恰好のボストン・バグをさげて歩いている。同僚たちは、それを見て、かねて遠慮のない批評を加えている。

「光ちゃん。その妙な恰好のバグは、さげて歩かない方がいいよ」

「全くワシもそう思う。その古めかしい時代色のバグは、颯爽ガールのあんたに釣合わないこと、あたかもルーズベルト大統領にカイゼル髭の如き観ありだね。そのバグは、君のアパートの押入の中にしまっておいたがいいだろう。その恰好じゃあ、当分お嫁に貰ってくれ手がないよ」

「まあ、ひどい。皆さん、おせっかいは、よしてよ」

「おせっかいじゃあない。皆、心配してやっているんだ、君のために。一体そのバグは、どこに落ちていたのかね」

「まあ、落ちていたなどと……」

「だが、お世辞にも、買ったんでしょうとは、申上げられない色艶だ」

「あたし、これ、買ったのよ、昨夜《ゆうべ》、銀座で……」

「へえ、買った？　うそをつけ」

「まあ、皆さん。すこしは銀座を散歩などなさいまし。あたし、このバグを世界美術館というところで買ったのよ」

「世界美術館？　へえ、それは何だね」

「なんにも知らないのね、皆さんがたは。このごろ、銀座の通にたくさんの美術館が店を開いているのよ。そこへいけば、なんでも、手に入るわよ。このバグ、これでたった六円五十銭よ。やすいでしょう。ジュン皮ですよ。これで靴をこしらえると、充分五足はできます、全くお値段じゃありませんやと、その美術館の番頭さんがいってたわよ」

「あっ、そうか。その美術館というのは、ちかごろ急に殖えた銀座の古道具屋のことだろう」

「なんだ、古道具屋か。なるほど、古道具屋なら、なんでも手に入るだろう。ははは。だが、そのバグが六円五十銭は、安くないね。第一、皮が破けているじゃないか。ほら、そこに穴が二つ三つ、あいている」

「おや、そのバグには、風穴つきなのかい。いよいよそいつは、複雑怪奇！」

そこで一座は爆笑。光枝は、つーんと鼻を上に立て、

「よしてよ。この風穴は、買ってきてから、あたしがあけたのよ」

「へえ、君が穴をあけたのかい。わざわざ、風穴をね。ワシには光ちゃんの心理がわからない。いよいよ出でて、ますます複雑怪奇じゃ！」

再びの爆笑に、一座は風をうけた稲田のように揺れた。

「おばかさん揃いね。今夜でも銀座へいって、私立美術館の壮観に酔ってくるといいわ」

光枝は、ぷーんと頰をふくらますと、バグを片手にひっさげ、事務所をとびだした。所主の大先生はいま旅行中とあって、小春日和を留守居連中の生命《いのち》の洗濯である。

光枝は、事務所を飛び出すと、舗道のうえを、漫々的《マンマンデー》に歩きだした。飛びだしてみたものの、今日に限り、何の用件もないのであった。午後の空は、拭ったように晴れわたり、風さえすっかり落ちて、小春日和の標本のようないいお天気だった。ビルディングの影が、となりのビルディングの横腹を、くっきりした線で斬っている。

そこで光枝は、思わず独白《ひとりごと》をいった。

「さあ、テルや。お前が殊勲をたてるような事件が、そこらに転がっていないものかね」

そういって彼女は、バグのうえに軽く手をおいた。

どこかで、小犬の声がした。

「あたしは、あの事件以来、科学探偵の帆村荘六氏に、かぶれちゃったのかもしれないわね。でも、まさかこの穴のあいたあたしのバグが、これから帆村探偵そこのけの偉勲をたてようとしているとは、誰も気がつかないでしょうね」

光枝は、いたずら小僧のような横目をあたりに馳せると、ひそかなる笑いを口辺に浮べたのであった。

一体この穴のあいたボストン・バグは、いかなる能力を備えているのであろうか。彼女は、どうして、そのようなふしぎなバグを、美術館商店から掘りだしてきたのであろうか。それはいずれだんだんと分ってくるであろうが、さっき光枝が独白をいったように、光枝はたしかに科学探偵帆村荘六をその事務所に訪ねていって愕かされて以来、科学手段による新探偵法について、すこぶる頭脳を働かせているのであった。——どこかで、また小犬がないた。低く呻るような声だった。

そのときである、光枝が、口の中で、あっと叫んだのは。

彼女は舗道のうえ数間先に、自家用の自動車から降り立った二人の人物を見て、思わず愕きの声をあげたのである。一人は、狐の襟巻をつけたぶくぶく肥えたマダム。そのような自分の年齢《とし》を忘れたような妖艶なマダムはどうでもいいが、その連れの紳士というのが、外《ほか》ならぬ例の科学探偵帆村荘六だったのであるから、これは光枝にとって、正に晴天の霹靂に近いものであった。

舗道のうえ、二人は、気にしないではいられないほど顔と顔とをぴったりと近づけ、なにを話しているのか、夢中に話合っているのであった。そして暫くすると、二人は一緒に顔をあげて空を仰ぐような恰好をし、足早に向うへ歩きだしたものである。ここに至って、風間光枝の胸には、小さい稲妻が、ぱちぱちと音をたてて飛んだ。彼女は、例の古びたバグの上を、ぽんと叩くと、やや蒼白になった頰をガウンの襟で隠しながら、両人のうしろを尾行しはじめたのである。

帆村探偵と牝牛《めうし》夫人

尾行されているとも知らず、牝牛マダムと帆村探偵とは、そのままずんずんと舗道のうえを歩いていった。そしてやがて二人は丸の内にある有名な歴史的な高層建築青ビルの前までいくと、そこでまた立ちどまって、ビルを見上げるようにしていたが、そのうちに、肩を並べて、そのまま中へはいっていった。

光枝も、つづいて青ビルの入口をくぐった。彼女の眼は、目ざとく、二人が地下室の階段を下りてゆくのを認めた。

地下室には、下足預り所と、便所と煙草売場と、そして大食堂とがあった。二人は、大食堂の中へ入っていった。

もちろん光枝は、おそれ気もなく、二人の後について、大食堂の人となった。但し、彼女は、二人のテーブルから七つ八つ隣りに席をしめ、且つ衝立でもって、いつでも思いのままに彼女の顔が隠せるような位置を選んだことであった。

例の二人は、給仕女が注文を聞きに来ても、それに気がつかないほど話に夢中になっていて、たいへん憎らしかった。一体なにを話しているのであろうか。光枝のところへは、二人が何を低声で話し込んでいるのか、直接には、なんにも聞えてこない。

だが光枝は、そんなことに一向愕かなかった。というのは、例の穴のあいたバグの一件であった。彼女は、卓子《テーブル》の下でバグを開いた。バグの中には、かわいい小犬がはいっていた。くんくんと小犬は鳴いた。それはバグの中であった。光枝は、太い指のさきで、小犬の頭をぽんとはじいた。するとバグの中の小犬は、しずかになった。

彼女は、小犬をバグの中から抱えあげると、しきりに何かいいきかせているようであった。小犬は、トーイ・テリヤの血をひいているらしい身体の小さい犬だった。

犬は光枝の言葉を解するもののようで、そのまま卓子の下におろされると、床のうえを一直線に二人の方へ歩いていった。そして二人の脚がぶらぶらしているその傍《そば》までいくと、そこで温和《おとな》しく座りこんでしまった。

この小犬こそ、名前をテルといって、光枝がこのごろたいへん可愛いがっている秘蔵犬であった。光枝は、この小犬を、いつもバグの中に入れて歩く。バグを買ったのも、この小犬のためであった。バグに穴をあけたのも、この小犬テルのためだった。

だが、これは単に小犬とバグと、その二つの物体の存在だけに見えて、じつは、そうではなかった。

光枝は、このとき、左手を自分の耳にあてがっていた。彼女の耳には、帆村探偵と牝牛夫人との会話が、手にとるように、はっきりと大きく聞えているのであった。

「奥さん、たしかに、この青ビルなんですね」

と、いう声は、たしかに帆村だった。

「そうざます。たしかこの青ビル、ざますの。あたしは今もこうして、一分間でも、じっとしていられない気持がいたしますのよ」

そういう声は、牝牛マダムだ。

「たしかに、下足預所に、見覚えのある下駄が残っていたんですね」

「ええ、残っていたのを見たんざますのよ」

「くどいことを伺いますが、お見ちがえではないのですね。つまり、同じような鼻緒のすがった同じような恰好の下駄は、この東京中にだって何百何千と、たくさんあることでしょうから」

「いいえ、見まちがえなんて、そんなことは、決してござあません。あたくしが作ってやりました鎌倉彫の日和下駄で、鼻緒は、多少スフは入って居りましょうが、臙脂《えんじ》の鹿の子くずしざますの。

着物は、黒い蝶が黄菊白菊のうえをとんでいるざますの」

「つまり、この写真に出ているとおりですね。めずらしいですなこの写真は。写真のうえにこうした色彩を塗ったものは、はじめて拝見しました」

「それは、なんでもござアませんの。そういう色鉛筆がござあます。そんなことは、この事件以外のことでござあますから――どうも殿方の探偵さんは、着物のことや履物のことになりますと、失礼ながら、御理解がうすいようざますのね。ですから、じつはこの事件も、あたしは、近頃売り出しの風間光枝という女流探偵にお願いしようかと思ったんざます」

「ああ風間光枝ですか」

「あ、先生もご存知でいらっしゃいますのね。もちろん御同業でしょうから、そうあるべきでござあましょう。が、とにかく、甥がやはり帆村探偵にお願いしたがよかろうと申しますので、お話いたしましたような次第ざますけれど、やっぱりこれは風間光枝さんの方へ持って参った方が具合がよろしゅうございましょうかしら」

「風間光枝とおっしゃるが、あれの腕前のところは、まだ女学生のやっているレビュウみたいなところですよ。とてもこの事件はチンピラ探偵風間光枝などの手には負える事件じゃございません。しかし、奥様の御希望の次第はよくわかりましたから、いずれ私の方から風間光枝に話をしまして、適当に助手としての仕事でも私の監督下でやらせてみましょう。どうぞ奥さまからは、何もおっしゃいませんが、よろしゅうございます」

無念づくし

風間光枝は、ここで一声大きく喚いたら、さぞ胸がすくことだろうと思った。

だが、彼女は、辛うじて、そうすることを思いとまった。

彼女は、耳朶におしつけていた左手を下ろした。掌《て》の中には、小さな受話器が隠されていた。これが、さっきから、不逞探偵の帆村と、鎌倉彫は牝牛夫人との密談を、ことごとく彼女の耳に送った道具立の一つだった。

実は、例のテルという小犬の首環に、釦《ボタン》ぐらいの大きさのマイクロフォンが取付けてある。そのマイクから、小犬テルの紐と見える電線が、例のバグの中までのび、その先に、今彼女の掌の中にある受話器につながっているのであった。

電池は、もちろんバグの中にしのばせてあるが、これは極く小型のものである。

こういう仕掛によって、光枝は、世の中のありとあらゆる密談を盗聴《ぬすみぎき》する決意をかためたのだった。

この仕掛は彼女の誇りであった。彼女の新兵器であった。帆村かぶれをしたきらいは否定することができないが、彼女は、この仕掛を百パーセントに利用すれば、大抵の事件はすらすらと解けるものと信じていた。

結局、風間光枝の探偵手腕は、鬼に金棒の譬喩《たとえ》どおり、たいへん強力なものとなったと信じていたのに、なんという失礼千万な帆村探偵の言い方であろう、光枝のことを、女学生のレビュウみたいなもんだとか、チンピラ探偵だとか、それからまた、自分の監督下で助手をやらせてみましょうなどと！

光枝も、元来、事を荒立てることを好むものではなかったけれど、日頃ひそかに敬慕していた帆村探偵が、今日牝牛マダムの前で放った風間光枝誹謗の暴言に対しては、断然剣を抜き放って立ち上らざるを得ない。

「ほんとに、失礼な方ね」

光枝は、新兵器の電話器と愛犬テルとをバグの中に収《しま》い、二人を青ビルの大食堂にのこして、衝立のかげから退場した。これ以上、あそこに停《とど》まることは、とても光枝ごとき純情の乙女の耐えうるところでない。

要するに、彼女はぷんぷん怒りながら、また元の事務所へ帰ってきたのであった。

事務所の中は、林の如く静かであった。それは、思いがけなくも、所長が、飄々乎《ひょうひょうこ》として突然旅先から帰ってきたことによる。一同口の方は鳴りをしずめて、すこしサボっていた調査報告書をまるで競争のように書いているのだった。

光枝も、ちょっと間が悪くなって、所長の前へいって挨拶すると、すぐさま自席に蠣《かき》のようにへばりつき、報告書競争のお仲間入りをした。

だが、彼女のかき乱されたる心は、報告書をまともに書きつづけるためには、どうも好適ではなかった。

だから、彼女は、用紙の上に、帆村に似た人間を描いては、その鼻の下に口髭を生やしたり、彼を恰好のわるい大きな牝牛のうえに載せてみたり、その者を一メートルばかり空中へとばせ、傷口から噴水のように血がほとばしり出るところなどを描いて、ひとり鬱憤を晴らしていた。

だが、光枝は、しばらくすると、それにも倦きた。こんどは、彼女は机に両肘をついたまま、石造の狛犬のように強直《こうちょく》したままになった。昂奮が醒め、彼女に思慮をうながす順序の時間とはなったのである。

（はて、あれはどうやら、重大げに見える事件のようだったが……）

光枝は、テルを使って盗み聴きしたときの二人の会話を思い出そうと、一所けんめいになった。

（はて、青ビルの中で、牝牛マダムに関係のある女性が、行方不明になったらしい。その女性の履いていた下駄――鎌倉彫の台で鼻緒は臙脂の鹿の子絞りといっていたな――が下足番のところに預けたままになって残っていた。その女性は、下駄を預けて、上へいったまま、そのままとうとう下りてこないのである。一体、その女性はどうなったであろうか？――これが事件の概要だ）

光枝は、始めて首をふり、

「これはたしかに一大事だ」

と、机のうえをとんと叩いた。

所長が、その音をきいていたのか、いきなり大きな眼を老眼鏡越しにこっちに向けた。

ついに御小言の始まりか。

そのとき、所長の卓上に置かれた電話が、じりじりと鳴りだした。それは光枝にとって、運命的なものだった。早い話がその電話があったればこそ、光枝のうえに下りんとした所長の一喝が、とたんに解消した。それから、もう一つ、この電話の内容というのが、光枝の探偵史のうえに、重大な一頁《ページ》を残すことになったのであるが、それは後になって分る。

「ああ、そうですか。ふん、ふん」

所長の電話は、なかなか長かった。

が、その電話が切れると、光枝は、所長によばれて、その前にいった。

所長は、声をひそめ、メモをひきよせると、鉛筆でそのうえに、いきなり
〝青ビル〟

と書いた。光枝は、いよいよお出でなすったなと、胸がわくわくしてきた。

帆村探偵が自分を助手に使いたいと、申込んできたのであろうと思った。

助手格で出動

ところが所長は、帆村のホの字もいわなかった。

〝青ビル、八階、スミス兄弟輸出入商会〟という文字を、メモのうえに書いた所長は、鉛筆のお尻で、そのうえを叩きながら、

「ここで、給仕を一人もとめているんだ。女の子で、なるべく地方出の方がいいというんだ。君、

いってくれ」

（まあ、先生は、職業紹介所へいつから御関係になりましたの）

と、聞きかえしたいところだが、所長は、苦が手である。

「はい」

と、素直に返事をした。

「なるべく、ぼんやりとした女のつもりで勤めてくれ。それから大切なことは、この商会を出入りする貨物について、注意を払ってくれ。毎晩八時に銀座のしるこ屋〝くじら〟で会おう」

「誰に会うのでございますか」

「もちろん、わしに会うのだ」

「はあ、先生、じきじきの御出陣でございますか」

「なんという。おかしなことを聞くやつだ」

「帆村探偵からお頼まれになったんではないのですか」

「なに、帆村探偵？」所長は、ぎろりと眼玉をうごかして「そんな無関係なことについての質問には応じない」

あいかわらず仕事にかけては頑固な所長だった。

話は帆村が喋っていたこととは、すこし、違ってきたようである。しかも所長が片棒かつぐとは、なかなか面白い事態となったものだ。ただ、事由もはっきり知らせられずに、スミス輸出入商会の給仕になるなんて、やはり光枝は、まだ一人前の探偵として取扱われていないのだと、彼女は、それを考えて、ちょっとむらむらとした。

だが、何とも仕方がないことだ。

このうえは手柄をたてて、名探偵風間光枝の存在をはっきりさせるより外《ほか》、途がない。どんな事件であろうとも、きっと帆村の鼻を明かせてやるぞと、光枝は大いに敵愾心《てきがいしん》を燃やしたことであった。

その翌朝から、光枝は、青ビルの方へ勤めることになった。

地方から出たての娘だという触れこみであったから、彼女は安っぽい着物に身体を包み、弁当箱を片手に、他の片手には、例の小犬の入ったバグをさげて、スミス輸出入商会の扉を押したのであった。

中には、二人の日本人がいた。

一人は品のいい白髪童顔の老人で、臼木さんという。なかなか英語が達者な人だ。もう一人は、鈴谷さんという年増の女で、このひとも英語は達者であった。横浜あたりで、アマさんをしていた人のようであった。

兄スミス氏と弟スミス氏とは、お昼前になって、やっと出勤した。

二人の白人の首実検が終了すると、光枝は臼木老にさげ渡された。

「それじゃ、一つ、働いてもらいましょう。給料は、一ケ月三十円で、外《ほか》に手当として八円出すから、しめて三十八円也ということにする。ようがすか」

そんなことは、さっき臼木老人と兄弟スミス氏との会話を横から聞いていて、先刻承知していた光枝だったけれど、始めて聞くようなふりをして、承知をした。

「あのう、うかがいますが、このお家は、なんの商買《しょうばい》なさるのでございますか」

光枝は、ぶっきら棒な質問を、臼木老に対してぶったのであった。

「うう、お前さん、あまりよけいなうかがいは、しない方がいいよ。だまって、こっちのいうとおり働いてもらえばいいんだ」

「へえ、さようでございますか。なんにも聞いちゃ、なんねえでございましたか」

「まあ、そう思っていなさい。余計なことはいけませんよ。だが先ほどの質問は、一応尤もゆえ、答えておくが、この店は、スミス様御兄弟の本国であるイギリスとの間に、商品の取引をなすっているので、貿易のことだから、商品は多種多様だ」

「ああ、さようでございますか」

そういっているとき、鈴谷女が、頓狂な声をはりあげた。

「まあ厭だよ、あんたは。あんたの持ってきた鞄の中には、犬が入っているんだね」

「ああ、それは……」

と、光枝は茶くみ場へ駈けだしていった。

「犬なんぞ、持ってきちゃ困るね」

鈴谷女は、バグから小犬を出して、抱いている。

「しかしこれは、雑種だけれど、なかなかいい犬だ。お前さん、どこかいい家で貰ってきたんだろう」

「いいえ、郷里の駅に迷児になっていたのを、駅の町田さんに貰いましたのでございます」

「ああ、そうかね。いつもこうして、鞄の中に入れておくのかね」

「町田さんが、これはなかなか高価《たか》い犬だというものですから、こうして鞄の中に入れておくのでございます。ときどき外に出して、運動をさせることもございます」

「そうだね。そうしてやらないと、いくら犬でも可哀そうだよ。お前さん、元のとおり、入れておくよ」

鈴谷女は、テルを元のように、バグの中にしまった。無断で、他人のバグを明けるなんて、怪《け》しからぬ女だ。しかし光枝の方では、先刻そんなことは織り込みずみであった。いつもはテルの首にかけてあるマイクロフォンも、今日は外してあった。バグの中には、電池も受話器も見えない。すべてこれ、作戦計画の第一頁であった。

職工風の客

その夜八時、銀座のしるこ屋〝くじら〟で光枝は星野老所長と会った。

所長は、黒紋付に仙台平の袴というういでたちで、鼻下には半白の太い口髭をだらりとつけていた。まるで殿様みたいであった。

「先生、こんなところでいいのですか。たくさん人がいますのに」

「いや、人ごみの方が反っていいんだよ。人ごみで、低い声で話をする。これが目にもつかず、盗聴のおそれもなしさ」

光枝は、この間同じ状態のもとに帆村をスパイしたことを思いだして、この分なら老所長をスパイすることも容易だと思った。人ごみ中の密談というのが、このごろ探偵仲間の流行なのであろう。

「で、あっちは、どうだった。荷造をしていたか。積みだしたか。宛名はどうだ」

所長は、欲ばった聞き方をする。

「いえ、今日は何にもございませんでしたわ」

「じゃあ、外から荷物を持ちこまなかったか。横浜港あたりから盛んに品物が入ってくるという噂じゃが……」

「いいえ。それもございませんでしたわ」

「はて。それじゃスミス兄弟は、一日中何をしていたのか」

「スミス兄弟は、朝ちょっと見えたばかりで夕方まで留守でございました」

「はて、それは珍らしい。夕方になっても、とうとう帰ってこなかったんだね」

「そうでございますの」

「ははあ、開店休業という奴だな。そいつはめずらしい。もう一つ、別働隊をつくって、探偵させる必要があるかもしれないな」

「別働隊ですって。先生、あたくしでは、いけませんのですか」

「お前は、せっかく給仕として入りこんだのじゃないか。動かれちゃ、肝腎のときに困るよ」

「先生、あのスミス兄弟というのは、スパイなんですか」

「何だかわからない。いつもいうとおり、探偵をするのに先入主があっては、いけない。お前の場合のように、探偵助手という奴は、いいつけられたとおりのことをしてりゃいいんだ」

「でも、こういうことを調べるんだと、それが分っている方が働きやすうございますわ」

「だめ、だめ。それが分っていると、こいつは探偵だなと、向うに気がつかれてしまうんだ。探偵助手の間は、禁物だ」

「あーら、先生。ひどいこと仰有るわ。帆村探偵と全く同じことを仰有るのね」

「なに、帆村がそんなことをいったか。あれは、わしの弟子じゃからね、ははは」

「まあ、道理で。いいところも、わるいところも、よく似ていらっしゃるわ」

「これこれ口の悪い奴じゃ。もうその辺で、あとは明日のことに譲ろう」

老所長との第一回会見は、大して収穫もなかった——と、光枝は、そう感じた。

しかし老所長の方では、容易ならぬ異変として明日はスミス兄弟の宿舎に、部下を見張らせる決心をした。

さて、その翌日のこと、光枝は、スミス兄弟商会で、まめまめしく働きつづけた。

スミス兄弟は、朝から多忙であった。

この朝、職工らしい男が、きたないボロ帛《きれ》でつつんだ器械みたいなものを持ちこんできた。光枝は、この職工が間違いをしているのだと思ったが、スミス兄弟に通ずると、彼はそのまま奥へ通された。

へんな来訪者だ。

光枝は、その職工の顔を、洋服の釦孔に仕掛けた小型カメラで撮っておいたが、彼は、徹夜でもしたのか、それとも腎臓でもわるいのか、眼瞼《まぶた》が腫れあがっていた。

職工千田さんは、金の入った袋をもらって、にこやかに帰っていった。

彼の脇の下には、器械を包んできたボロ帛が、くるくるとまいたまま、抱えられていた。

光枝は、その器械を見たいものだと思った。

だから、職工千田さんが帰ると、その足で、すぐ主人兄弟の部屋の扉《ドア》を押した。

「あ！」

ところが、扉は内側から鍵がかかっていた。素早い用意だ。

だが、主人兄弟のこの警戒の厳重さ加減は、光枝の胸に、新しく大きなはりあいを植えつけた。

光枝は、受付の机のうえに、「大洋」という雑誌を大きく開いて、それを読んでいるように装いながら、じつは、あの職工千田さんと器械とを中心として、あれやこれやと憶測《たくましゅ》を逞うしていた。

そのとき、入口の扉が、がたんと明いた。

光枝は、はっと顔をあげた。

「ええ、古新聞は、たまっていませんか」

なんだ、廃物回収屋さんか。

「まだ、ないわよ」

「なにか外《ほか》に、お払いものは……」

「ないわよ！」

光枝は、うるさそうに怒鳴りつけたが、そのとき、

（ああ、この廃物回収屋の顔は？）

と、たちまち胸には大きな動悸が波うった。

怪しい荷物

（帆村探偵だ、あの顔は！）

光枝は、目まいに似たものを感じた。帆村探偵が、廃物回収屋になって、この青ビルへ入りこんでいるのだ。しかも、スミス兄弟商会に目をつけているのだ。一体どうしたわけであろうか。

帆村が、この青ビルに入りこんでいるということについて想起せられるのは、この間の牝牛夫人との密談の一件である。

すなわち、牝牛夫人に関係ある鎌倉彫の下駄の女が、青ビルの中で行方不明になったという事件である。すると帆村は、その事件の探偵をしているはずである。果して然らばこのスミス兄弟商会を覗いた帆村の真意は、この商会が怪しいと見てのことでなかろうか。

（スミス兄弟商会で、若い女が姿を消した。女の行方や如何《いかん》？　恐るべき誘拐事件！）

と、すぐさま光枝の胸に、新聞のタイトルが浮び上ってきた。もしそれが本当だとすると、光枝はたいへんな危険地帯にはいりこんだわけである。

（ほほほ、あたし、なんて気が弱くなったんでしょう）

光枝は、しばらくして、くすくす笑いだした。なぜなれば、およそ廃品回収屋などというものは、軒なみに廃品を聞いて歩くものである。なにもスミス兄弟商会だけを訪問したと考えるのは早計である。帆村がここへ顔を出したのも、例の行方不明の若い女をさがすため、ここへも寄ってみただけのことであって、光枝と顔を合わせたのは、全く偶然のことであったろう。気にすることはない！

「ええ、古新聞は、たまっていませんか」

扉が明いて、また廃品回収屋が顔を出した。

「まあ、うるさいのねえ」

と、顔をあげたとき、扉はもう閉まっていた。そして何か白いものが、光枝の胸に当ったような気がしたので、見ると、それは小さく折り畳んだ紙片だった。

光枝は、万事を悟った。帆村が、自分の姿を見つけて、なにか言ってきたのだ。彼女は、そっとその紙片をひろげた。そこには、次のような文句が認めてあった。

〃その部屋の隅っこかどこかに、別紙写真のような物品が隠してないか、お調べを乞う。ホ。ただし、危険につき、貴嬢はなるべく早く退去されるをよしとす〃

ホとは、帆村の頭文字だ。別紙写真というのは、ライカ判の半分ぐらいの写真が五六枚入れてあって、「着物」と書いて、黒い蝶々が黄菊白菊のうえに飛んでいる模様を示した帛を撮った彩色写真だの、例の問題の鎌倉彫の日和下駄だの、帯の模様だの、要するにこれまでに方々で撮った写真から集めた行方不明女の身廻り品目録であった。

(ずいぶん、ひとをばかにしているわね。あたしのことを、チンピラ探偵といったり、ありゃまだ役に立たない女学生のレビュウみたいなもんですよ、とかいったりした癖に、その方の釈明もなしに、いきなり自分を探偵助手に利用しようと企むなんて、あの帆村荘六たら、なんという心臓の強い探偵なんでしょう。へへへんのへんだ!)

光枝の憤慨するのは、一応尤もだった。

だが暫くして、彼女は持ち前の探偵意識を取り戻した。

(いいわ。あたしは勝手に、そのことを調べましょう。その探偵結果を、帆村探偵に与えるかどうかは、後で決めればいいいわ)

光枝は、すぐ椅子から立ち上りかけたが、そこでまた腰を下ろした。

それは、奥の扉が、がたんと鳴って、スミス兄弟の声が聞えてきたからである。

「おーい、臼木、鈴谷。この荷物を出してくれたまえ。さあ、すぐそっちへ搬《はこ》んでいってくれ」

「へーい、旦那様」

光枝も、奥へとんでいった。好機逸すべからずというので。ラジオ受信機ぐらいの大きさの函だった。上はすっかりハトロン紙で包んであった。臼木老人と鈴谷とが、それを重そうに抱えてスミス兄弟の部屋から搬びだした。

光枝は、そのとき、スミス兄弟の部屋をぐるっと見まわした。九坪ばかりの部屋が二つであった。手前の部屋は、荷作り部屋であった。奥の部屋には、机や椅子が並べてあったから、多分事務室であろう。金庫もあった。が、その扉は、ぴたりと締まっていた。

そのとき、光枝の眼を鋭く射たものがあった。それは、この荷造り部屋に、大きな器械戸棚があり、上部は硝子《ガラス》張りだが、下部は木の戸がはいっている棚であった。その扉が半分ばかり明いているのだが、その奥に、女の着物がくるくると丸めて押し込んであったのである。その着物の模様が、なんと黒い蝶が黄菊白菊のうえを舞っているという例のお尋ねものの着物だった。

光枝の胸は、またどきどきしてきた。

（ああ、たいへん。あれは牝牛夫人の探していた女の着物にちがいない。あの着物が、丸められてあそこにある限り、当人はどこにいるんだろうか。もしかすると、女は殺されて、その屍体は、この部屋の、どこか別のところにあるのじゃなかろうか）

帆村探偵の尋ねていたものが、正しくこの部屋にあったのだ。グロテスクな犯罪場面が、光枝の目の前に、すうと蜃気楼の如く浮び上ってくるようであった。正に一大事である。

「さあ、君は、なにをしていますか。早くこの部屋お出なさい」

スミスの兄は、光枝が部屋にのこっているので、外に追い出した。

臼木と鈴谷女とは、ハトロン紙で包んで函様のものを、搬びだして、受附の机のうえにそっと置いた。

「なかなか重いね、臼木さん」

と、鈴谷女がいった。

「さあ、一番力を出して、早く駅へ持っていこう」

「臼木さん。お前さんに持てるかね。運送屋をよんだらどう」

「だめだめ。これは家のものが持っていけと、旦那さまのいいつけじゃ」

「あたしがお手伝いしましょうか」

と、光枝がいった。

「だめだめ。お前さんは、だめだよ」

二人の雇人は、風呂敷を出して、その函様のものを包みはじめた。そのとき、ハトロン紙がベリベリと裂けた。その下から、ちゃんとした荷造りが現れた。荷札には、

〃横浜市鶴見区××町×番地、日×発動機株式会社、副社長アーサー・デリック殿〃

と書いてあった。

「お前さん、ハトロンが破れたよ。叱られやしないか」

「仕方がないよ。風呂敷で包んでいくんだから、いいじゃないか。どうせ駅へいけば、ハトロン紙は破るんだからね」

妙な会話をのこして、二人の日本人の雇人は表へ出ていった。

非常計画

風間光枝は、一人になると、すぐさま帆村から渡された写真のうちから、黒い蝶の模様の着物の分を出すと、その裏へ、鉛筆で走り書で認めた。
〃奥の荷造り室の戸棚の下にある〃
それから、洋服の下にかくしていた極小カメラから、フィルムを引張り出すと、それを銀紙でく

るくると捲いた。光枝は、荷造り室の中の光景や、今の荷物や荷札なども、そのフィルムの上にうつしておいたのだった。そしてこの二つの品物を、机のひきだしに収った。

後をふりかえると、スミス兄弟の部屋に通ずる扉が細く明いているではないか。

光枝は、立ち上ると、足音をしのばせて、扉のところへいってみた。

奥をのぞくと、奥の事務室の扉はぴたりとしまっている。荷造り室の方には、誰もいないようである。

「今だ」

光枝は、席に戻ると、バグの中からテルを出した。テルは、いつの間にか、マイクや電線で武装していた。

「さあテルや。お前、そっとあの扉の間から荷造り室へ入っていくのだよ。そして戸棚のところへいって、女の人の着物をくわえておいで」

光枝は小犬の頭をなでた。

「――それから、もしかすると、あの戸棚の中に、女の人の屍体があるかもしれないんだよ。そのときは、くすんくすんと鼻を大きく鳴らすんだよ。でも吠えちゃ駄目よ。お前が探偵していることが、すっかり分ってしまうからね。さあ、いっておいで……」

光枝の身体では、あの扉の間を、音をたてないで向うへ潜ることは出来ないが、この小犬なら大丈夫であると思った。

さあ、その結果は、どうなるか。

テルは、主人の命をかしこみて、長い電線をひっぱりながら扉の間から奥へ入っていった。

だが、テルは何を疳《かん》ちがいしたものか、戸棚の方へはいかず、奥の事務室に通ずる扉の前へいって、ちょこんと座りこんだ。

「まあ、頭脳《あたま》のわるい犬ね」

光枝は、電線をゆすぶって、小犬に信号を送った。

しかし小犬は、あいかわらず、扉の前に座りこんで動こうとはしない。

光枝は、舌うちしながら、受話器を耳にあてた。すると、スミス兄弟の話し声が、微かに聞えてきたのだった。

「こんど来た給仕は、どうも油断がならないぜ」

「田舎者だから、大丈夫だろう」

「いいや、あの目の色は、都会人だ。また、例の手を用いて、やっちまった方がいい」

「そう度々やるのは危険だ」

「いいじゃないか。殺すのなら、こいつは悪いが、買収して、軟禁するんだからいいじゃないか。この間の女に、昨日会ってきたが、あの女は、すっかり洋装で納っていたぜ。そしてデリック氏別邸内に軟禁されているとも知らず、〝この山の別荘は気に入りました、それに旦那様もお友達も、皆親切でうれしいです〟なんて、喜んでいたよ」

「通信は禁じてあるだろうね」

「うん、しかし、あまり厳重に禁ずると、露見するから、そこはうまくやって、手紙は途中で没収してある。だが、今に足がつくよ」

「まあ、いいよ。今日送り出した荷物が、明日は工場の中に搬びこまれるだろう。するとデリック氏は、明日の夕方に、時限装置を調整して、工場の重要部に仕掛けて帰るから、その夜のうちに、工場は爆破して跡片もなくなるだろう。だから、われわれがこの事務所に居られるのも、明日の夕刻までだ。それくらいの間なら、大丈夫だろう」

「うん、大丈夫であることを祈るよ。だが、日本政府の役人どもは、蒼白になるだろうね。日本唯一の高級発動機の製造所がなくなってしまうのだから……」

「うん、そうなると、いくら軍用機の胴体や翼だけがあっても、飛べやしないから、さぞ悲観することだろう」

「あれ、今の音は？　ごとんといったぞ、その扉が……」

「叱《し》っ！」

光枝は、失心せんばかりに蒼ざめつつ、この恐ろしい会話を速記していたが、ここで手をとどめた。そしていそいでテルの首にむすんである紐をひいた。

「あっ、犬だ」

「おや、この小犬め、首環のところに、釦マイクをつけているぞ」

「あの娘だ！　逃がすな！」

スミス兄弟は、とだどたと出てきた。

光枝は、椅子から飛び上った。そしてテルを抱き上げると、首にむすんだ電線をひき千切った。

スミスの一人は、光枝の横を駈けぬけると、すかさず入口の扉を背にして、光枝を出さないようにした。

もう一人のスミスは、ピストルを、光枝の方にぴたりと擬した。

「そこを動くな。生命《いのち》が惜しければ、しずかにしろ」

光枝は、机のうえにあったインキ・スタンドを手につかむと、入口の扉に頑張るスミス氏に向って抛《な》げつけた。

「あっ」

と、スミス氏は、体をかわした。インキ・スタンドは、スミス氏には当らなかったが、入口の扉にはまっている硝子を、ぶちぬいた。

光枝は、すかさず、抱いていたテルを放した。犬は、机のうえを蹴って、ひらりと硝子の破れ穴から外に飛び出した。テルの首環には、光枝の早業で、さっき兄弟の喋っていた恐ろしい密談の速記や、机のひきだしにあったフィルムや帆村への返書などが、一括して結びつけられていた。機密は、いま廊下を一目散に駈けだしていく。もう大丈夫だ。やがて所長星野老探偵や帆村がテルを取りおさえるであろう。そうすれば、今日のうちにも、憲兵隊の活動が始まって、この恐るべきスパイ兄弟の狙った日×発動機株式会社の重要工場は、真夜の爆発事件から未然に防がれることであろう。

光枝は、鼓膜が裂けたと思った銃声を聞いたのを最後に、人事不省に陥った。

もう彼女は、チンピラ探偵でもなく、要監督助手格探偵でもなく、りっぱな一流の女探偵となった。

だが、帆村が彼女のことをチンピラ探偵と悪口をいったのは、この事件が非常に危険性を帯びているため、風間光枝を直接に参加させたくなかったので、ただ姪の失踪事件だとばかり思っている牝牛夫人に対し、先手をうって、光枝を保護したのに過ぎず、悪意はなかったのである。

慎重令嬢

大下宇陀児

事件依頼者

廊下にいた間が、たっぷり一時間近くはあったろうということが、すぐと風間光枝には判った。表が薔薇の花の刺繍で裏が深い臙脂《えんじ》色をした絹ショールの肩にポチリと一つ、それから、濃いグリーンと金糸との鼻緒がすがった革草履の爪先にもまた一つ、白い斑点がついていて、これがもう乾きかかっているのを、光枝は早くも見て取ったのである。白い斑点は、ビルの廊下の塗り替えが始まっていて、職人達が水性ペンキを塗っているから、これがこのお嬢さんの軀へついて、知らぬ間に乾きかかったものに違いない。多分、探偵事務所へ入るのが、気まりが悪かったり怖かったり、事務所のドアの外を、行き過ぎては戻り、戻っては行き過ぎ、さんざんに躊躇をしたあとで、さてもうじきに事務所も閉ざされるという夕間暮れ、やっとのことで決心がきまって、中へ入って来たものであったのだろう。

お嬢さんは、光枝よりも、少し年下だった。入ると、受附で、女探偵の風間光枝さんという方に会わせてもらいたいと言い、次に光枝の前へ来た時に、緊張し過ぎたせいだろう。

「私、実は、何もかも、慎重にしたいと思いましたの」

唐突《だしぬけ》に言ってしまって赧《あか》い顔をした。

これが光枝をして彼女のことを、本当の名前は進藤範子というのだったのを、もじって「慎重さん」と呼ばしめてしまった原因である。

慎重さんは、どんな用件があってやって来たのか、はじめのうちは、あちらこちらにいる事務所の所員達の姿に視線を配り、どうもちょっと肝心の話を、切り出し憎いといった顔附だった。

「何か私に、御依頼になりたいことがおありなのですわね」

「ええ、そうなんです。だけど……」

「判りましたわ。私、事務所をもう帰ってもいい時なんですの。外へ出て、銀座の方へでも歩きながら用件をお聴きしますわね」

光枝が先きに立って机を離れ、アストラカンのついたオーバーを着ると、慎重さんはすぐ気を利かして、光枝のハンドバッグを持っていてくれたり、マフラーの糸がボタンに引っかかったのを直してくれたりしたほどだったが、さて外へ出て第一に彼女が尋ねたのは、探偵事務所というところが、何か悪いことをした人間について、その秘密を探ったり調べたりというだけの仕事をするところか、それともほかに、事件依頼者の希望によっては、どんな平凡なことをでも調べてくれる所かどうかという、大そう無邪気な質問だった。

光枝は、自分にもこんな妹があったらと思い、急に肩を抱きよせたくなった。

「いえ、探偵事務所は、犯罪に関係した事件ばかりじゃありませんの。ある人の身許や信用状態の調査、会社の内容、いなくなった飼犬の行方、そのほか何でも調べてあげられるところですわ」

というと、慎重さんはすっかりと安心した顔になったが、それからまたちょっと気まりの悪そうな眼附をして、だんだんに話し出して行ったのが、次のような事柄である。

即ち慎重さんは、最近に結婚をすることになっている。結婚の相手は、三年前に大学を出た青年で、これは昔からの知合ではない。先方から、仲人口によっての申出で、自分を嫁に欲しいといって来たのだが、ところで困ったのは慎重さんに、この青年と本当に結婚をするだけの決心が、どうもハッキリと湧いて来ないのだとのことだった。

途中で光枝が口を挟んだ。

「じゃ、判りましたわ。何かあなたに不安心な気持があるんですわね。向うの方と、お見合いはもう済んでますのね」

「済みました」

「そして、どう、その時は？　向うの方を、いい方だと思った？　悪い方だと思った？」顔を覗き込まれるようにすると慎重さんは、さすがはまた狼狽して、「アラ、厭！　そんな、ハッキリしたこと訊いて下すっちゃ……」という眼附になったが、結局答えたところによると、その具合でもまたその後に、二三度会う機会を与えられた時でも、青年の性質につき容貌につき学識につき、ある程度以上気に入ったところがなくもない気持がしていないでもないと、甚だ回りくどい説明である。但し、それを言ったあとで慎重さんは、急に思いがけず、しっかりした口調になった。

「でもね、結婚ということは女にとって、一生涯中での重要な事件だと思うんですもの」

「ええ、そうね。それは同感ですわ」

「私は、だから結婚についてては、どんなに慎重にしたところで、過ぎるということがないと思いましたの。父や母は、先方のことといろいろと調べて来て、家柄もよし当人もよし、こんな良縁はないんだって言います。だけど、それだけで結婚してしまったら、私は自分のことを、自分以外の人に任せっきりにしたみたいで、無責任になってしまうのじゃないでしょうか。私、それを考えたらまだまだその人と結婚してはいけないのだと気がつきました。気持、判って下さるかしら」

「ええ、ええ、それは、とてもよく……」

「私、その人のことを、一から十まで、皆《み》んな納得してしまいたいと思いました。それから、どうしたらそれができるかと思い、何やかや苦心をしているうちに、急に事情が切迫して来てしまいました。結婚するんだったら、一日も早く、結婚しなくてはならぬ事情が持上って来ました。私が一人きりでは、その人のことを、知ってしまう暇がありません。といって、決心をつけずに結婚したら、私が私自身を、粗末に捨てたことになるかも知れませんし……」

おしまいのところを言う時に、慎重さんが、またすっかりと気が弱くなり、ほとんど泣声になってしまったのは、はたから見ては可笑しくても、当人にとって、実際ひどく困ったことであったのに違いはない。

光枝が、切迫した事情とはどんなことなのかと尋ねると、彼女はここで、事実ポタリと涙をこぼした。そうしてそれは先方の青年が、最近補充兵としての教育召集を受け、軍隊から帰って来たばかりだからと答えた。

「きっと、じきにもう戦地へ行くのですわ。そうして戦地へ行くのだったら、行く前に私、イエスかノーか、はっきり決めなくちゃいけないと思います。私のためにも、その人のためにも……」

光枝は、何かで急にうたれた感じだった。

慎重さんの、無邪気でしっかりしていて泣虫なところを、面白く思っているだけでは済ませなくなった。問題は本当にシリアスである。しかも、目下日本の若い女性にとって、斉《ひと》しく考えてみねばならぬところのものではないか。

二人は、いつしか銀座のまん中まで出て来ていた。

クリスマスがもうじきだというのに、どこの店にもまだお飾りがしてなかった――。

花聟《はなむこ》採点

風間光枝は、その晩自分が一人きりになった時、なかなか寝つかれないで困った。

慎重さんが、事件依頼者として探偵事務所へ現れたことは、妙にほかの場合とは違った意味を持っていて、その処置については、なかなか困難な部分が含まれていると思えたのである。それも無論、形式的には、何でもないことかも知れない。事件依頼者は、先方の青年について、出来るだけいろいろの詳しいことを、探り知ってもらいたいというのが望みなのだから、いわばこれは、素行調査身許調査の部類に属する。探偵事務所の一員として、そんなことはしょっちゅうやり慣れている仕事だけれど、さてこれが光枝にとっては、そんなに単純な気持で眺められないところがある。ウッカリしたら事件中へ、自分までが慎重さんと同じ感情に溺れてしまって、激しく捲き込まれて行きそうな危険さえある。

「それに第一私なんか、こういう種類の問題について、他人のため相談役になってやれるだけの資格あるのかしら」

彼女は、繰返し、それも考えてみねばならなかった。

そして、いくどもベッドのうちで寝返りをうち、枕もとのスタンドを消してみたり点けてみたり、窓を開けて深呼吸をし結局、

「でも、さしあたり、仕方がないわ。慎重さんのお友達になって、お友達としての力添えをすればいいのだもの」

そこへ、無理に考えを落着かせて、やっと眠ることが出来たのであった。

翌日は、冬にしては珍らしいほどの暖かなお天気。

風間光枝は、いつもより大分早目に探偵事務所へ出勤すると、いよいよ慎重さんから依頼された事件につき、大活躍を開始したのであったが、この活躍ぶりについては便宜上、なるべく簡略に述べておくこととしよう。

彼女は、ほかの事件——人殺しやスパイや詐欺師の事件に関係して、女探偵の職責を果そうとする時よりは、はるかに熱心な顔附だった。

そしてそれからのち三日間というもの、同じ事務所の人達にも応援を頼み、自分は勿論先頭に立って、東京市中を栗鼠《リス》のようにすばしこく駆け回った。

もとより、先方の青年についての予備知識はある。

青年は、名前を高浜満夫といって、某科学研究所に勤めている理学士だった。それから、生まれが東京で、両親共に健在、両親の資産も相当にあり、兄が一人弟が一人妹が二人、その家は、牛込の高台にあるのだが、自分だけは目下家にいないで、勤めている研究所の近くのアパートにいる。ところで、光枝の手にかかって調べられると、どの程度までこの高浜理学士のことが判ったかとい

うと、趣味や嗜好の範囲はいうに及ばず、譬えば彼がある時に、どんな病気でどんな医者にかかったことがあるとか、別の時に、研究所の近くの商店で、いかなる買物をしたことがあるとか。また、腕にはめている時計はどの位の価格か、その時計を、手頸から外して捲くか、はめたままで捲くか、ワイシャツその他の汚れものを幾日置きに洗濯屋へ出すか――そういう些細な事柄までが、調べ得る限りは調べられたのである。

光枝は、調査の結果が集まるにつれて、これを分析し批判し統計をとった。

そうしてその仕事は、やってみると意外に興味があって、ある人間の性質や境遇や才能が、その人間の外部へ現れてはいるけれども、個々別々に切離されているため、殆んど誰の注意をも惹かないような事柄からして、だんだんに明瞭になるものだと知ったので、胸中多大の満足を感じた。

それは恰度に、ドイルの探偵小説と同じだった。ホルムズ氏は、置き忘れられた一本のステッキからして、そのステッキの持主が、今から五年前まで病院住込の代診を勤めていた田舎医者で、年齢は三十前の若さ、人好きのする、野心のない、少しぼんやりしたくらいの男で、テリヤ種よりも大きく、マスティフ種よりも小さいくらいの犬を一匹飼っているということを推理してみせるが、光枝の場合にもそのことが、かなりの正確さで行われたのである。

一例を挙げると、高浜理学士は、ライオンの練歯磨の大きなチューブを、毎月二本ずつ買い求めていた。多分、毎食後に歯を磨くのに違いなく、衛生に注意する人物だということが判った。但し洗濯屋へ行って、高浜理学士から出される洗濯物について、何か特に気のついていることがないかと尋ねると、恰度に彼の合服がそこへ来ていたが、その服のズボンには小さな焼け焦げの痕が二つもあったし、ポケットに煙草の粉が相当たまっていたから、煙草は好きで、しかも煙草を喫う時に、灰を不始末にする癖もあるらしい。なおこの服の襟の内側にあるポケットには、今年の秋上野の美術館で開かれた各種展覧会入場券の片端しが、無雑作に三枚も押しこんであったから、これは彼が、絵画について趣味を持っているという証拠だった。

彼は、毎朝八時半に研究所へ出て、研究の都合もあるのだろう、帰りは一定していないようである。帰る時、そっと様子を見ていると、路上で子供が石けりをしていて、地べたにチョークで線を引いている。彼は、その線をよけて、窮屈そうに石垣の根っこをすり抜けて通った。これは、子供の遊びを邪魔しまいという、優しい心持からであるに違いない。その時、電車へ乗ったが車中でほかの乗客と視線が合うと、よくあることで睨めっこが始まり、しかし、すぐに負けて横へ視線を外らした。多少、気の弱いところもあるのである。電車でどこへ行くのかと思ったら、それは有名な某書籍店へであって、書籍店では洋書部の番頭と顔馴染みらしく、何かニコニコして話している。これで彼が、勉強家であるということも判ったのであった。

普通の私立探偵などに素行調査を頼んだ時に、これほどにも綿密な観察をしてくれることは、まず皆無といってもいいだろう。

光枝は、我ながら、こういう方法に気のついたのがよかったと思った。

それから、各種のデータを寄せ集めて、採点をしてみたらと考えたので、高浜理学士の人格を、注意力、同情心、衛生的思想、研究心、悪癖、忍耐力、根気、表情力等々の細目に分ち、それへ一々点をつけて、大きな表を作ることにした。満点の標準をどこへ置いたらいいのかに、少しく困らないでもなかったが、これは常識的円満な人格というようなものを目やすにして、譬えば衛生的思想は九十五点、同情心九十九点、時間厳守性八十点というような工合。その合計から、煙草の灰の悪癖や気の弱さをマイナス数十点として差引いて、これを項目数で割ったのである。

「でも、私のあげる点は甘過ぎやしないかしら。試験官になるのも楽なことじゃないわ」

呟きながら計算してみると、出て来た平均値が九十四点三分。正に優等生としての成績になってしまった。

採点表を眺めているうちに、この女探偵の頰の上には、輝くような明るい微笑が浮かびあがって来た。

お得意になって思わず口笛まで出た。

彼女は、やがて机の上の事務用箋を引き寄せ、ペン先をインクへ突っ込むと、左手の美しい握りこぶしで、おでこをトントンと叩きながら、さてどんな名文を作り出してやろうかというように、暫時思案の瞳を閉じたが、

「ええと、慎重さんじゃなかった、進藤さんだったな。進藤範子嬢より御依頼の件につき御報告申上げますとやっつけよう」

独語《ひとりごと》をいいながら、ぐいぐいとペンを走らせ出した。

この手紙に、採点表を清書したものが、同封されたのは勿論である。

彼女は、高浜理学士よりも遥かに衛生的思想が乏しかったとみえて、最後に封を閉じる時、糊をペチャペチャと舌で甞《な》めたが、さてその宛名も書上げ、事務所の少年給仕に吩咐《いいつ》けてこれをポストへ入れさせてしまうと、これでもう事件を引受けた責任は、完全に果してしまったという顔附になった。

彼女は、三日間の大奮闘のあとで、久しぶりにのうのうと、好きな映画見物に出かけて行ったが、するとこの翌日に慎重さんからは、速達便で次のように言って来ている。

「御手紙拝見、まことにまことに有難うございました。定めしこれだけの御調査をなすって下さるのについては、どんなにかお骨が折れれたことでしたろうと思い、御礼の申上げようもないほどでございます。あの人が九十四点三分という、素晴らしい点を取っていますので、両親にも思わずこの話をしてしまいますと、両親は、そら見ろ、誰が見ても狂いはない。こんな立派な青年はないのだから、お前が、決心をしないでいるのは、お前が一生涯の幸運を見す見す取り逃がすというこになる、愚図ついていると、この女探偵さんに、お聟さんを横取りされてしまうぞなんて、ごめん遊ばせ、失礼なことを申すんですの。ですけれども、私、せっかくこれまでにしたのですから、もうちょっと慎重にしたいとも存じますし、恐れ入りますけれど採点表につき、この採点の一つ一

つが、どんな理由でまたどんな風にして見積られたのか、そのことをお知らせ願えませんかしら、御調査の根拠を疑うわけではございません。ただ、もっとハッキリ知っておきたいものですから」

光枝は、笑い出した。

「あら、そうだったわ。相手がほかならぬ慎重さんだもの、もっと詳しく書いてやらなかったのは、確かに私の手落だったわ」

そうして、再び慎重さん宛てにペンを取上げると、練歯磨のこと洗濯屋のこと、電車の中の眺めっこのことまで、仔細に長々と書き綴ってやったが、この時、間を一日隔《お》いて、慎重さんから来た返事には、次のように書かれていたのだった。

「御手紙、有難うございました。重ね重ねお手数をかけてしまって、何とも申訳がございません。採点の根拠は、どれもこれも、正しいものだと解りました。もう何も文句を申すところはなく、私、早速にもイエスといってやらなくてはならないような気持が致しますし、でも、だんだん考えてみましたら、あとたった一つだけ、解らないことがあるのに気がつき、それで大そう困ってしまいました。小説で読みますと、新婚というものは総て愉しく、新郎も新婦も、溶けるような幸福に酔い痴れるものだと書いてあり、しかもそのあとには、いい場合でも夫婦の倦怠期というものがやって来たり、お互いに理解し合っていたと思っていたことが解らなくなったり、それから良人《おっと》がほかの女を愛したりして、妻は一生涯を滅茶苦茶にしてしまうことが多いようです。私、無論、そういう将来のことについては私自身のやり方というものが、きっと非常に関係して来るのだとは存じていますが、それにしても夫婦というものは、精神的な事柄ばかりで、一生涯もの長いうち、撓《たゆ》みなく愛情を結びつけていられるものだとは存じません。私の母がそのことを私が言いましたら、お前はまア、ひとかどの理屈っぽいことをいう癖に、なんとまア子供なのだろう、母さんなんか、十七で父さんと結婚したけど、それでも範子ほどの子供じゃなかったのだよといって、溜息をついているのですけれど、私だって途方に暮れているのです。それを考えて、じっと一人でいてみると、何か大そうじれったくなります。私、どうしたらよいのでしょうか。あとは、何をどんな風に考えたらよいのでしょうか。それは、調査や何かでは、きっと解らないことに違いなく、でもあなただったたら、私のため相談相手になって下さると思うのです。範子にはあなたが、お姉さまみたいな気がします。お姉さま、あたしを助けて下さい」

最後の一節で光枝は、慎重さんのことを、あら、思ったより狭いなアこの子は……と思ってしまい、同時に彼女も、慎重さんと同じくらいにじれったくなった。

これは、彼女には、返事が出来ないのである。

第一、明らかに、探偵事務所で取扱う事件の埒外にあることらしい。それから、光枝もハッキリした知識がない。ひどくそれは神秘的で甘美でスリルを含んでいる。そこには、パラダイスの林檎の味に似たものがあるということが、どうやら呑み込める気がするけれど、そういう林檎は、デリシアスにしろダランにしろ国光《こっこう》にしろ紅玉《こうぎょく》にしろ、千疋屋でも売っていないし高野や田原屋の店先きにだってありはしない。

「それに、慎重さんも、いくら慎重さんだからといって、これでは超慎重になりやしないかしら。愚図ついていたら、何かきっと魔が射すわよ」

半分腹を立てて、呶鳴りつけてやりたいほどだったが、ともかく、慎重さんに、どちらへなりと決心をつけさせてやりたい気持はある。何よりも慎重さんが、高浜理学士を好きになってきていることが判っている。彼女は、じっと考え込んだ。

そして、結局自分一人だけでは、どうも思案がつきかねたので、ふと思いついたままに、ある外交官の奥さんを訪ねてみることにした。

その外交官夫人は、社交界でも、なかなかのやり手だという噂があって、男のお友達を多勢持っているし、登山も水泳も乗馬もやり、お転婆でおしゃれで派手なんだが、前にある事件で光枝が働いてやったことがあるから、その時に光枝は、この夫人が、実はどんなに聡明なしっかりした女だかということをハッキリと知った。その意見を聴いてみるのが一番いいと思ったのである。

慎重さんの方は、こんなにまでして光枝が、苦心をしていてくれるとは知らなかっただろう。彼女は、じっと光枝からの返事を待っていた。そうしてその待っているうちに、恰も光枝が予言したかの如く、一つの、魔が射したような事件が持上ってしまった。

雪と悪魔

東京としては珍らしく、十二月のうちに雪が降って、その雪の降り始めた日の晩方である。断る暇がなかったが、進藤範子さんの住んでいる家は、本郷大学裏の屋敷町にあって、資産家とはいえないまでも、中流のうちのかなりよい暮らしをしている。その日進藤家では、範子さんの両親が、親戚の家の祝い事に招かれ、昼のうちから外出したが、するとその留守に範子さんのところへ、一台の立派な自動車が差し回しになり、お母さんからの電話もあって、急に相談したい事が出来たから、大急ぎ出かけて来て欲しいという事になった。

慎重さんは電話口で、

「でもねお母様。急な御用って何なのよ。範子、雪がジャンジャン降っているし、大体のことを呑込んでからでないと厭だと思うわ。行ってみたら、お父様のお謡いのお付合いで、お仕舞をやれっていうようなことだとすると、範子損をしてしまうんですもの」

と、例の慎重ぶりを大いに発揮したが、電話口のお母さんは、

「何をいうのだね範子さん。あなたはいつもそうだから、早いことには間に合わないし、我儘者《わがままもの》だって言われるんですよ。今夜は我儘を許しません。それに、お仕舞どころでなく、とても心配なことなんです。いらっしゃいと言ったら、文句を言わずに出てらっしゃい！」

ピシャリと高飛車にやっつけてしまった。

いささか不服で慎重さんは、プンと頰をふくらましながら、でも、とても心配なことというのが気懸りである。じきに迎えの自動車に乗った。そしてその車の窓から、暮れ行く街の雪景色を、何気なく眺めていた。

ところが車は、雪の中を、非常なスピードで走っている。そして、はじめのうちは、進藤家の親戚がある品川方面へ向けて走っていたが、途中芝公園の裏手へ入って、水交社の前あたりで、変な風にゴースタンしたりハンドルをねじったりしていたかと思うと、いつしか行手が高輪方面へ変ってしまった。

「アラアラ、運転手さん、どうしたのよ。行先きは品川よ。そんな方へ行ったら、廻り道になってしまやしない」

慎重さんは、ガソリンの一滴が血の一滴という文句を思い出して、早速と注意を与えたが、それからまた暫らく経って気がつくと、運転台のバックミラーには、とても恐ろしい顔が映っている。それは運転手が、ジャンパーの襟オーバーの襟を深く立てて、ハンチングをぐいと引き下ろしたばかりか、顔の下部へ黒い襟巻をぎゅっと捲き、色眼鏡までかけたので、人相がすっかりと変ってしまったからである。

「アラッ！」

とうしろで声を立てると、運転手は、ニヤリと笑った。

「へへへへ、お嬢さん、吃驚《びっくり》しましたか」

「………」

「吃驚《びっくり》しても声を立てちゃいけませんよ。なに、すぐと訳は解りまさアね。奥様から出したお迎えの自動車は、もうさっき、途中で行き違いになってしまいましたがね、あいつ、お宅へ行ってみてからに、お嬢さんがもう出かけてしまったと聞いて、ウロウロマゴマゴしているでしょうよ。お母さんから、もう一度ぐらい、催促の電話がかかったかも知れませんが、アハハハ、お嬢さん、気の毒だがあなたは、お父さんやお母さんの秘密を知ってらっしゃらねい。え、どうです、何か知っていることがありますかい。ウフ、ウフ、ウフフフ、どうもあっしは、根が好人物に出来ているから、要りもしねいことをお喋りしちまって困りもんだが、オットットット、あぶねえあぶねえ、近頃の奴は、雪が降ると、すぐ街のまん中へまで、スキイを担ぎ出して来やがらア」

大きな坂を、激しくカーヴして走って行く。

彼女は、生まれてから初めての恐怖で、すっかりと顔色が蒼くなっていた。何か知らぬが、今悪魔の手が働き出している。それは容易ならぬことに違いなかった。父と母との秘密とは、いったい何であろうか。波のように動揺する胸の中《うち》で、辛くも彼女は落着きを取戻そうとしていた。

ドアを開けて逃げてやろうかと考えたが、それはこのフルスピードの車では危険である。近所に交番はないかと見廻しつつ、

「でも、運転手さん。私をいったいどこへ連れて行くのよ」

顫え声で虚勢を張ってみたが、

「なに、じきそこですよ。お父さんは、あんたより、先きに連れて来てありますがね」

運転手は、ふてぶてしい面構えで答えておいて、その時に、ぐいと車を横へ外らせた。

そこは、石造の門がついた、大きな邸宅だった。ただ、邸の中は、電灯をすっかり消してあったので、その建物は、何か巨大な化物のように、降りしきる雪の中へ突っ立っていたが、車は、門から玄関へ行かずに裏庭へ抜けて、納屋のようなところの前へ行って、やっととまった様子である。

「さア、車を降りてもらいてえね」

といわれたが、怖くてじっとしていると、向うでは誰かが何か低い声でしゃべり、それから、手提電灯を照らしつつ、二人ほどの男がやって来て、

「どうしたのだ。まだ車の中にいるのか」

「降りねえんです。顫えちまって」

「構わない。引きずり降せ。傷だけつけるな」

無理に、雪の中へ引っぱり出された。

出された時、電灯の光が、すぐ足もとを照らしたので、ハッと胸が躍ったが、そこの雪の中には、革の手袋が一つ、ビリビリに裂けて落ちている。それは、見覚えのあるものだった。慎重さんのお父さんの手袋だった。

父の身にも、何事かがあったのに違いない。慎重さんは、事ここに到って、いつもの慎重さをすっかり忘れた。

急に、

「助けてえ！」

と金切声をあげると、男達の手をふり払い、バラバラ庭を駈け出してしまった。

「あッ、畜生！　逃がしちゃいけねい」

「門を閉めろ！　そっちへ廻れ！」

「池だ池だ。池の方へ追え。落ちると死ぬから気をつけろ！」

奇体にも、追いかけて来る人々の声には、兎を追い廻す子供のような、呑気な響きが含まれている。

だが、慎重さんは、必死の勢いで逃げ廻った。

雪の中で、二度も三度もつんのめり、しとどと降りかかる雪の冷たさも忘れてしまって、遮二無二、庭の木立へ飛びこんだり、池のふちを、ホップしステップしジャンプした。

どのくらいの時間が経ったものやら。

突如、美しい若い女兎を追いかける悪魔達は、急に慎重さんの方を捨てておいて、池の向うの木戸の方へ、ドッと駆けて行ったかと思うと、

「やア、来た来た」

「やっつけろ！　殴っちまえ！」

「ワーッ、やられた、敵わないぞオ」

口々に、出放題なことを喚きながら、逆にまたこっちの建物の方へ逃げ戻って来た。

先きの運転手といい、そのほかの悪魔達といい、これは誰か冷静に、ほかからじっと眺めていたら、何かきっと判断のつくことであったに違いないが、まだこの時は慎重さんが、例の慎重さを失くしっぱなしにしたままで、何が何やら、ちっともわけが呑みこめなかった。

人々の叫びは、急にシーンと静かになった。

それから、慎重さんが、雪をかぶった松の木の下へ行って、ワナワナブルブルしていると、そこへただ一人だけ、思いもよらぬ人物が走って来た。

見るとそれは高浜理学士である。

理学士は、頭から靴の先きまで雪塗れになって、息をせいせいとはずませながら、やっとこさ慎重さんの姿を見つけて走って来ると、思わず喜びの声をあげて、

「ああ、範子さん！　僕です僕です、よくここにいてくれましたね」

と叫んだし、慎重さんも、それが理学士だと判った途端に、

「ああ、あなた！」

よろよろ理学士の胸へ倒れこんで、殆んど気を失いかけてしまった。

「イヤ、僕はね、風間光枝さんという人から、電話がかかって来たんですよ。あなたが、高輪のこれこれというところへ連れられて行って、危険な目に会っているからというものですから」

理学士は、平生の気の弱さに似もやらず、ぎゅっと慎重さんを抱きしめたまま、急いで自分の来たわけを話し出したが、実はここがどうも、幸福すぎて申訳のない気がする。

さっきまで真っ暗だった邸のうちには、急に全部の部屋の電灯がついた。

そしてその窓から、とても沢山の人が顔をつき出し、一度に雪の庭を眺め出した。

その顔の中には、さっきの運転手がいた。

手提電灯の悪魔もいた。

そして、慎重さんのお父さんとお母さんとの顔が混じっていたし、一番大きな仏蘭西《フランス》室のところからは、おしゃれでお転婆でやり手だという、外交官夫人の顔に並んで、女探偵風間光枝の、少々煙ったそうな顔まで見えたのである。

何か音楽が鳴り出したが、それはひどく愉しげな行進曲である。

「オヤ――」

「アラ――」

慎重さんと九十四点三分の理学士は、びっくり邸の方を振り仰いで、それから忽ちのうちに、真っ赧《か》な顔をしてしまった。

×　　×　　×

「でも、怒らないでいてね。私、全部をここのお邸の奥様にお任せしたら、奥様が皆さんと御相談の上で、あんな突飛なことにしてしまったのよ。――奥様は、とても先輩だわ。結婚というもの、半分は冒険だからというお説だったわ。それからあなたは、人並すぐれて考え深く、そのために一つの線の前まで行って躊躇をしているところなのだから、あなたに理屈なんか言わせせちゃいけない。何でも構わず、手っ取り早い方法で、その線を飛び越す機会を作ってあげれば、それで決心がつくんだって仰有ったのよ。あたしも、ほかの探偵と違ったことをいろいろ学問したわ」

これはその晩のこと、外交官夫人の邸で開かれた、おめでたい進藤高浜両家婚約成立記念祝賀会の席上で、女探偵の風間光枝が、そっと隣席の慎重さんに囁いた言葉。

これに対して慎重さんは、転んですりむきかけた肘のところを、そっとテーブルの蔭で撫で撫で

しながら、

「いいのよいいのよ。あたし、感謝でいっぱいだわ。私が、とてもオバカさんだったの。慎重だったというのは、臆病だったというのと、同じことになるかも知れないわ。冒険は、誰でも好きになるものね」

といった。

金冠《きんかん》文字

木々高太郎

一、歯科医の訪問

電話で打ち合せした声では、何となく老人といった感じであったが、入って来た紳士を見ると、いかにも瀟洒《しょうしゃ》とした青年であった。

「あなたが風間さんと仰言るのでしょうか」

「はい。歯科の田嶋先生ですね」

「田嶋です。実は、少しは私の職業に関係はあるのですが、御相談いたしたいと思いまして——あなたのことは、婦人雑誌で拝見したことがあるものですから……」

「探偵事務のことでございましょうか」

「さあ、探偵事務と申してよろしいでしょうか、少しは身の上相談とも言えますが」

「身の上相談?」

「身の上相談は悪るかったかな——いや、お話をいたします。実は急に好奇心の起こるような、或ることがありましてね。それで、その好奇心を満足させるべきか、或いは、そんなつまらない好奇心は、おやめにすべきか、迷っているのです。もし、やるとすれば、どうか、私も御指導を受けて……」

「つまり、御自分も探偵めいたことをやりたいと仰言るのですね」

「まあそうです。私の気持ちは——それには、あなたのように美しい、女探偵の方と一緒に……」

「あら、御冗談は別として、まず事務上の御用を承わらせて下さいな」

「いや、失礼しました」

青年歯科医は、心から冗談のつもりではなかったと見えて、やや顔をあからめたが、すぐにチョツキのポケットに手を入れて、セロファン紙に包んだ小さいものを取り出した。

「これを御らん下さい。これは、或る患者から取りました金冠なのです」

セロファン紙を開くと、小さい金の義歯が出て来た。光枝は、始めてはずした金歯を見るのであったから、少し汚ないような感じがして、手を出し兼ねていると、青年歯科医は、さあと言わんばかりに、それをつまんで差出しながら「よく磨いてありますからきたなくはありません。御らん下さい」と言った。

「これは、昨日、私の臨床オフィスを訪ねて来ました、或る患者の、右の上顎の第二大臼歯《きゅうし》にはまっていました、金冠なのです。――つまり、その患者は、四五年前に、或る歯科医のところで、この金冠をはめてもらったのです。ところが、一二箇月前から、この歯が痛み出して、とうとう堪えられなくなって、私のところへやって来たのですね。見ると、歯の根に炎症を起しているのです。これは一度金冠を外して、歯の根の炎症を癒《なお》してから、もう一度金冠をはめてやればいいので、すぐに、これを外しました。痛みは急になおったので、患者は喜んで帰ったのですが、さて、残して行った金冠をしらべてみると……」

光枝は、青年歯科医の話をよく理解し、その金冠を手にとって、しきりに眺めていた。

「患者から外した金冠を調べるということは、私共歯科医にとっては研究に値いするのです。何故ならば、前の歯科医の腕前がよいかわるいかは、金冠をよく調べてみると、大体見当がつくのです。私は、そんな意味で、いつも丁寧に調べるので、金冠の内側のセメントをもすっかりけずり落して調べたのです。するとこの内側の中ほどのところに、実に小さい文字で、何か書いてあるではありませんか。――」

青年歯科医は、ポケットから虫眼鏡を取り出して、光枝に渡して、その文字の書いてあるという内側を指でさして、見てくれ、というようなふりをした。

「ええ、ありました」

「ありましょう。単なる番号とか、何とかではありませんよ。それだけの文字を、金冠の内側に彫り込むというのは、仲々この金冠を作った歯科医の腕の並大抵でないことを意味します。文字は……」

「はい。はっきり読めます。青山たみ子様の下顎——と読めます」

「そうなのです。それです。たしかに、人名、それも女の人の名で、しかも、その女の下顎を指定しています」

「では、この金冠の患者は女なのですか?」

「いいえ、どうしまして、男なのです、しかも、もう六十歳に近い……」

光枝の好奇心は、極度に刺戟された。

「そこで、私は翌日——つまり、今日ですね。この患者が来た時に、いろいろ苦心しました。そして遠まわしに、青山たみ子という名を知ってるかどうか、聞き出そうとしたのです。ところが、思いもかけない、名らしいのです。つまり少しも知らぬらしいのです」

ここで二人は、思わず声を出して笑った。

「では、思いもよらない名前を、この人はずっと自分の上顎の歯に入れて、持ち歩いていたのですね?」

「そうなのです。悪戯といえば悪戯です。何とも滑稽な話です。知らぬ女の名を、口のうちに持ち回っている、というのは……」

「恋人でも、何でもないのですか」

「何でもないらしいのです」

ここで二人は、もう一度顔を見合って笑った。

二、好奇心の処置

「いかにも、不思議なことですね」

「それで、実は、身の上相談をお願いすることになるのですが、これはどういうことでしょう。この金冠を作った歯科医が、悪戯のつもりでやったのでしょうか。それにしては、キューピーの画を彫り込むとか、長寿とか弥栄《いやさか》とか、祝福《マスコット》の意味——それはつまり、患者の歯が長くもつためとかいう祝福にもなり、自分の技術のための祝福にもなる文字を彫り込んだとかいうならば、まあ意味はわかるのですが、この姓名を彫り込んだことは、一体どんな意味があるのでしょうか。私にはどうもその不思議を知りたくてならない気持ちが動いてくるのです。いや、しかし、そんな詮索をして、第一、その患者の人に、こんなことを知らせるだけでも、歯科医全体の名誉に関することが出来ても困るし、第二に、よしそれは患者の人も問題にしないとしたところで、これが何かおっかない意味でもあって、変な事件に介入しても困る……つまり不介入でいたい、といったようなことで、昨日からほんとに仕事が手につかなくなったのです……」

「わかりましたわ。つまり、そのあなたの好奇心をどう処置したらいいか、という御相談なのですね」

青年歯科医は、光枝からそう言われて、顔を赤らめた。

「まあ、そうなのです。その点をまず御相談してみたいと思いまして、——ええ、相談料は差上げるつもりで参りましたのです」

「困りましたわ。その金冠に彫り込んであった人物を探し出してくれ、というような御要求なら、探偵事務になるのですが、今まで、好奇心をどう処置したらいいか、などという御相談は受けたことがないのです。それは同じ探偵事務に関係のある方でも、帆村荘六先生とか、志賀司馬《しま》三郎先生とか、或いはうちの所長とかに御相談なすったら……」

「いや、それは考えました。帆村さんも志賀さんもお名前は知っていますし、そうでなければ、いっそのことは江戸川乱歩とか大下宇陀児とか、探偵作家の人にでも相談にゆこうか、そうでなければ文芸家協会の浜野弁護士にでも相談にゆこうか、などとも、実は考えに考えたあげく、これは、風間さんに相談をしたのがいいと考えて、今日は参ったわけです」

「その名前が女名前だからでございますか」

「図星です。そうなのです。これが、一人の美しい女の人の運命にでも関係のある事件かも知れない、そうすればあなたに限る、といったロマンチックな考えもあったのです。――つまり」

「よく判りました。あなたのお考えは、これを私に話して、私が、これは何か事件であるから、是非探偵事務として取り扱ってごらんなさい、と意見を述べれば、それをなさりたい、というわけですね」

「そうです、そうです。その通りです。自分で自分の考えていることが、その通りであると、今気がつきました」

光枝は、この青年歯科医が、金銭や利益のためではなく、真の好奇心からこの問題を悩んでいることが判って、好感の湧いて来るのを覚えた。

「ちょっと、考えさせて下さい」

光枝は、そう言って、青年歯科医の述べた事件というのをもう一度、ふりかえって考えてみた。そして、手にあった金冠を、もう一度虫眼鏡でながめてみた。

そこには、はっきりと、「青山たみ子の下顎」と書いてあった。

光枝は、細い綺麗な手指で、机の上をコツコツとたたいた。それは、いかにも心に決しかねる人の所作であった。

「虚心坦懐に、考えてみまして、あなたはやはり、好奇心を満足なさるべきかと思いますわ。好奇心というものが、自然科学の源でもあり、世の中をよくしてゆくための原動力でもあり、尊重に値いすると——そう考えて、私どもも探偵事務をやって居るのでございますから、その信条から申しましても、そうおすすめすべきかと思いますわ」

青年歯科医の瞳は、何か輝やきをなして来た。

「では、御言葉に従います。どうか、少し位はお金がかかってもかまいませんから、この金冠に彫りつけられた文字の秘密を解いて下さい」

「はい。出来るだけのことをしてみましょう。それには、あなたの御協力をも願わなければなりません」

光枝は、事務的になって、第一に、その患者が前に金冠を作ってもらった歯科医の名を確かめること、その歯科医に逢って、金冠を作った年代を聞くこと、すぐにもそれをやってみて報告してくれるように、その青年歯科医に頼んだ。

「その歯科医が彫ったのでしょうか。そうなら聞いてみましょう」

「さあ——これがそんな単純な事件だったら何でもありませんが、その歯科医——あっ、そうです。その歯科医にはこの名前を教えてはいけません。出来れば、その歯科医に逢う時には、私も御一緒いたしましょう」

光枝は、考え深く、そう言った。

三、女名を探索する

翌日、もう正午頃には、その青年歯科医から電話がかかって来た。

「判りましたよ。金冠を作った歯科医は、本川《もとかわ》という人で、前に代々木に開業していた人だそうです。金冠を作ったのは四年前の六月頃です」

「本川何と仰言るのですか」

「それは患者は記憶していません。患者も代々木の近くに住んでいますので、今度歯痛が起った時も、その医師のところへ行ったのだそうです。すると、その人はもう代々木からどこかへ移転してしまっているのでした。やむを得ず、私のところへ来たのだそうです――」

「本川という人の移転先きは判りませんか」

「患者には判りません。それで念のため歯科医師会の名簿を調べてみました。すると本川という姓の人は三人あります。そして、原宿に一人、深川に一人、それから下谷に一人あります。本川にまちがいなければこの三人のうちの一人ではないかと思います」

「本川氏の人相も御聞きになりましたか」

「年齢は五十歳位になるそうです。背の高くない、頭のはげかかった人だそうです。言葉には、明らかに東北なまりがあったと申します」

「わかりました。あなたも仲々、探偵的でおありですわ。その名簿の三人の本川医師の住所をちょっと仰言って下さい。明日こちらから、あとのことはお電話いたします」

光枝は、三人の本川医師の住所を控えて、所長のところに相談に行った。

「簡単な探偵です。助手を一人つれて行きます」

光枝は、所員の一人の山田という青年をつれて、すぐに出かけた。

原宿の本川医師は、すぐ判った。光枝は表に待っていて、山田が入って行った。

山田は、そう言ってすぐに診察室へ案内された。

「先生はいませんか。とても虫歯が痛いのです。外《ほか》の患者さんの先きに、ちょっと痛みだけとめて下さいませんか」

山田は、そう言ってすぐに診察室へ案内された。本川医師は背の高い、髪の毛の黒い人物であった。

二人は、第二の下谷の本川をたずねた。これもすぐ判って、山田が入った。この本川医師は、背は低いが東北訛りはなかった。

二人は深川へ回った。本川医師は、やはりすぐ判った。同じことを言って山田が入って行ったが、すぐ出て来た。

「ここですよ。何しろ女中から書生まで、東北訛りです。院長は留守ですが、尋ねる本川医師はここの人ですね」

門標には本川一蔵と書いてある。

光枝はすぐに自働電話に入って、青年歯科医を呼び出した。

「そちらから、深川の本川一蔵という歯科医に電話をして、逢う時間を約束して下さい。今は留守ですが、二三度電話したら判るでしょう。私共は、しばらく近所を調べて、一時間ばかりしたら、もう一度電話をおかけしますから」

二人は、それから近所を探ぐって、本川医師は五十歳位であること、強い東北訛りであること、背の低いこと、技工士を二人置いていること、三年ほど前に移転して来たことなどを確かめることが出来た。

光枝が再び青年歯科医へ電話をかけると、

「待っていましたよ。本川医師とは五時に逢う約束になっています。もう四時過ぎですから、心配していました」という返事で、すぐにかけつけて来た。それで山田を表に待たせて、光枝は青年歯科医と一緒に、本川歯科医院のうちに入った。

光枝は、本川医師を見て、目的の人物であることをすぐ確信することが出来た。

本川医師は、患者の名を記憶していなかった。しかし、光枝が金冠を出してみせると、暫らく見ていたが、思い出した。

「当時だから、いい金を用いました。これは私の作ったものと思います。したが、これがどうしたと仰言るのですか」

「はい。如何にもよく出来ていますので、鋳造の技術に何か独特の御発明はないか、と思いましたことと、最近独逸《ドイツ》などで法律で、金冠のどこかに、歯科医の名を彫り込むことになっているそうですが、あなたは、前から実行していらっしゃるかどうか。実行していらっしゃるとすればどこに打ち込むのが理想か、御意見でもあれば伺いたいと思いまして……」

青年歯科医は、光枝からあらかじめ教えられていた通りに述べた。

「いや、別に鋳造法に発明などありません。——その彫印を打つということも考えては居りません。居れば、この金冠だけで、私の作ったことが判るのですが、今お話を聞いて始めて思い当るだけで……」

「いや御謙遜は恐れ入ります。ではもう一つ御洩し下さい。実は、根管充填を今やっているのですが、前の時はどんなになすったのか、治療上の参考に……」

「いや、普通にしたのですよ。——」

「ところが、それも何か独特の方法らしく、今まで見たことのない、立派なものでした。……何か昔の記録でもおありでしたら……」

本川医師は、頭をかいた。

「実は、昔のカルテを出してみれば判るのですが、当時のカルテを全部なくなしましてね」

「え？　控えを全部？」

「そうですよ。移転の時に、どうみても、その当時のだけないのです。それよりずっと昔のと、それ以後のはあるのですが……」

「当時青山何とかいう女の方もあなたの治療を受けたと言っていましたが、それもよく出来ているのです。その方のカルテもありませんか？」

「青山？　思い出しませんね。カルテは御承知のように、その頃のだけ失ったのです」

これで探査の糸はすっかりくじけたらしかった。青年歯科医も、一二の句がつげないで懊《なや》んでいるらしかった。すると光枝が、顔をあげた。

「特別の理由があってお失くしになったのですか。どうも、立ち入ったことをお聞きするようで失礼ですが」

この質問で、明らかに本川医師は困惑したらしかった。しかし、これだけでは、本川医師をもっと打ち開いて来させるには不充分であったらしい。

光枝は、とっさに第二の矢を放った。

「これだけの金鋳造は、技工士の方もよほどすぐれた方をお使いになったと思いますが……」この言葉で、本川医師の動揺している心は、忽ちにして打ち開いて来た。

「実はですね。若いがとてもいい技工士がいたのですよ。そいつが、これを作ったのですが、いまいましいこともあったのです。というのは二百円ほどの金《きん》を持ち逃げしました。それがね。どうも女のためでね。とうとう女を殺して法に問われたりして、今牢へ入っています」

「え？　牢へ？」

「そうです。――いい奴でしたが、まだ二十二三歳でした――」

「何という人ですか。新聞にも出ましたか？」

「ええ、出ましたよ。川辺三吾という青年で――私のところも調べられたりして迷惑しました」

四、終身囚

光枝はいそいで自分の探偵事務所にかえって、いきなり古い新聞綴込みを探した。四年前を繰ってゆくには、殆ど二三時間を費したが、とうとう探しあてた。

川辺三吾――或る歯科医の代診、恩人の娘と無理心中――しかも心中未遂で、令嬢のみ死す――無理心中と見せかけたは罪を軽くするため――令嬢の遺書の偽造発見せらる。――歯科医院の金二百円を盗んで恋慕をしかける。犯行は計画的――

そんな見出しを点綴《てんてつ》して読んで行った。令嬢の姓名を読むに至って、光枝はあっと驚いた。川辺三吾という青年の恩人というのは、数山三郎氏であった。政界の惑星であり、当時内閣に関係のあるある官職にいた。天才的な政客で、変人である。独身で長くいて、令嬢というのは実の娘ではなく、養女であった。

事件はこうであった。

川辺三吾は孤児で、少年の時から数山三郎氏のところに書生として住み込んでいたが、十八九歳の折に、成業の見込み薄というので、中学を卒業しただけで数山家を出た。もっとも、成業の見込みがないとは言っても、中学の成績などは仲々よかった。恐らく、数山氏は法律でもやらして、将来政治家としての氏の用いられるような人物に仕込むつもりであったのが、川辺は、全く法律や政治に向かないことが判ったという点にあったのであろう。

川辺は手細工などが好きで、歯科医師を志し、二三の歯科医師を転々として修業し、最後に本川医師のところに書生として雇われたのである。技工には特別の天才があり、そのために歯科医師試験は通らないうちに、重宝がられて技工ばかりをするようになった。数山家を出されたとは言っても、その後の学費などはしばしば数山氏より支給されてはいたらしく、留守居代りに数山家に起居して、歯科医院へ通っていた事もある。そのうちに数山家では養女を迎えることになり、数山氏の政治上の交際のあった某氏の三女、当時二十一歳のみゆきさんが数山家に入った。

川辺三吾が、みゆきさんを恋する。みゆきさんの歓心を買うために、歯科医院の金を少しずつ誤魔化す、遂にみゆきさんが意に従わないので殺すに至る――という新聞の所謂「お定まりの過程」を追って、遂に終身刑に処せられたのであった。

光枝は、新聞を閉じて、考えた。川辺という当時の技工士が、この金冠に文字を彫り込んだのだという推定は、ほぼ間違いないであろう。ところが、その名は、青山たみ子であって、数山みゆきではない。しかも、「青山たみ子の下顎」とは何のことか。

その文字を彫刻をした川辺は、本川医師がそのまま患者の金冠に入れるのを知っている。そして、ひょっとすると、その金冠は、患者の死ぬまではまってい、死んで一緒に葬り去られるかも知れない。葬り去られるものに、何故文字を彫り込む必要があったか？　或いは、金冠というものは、数年を経過すれば、取り外されることを予期したか。まさか。——では何の意味か。

光枝はこういう時に、進むべき道を見出すために、自分を川辺三吾として考えるのが最良の暗示を与えることを知っていた。

事務所の書類室に、光枝は秋の終りの寒さにじっとすくみながら、長く長く考えた。

突然立ち上った。何か考えが浮んだのだ。所長室に行ったが、もう事務所は引けて、所長もいない。電話を所長にかけた。

「何だい、今ごろ、新しい事件でもないのに」

「検事局か刑務所へ行って、川辺三吾という終身囚の調書を読んでみたいのです。その上、川辺三吾にも逢ってみたいのです」

所長は、すっかり聞いてから、

「じゃあ明日の朝早く、紹介状は書く。ただ、政治家の家庭だから、慎重にやってくれたまえ」

と指示した。

翌日、光枝は、今までのことを青年歯科医に告げて、あとは暫らく自分に任せてくれ、と言って、すぐに所長の紹介状を持って、川辺三吾の係り判事のところへ行った。

調書を読ませてもらうと、殺人の事情は、もっとよく判った。

死体の発見されたのは、翌日で、数山みゆきさんは、縊死していたのである。所が、調べてみると、縊死に見せかけた絞殺であった。川辺はその夜に捕えられ、実は心中であると主張した。

「令嬢の縊死を助けて、自分もすぐ縊死をするはずでした。ところが怖くなってしまって、それが出来なかったのです」

「では、何故自首しない」

「自首するつもりでした。ところが、本川さんの命令で技工を完成しておかなければならぬのがありましたので、その夜のうちに引きかえし、仕事をすまして、自首するつもりでした」

「仕事とは？」

「一個の金冠をつくることです」

「なあんだ——そんなことではあるまい。金を盗んで高飛びするつもりだったのだろう」

「恐れ入りました」やがて、遺書の偽造がわかったので、一切を、自白したのである。死刑を免がれたのは、川辺三吾が凶悪な性格がなく、至って善良な好人物であったので、令嬢の方でも初めから拒絶したのではなく、少しは気があるように見せかけていた事もありその責任もあるべきだ、と解釈されたからであった。

光枝は判事に、金冠の話を打ちあけて、終身囚の川辺三吾に逢ってみたいと頼んだ。

五、天のみ知る

川辺三吾は、光枝の訪問に驚いたが、悪びれなかった。

「短い時間ですから、要点だけを伺いたいのです。あなたの事件をすっかり調べる必要が、天の一方から私に与えられたと信じて下さい」

「え？　天の一方から！」

「そうです」

「信じます。天の一方からならば！」

光枝は、禅宗の問答のようなことが、すらすらと通ずるのに、まず安心した。

「あなたは、死んだみゆきさんを愛していましたか？」

「愛していました」

「みゆきさんは？」

「分りません。しかし、僕という人間を認めていてくれました」

「もう一人の女性、青山たみ子さんという人を、あなたは愛していましたか？」

「え⁉」川辺は、蒼白となった。

「いいえ、それは違います。ただ、その人を天があなたに引き合わせる機会がもし永久に来なければ、私は永久にこのまま死んでいいのです」

「え⁉」

今度は、光枝の方が驚いた。

面会の時間は、これで尽きた。光枝は、そのまま探偵事務所にかえって、すぐ所長室に入って、長い間密談をした。

「うん。やってみる。まさか、君の身に変なことは起きまいがね」所長は、室《へや》を出る光枝の後から濁声《だみごえ》をあびせて、光枝を送り出した。

翌日、光枝は暴漢に襲われて、眼がさめてみると、見知らぬ家の中に寝かされていた。

「やあ、君、昨日は僕が君を救ってあげたのだよ」

出て来たのは代議士数山三郎氏であった。

「あら、どうもいろいろありがとう存じました」

「いや、お礼には及ばない。ただ、僕は、君が刑務所に川辺三吾に逢いに行った理由を知りたいのだ。あれは、僕の娘を殺した憎むべき犯人だ。あれに興味を持つことは困る。――」

「では暴漢も、あなたの手先ですね」

「まあ、そう言わないでくれ給え。君の考えを洩してくれればいいのだ――」

光枝は黙って考えていたが、やがて微笑して言った。

「或る意味で興味を持ちましたが、しかし、あなたがやめろと仰言ればやめましょう。しかし私も、それが商売ですから、ただではやめられません」

「だから、私が買ってあげるよ。いくらで売るかね」

光枝が返事をしない前に、荒々しく部屋に入って来た数名の警察官があった。

前代議士数山三郎氏は、警視の制服を着た人と向き逢って「理由は？」と聞いた。

「あなたが交際している或る外国人があげられました。参考人として、一緒に来ていただかねばなりません」

数山氏はそれを聞いて安心したらしく光枝を指さして、

「この人は怪我をして倒れているところを助けてあげたのです。帰らしてあげて下さい」と言って、落付いて警察官と一緒に出て行った。

光枝は、そのまま探偵事務所に、痛む頭をかかえて帰った。

所長室には、所員二名と、青年歯科医師がいた。

「風間君、君の推理は、全く実証された。川辺が二つの金冠を作り、その一方は老人の歯型のもの、その一つは当時二十二歳になる娘の歯型のもの、何れも文字を彫りつけた。一方の老人のものは、この歯科ドクトルが発見したものだ。我々は、もう一方の金冠を持っている。青山たみ子さんという人をあれから、極力捜査した。そして、ともかくも発見して、事情をのべてその金冠をとり外して調べたのだ。すると、その金冠には、××信託の倉庫の番号があったのだ。そして、この金冠を証拠として提出したものが信託した書類を開く権利があると書いてあった。それですぐ××信託へゆき金冠を証拠に、その書類を開いた。それは、数山みゆきさんの日記であったのだよ」

「まあ」

「つまり事件は、数山みゆきさんは養父の秘密を知ったために養父に殺されたのだ。川辺三吾は、みゆきさんと約束があって、行ってみるとみゆきさんは死んでいた。数山氏の脅迫と恩義とのために、川辺三吾は遺書を偽造して、罪を着たのだ。ところが、あずけられていたみゆきさんの日記をよんで真相を知り、これを信託会社にあずけて、もし運命が許せば、恩人の罪がわかって自分が助けられるであろうと考え、さては手がけていた金冠に文字を書き込んでおいたのだった！」その秘密の内容は、ここに記すことができないようなものであった。

「つまり、川辺というのは天意を信じた。老人の金冠が発見されるか、青山たみ子という娘の金冠が発見されるか、どっちかが起るためには、よほど注意深い歯科医の手にかかるという、二重三重のむずかしい条件が充たされるならば、自分は恩人の秘密を司直の手に任《ゆだ》ねてもいい――それは出来にくいかも知れぬと観念していたのだね」

「或いは、恩人が政治的手腕によって、罪を軽減してくれると信じたかも知れませんね」

「そうだろう。ところが、恩人という奴が、あわよくば葬り去ろうとして、さては本川医師の家に何か川辺の書き残したものでもあるかと疑ったり、ちょっと逢いに行った君から、暴力で聞き出そうとしたりしたのだな。――しかしね、風間君、君はこれで探偵事務に懲りてはいかんよ」

光枝は黙って、所長の前に頭を下げた。そして、如何にも痛いというように、その頭をかかえてかがみ込んだ。

痣《あざ》のある女

海野十三

銀座の泥濘《でいねい》

「あら、いやだわ。あのお婆さん、気がちがってんのよ」

「ほんとだ。いくらこの節、銀座へ人が出てくるといっても、気違い婆さんの進出にゃおそれ入るね」

若い一組が、車道をつっきりながら、カナリヤの鳴き合わせのように、高い声をたてて通りすぎた。

気違い婆さん——とはいうが、身なりは奥床しいほど上品なお邸の隠居さまと見える老婦人が、雨あがりの鋪道のうえにぺたりと座りこんで、お召し物はどろどろだった。そして表情の全くない顔で、ぽーんと口をあいている。もしもそこへ風間光枝が通りかからなかったら、そして彼女が、すばやく老婦人を抱きおこして横丁へ連れこまなかったら、放心の老婦人のまわりは、忽ち物見高い銀座人種のため十重《とえ》二十重《はたえ》にとりまかれてしまって、待っていましたとばかり大もの嗤いの種をまいたことであろう。

「どうも、あなた。すみませんでございます。御親切さまに、なんとお礼を申してよろしいやら……」

これが、時経て、老婦人が光枝にのべた挨拶のことばだった。このことばの、どこに、気違いじみたところが、発見されるであろうか。老婦人は、穴もあらば入りたいし、消えてもしまいたいほど、恥入っている。

「御隠居さま。あたくしが、お宅さままでお送りいたしますから、どうぞ気をお丈夫にネ」

と、光枝は、生みの母にかしずいているかのような物腰で、その怪しい老婦人をいたわるのであった。だが、光枝は、その間もたえず探偵眼をはなって、この上品な老婦人が、なぜあの雨あがりの銀座の鋪道で、急に失心して、ぺたんと座りこんだのか、そのわけを看破したいと、彼女の神経は、針のように鋭く尖っていたのだ。

哀れにも恐ろしきその入りくんだ事情は、かの老婦人を、附近にあった光枝の友人のアパートに引入れてのち、茶などを供してのちに、ついにおずおずと老婦人が語りだしたところによって、分明とはなった。

「どうも、あなた。あんな賑かなところで、わたくしとしたことが自分の居間の畳のうえとまちがえて座りこむなどと――わたくしは、はっと気がついたときには、目のさきが、ぐらぐらと……」

老婦人のなげきのことばは、くりかえされつつ、今彼女の家庭に、おそるべき禍《わざわい》が入りこんで、この老いの身が、明日をもしらず、袖乞いに橋のうえに立たねばならぬかもしれぬ運命におびやかされているのだと、切れ切れのことばであった。

さすがは商売柄で、身の上ばなしの聞き上手の光枝は、アパートの友達を外に押し出し、扉《ドア》をぴたりととじて、さらに老婦人の重き唇をひらかせることに成功したのであった。自然光枝は、彼女が女探偵を職業とするものであることをも明らさまにして、この老婦人の感激を新たにしたことであった。

「……幼いときに、家出をした娘だと、名乗り出たのでございますよ。もちろん、これがわたくしの実の娘ならば、真偽のしらべは、手短かにまいりましょうが、今もお話申したとおり、何分《なにぶん》にもわたくしは後添えのことでございます。里見家へ嫁してまいりましたときに、その亜矢子――先妻の遺児でございますね――その亜矢子は、やっと五歳。それが七歳のときに、行方不明となり、もちろん、そのときも、かどわかされたのだともいわれ、また、このわたくしがまま子苛めのゆえに、たった七歳の子供ながら家出したのだという評判も高くなり、それはそれは、はりさけるような当時のわたくしの胸の裡……」

と、老婦人は、その当時のことを思い出してか、袖口からを襦袢を出して、眼頭をそっとおさえ、

「その娘が、あなた、突然名乗り出でたのでございますよ、十七年ぶりで、今年は二十四になったと申します。それが、わざとらしくすぐには邸へも入りませず、附近に高等のアパートを見つけて、おそろしく贅沢なくらしをこれ見よがしに始めまして、それに、あなた、娘の連れ合いと申す凄味たっぷりの大男がついていますのでございますよ。わたくしの夫は、中風で寝たっきり、それに心もとなさも先に立って、一途にその女を、自分の実子と思いこんで居りますようですが、そこがあなた、後添えのわたくしとして、いいだしにくくもあれば、また老先《おいさき》短い病人の夫を、ことさら窘《いじ》めるようで思いきったことも申せませぬが、わたくしには、どうもその、亜矢子と名乗る女の素性が疑われてなりませぬ。夫もわたくしも、ここへ来てもう、身内身寄りもない同志で、誰に相談することもならずわたくしひとり、心配に心配を重ねて居りましたのが、とうとう脳にのぼりまして、今日銀座でのあの不始末……。あなたさまが探偵でいらっしゃるなら、なんとか真疑のほどをおたしかめ願えますまいか」

手を合わさんばかりに老婦人のかきくどいたしめっぽい話は、ざっとそんなところが要点であった。

正義感

なぜ、そんな事件を、ひきうけてしまったろうと、風間光枝は、その後たびたび、後悔をくりかえしたのだった。

だが、引受けてしまった以上は、いまさら断りも出来ない。光枝は、人一倍、彼女の職業についての誇りをもっていたし、かつまた、あの気の毒な老婦人の身の上を想うとき、どこまでも力になってあげたいという正義の念にも燃えて、踏みこんだこの事件の解決は、どうにかして、やりとげ

なければ、光枝の気がすまなかった。

（ねえ、あなた。左の内股《うちまた》でございますよ。へんな話でおそれ入りますが、この辺に、相当はっきりした小豆形の痣が、こう斜めについて居りますれば、先妻の娘亜矢子にちがいございませんので……）

これが老婦人の握るただ一つの亜矢子の身体の秘密であった。それをどうにかして、光枝にしらべてもらいたいとの、たっての願いであった。

妙齢の婦人の、股の内側についている痣が、探偵の目標なのである。

光枝は、深く当惑した。そのような箇所の秘密をさぐることは、容易なことでない。

亜矢子に会って、あなたは、そこに痣がございますかと質《たず》ねて、正直に返事してもらえるならいいが、そういうことは全く予期できないし、そのうえ、老婦人里見元子の恐怖心により、亜矢子と名乗るその女の身許を、探偵調査していることが、先方に知れては絶対に困るということなので、それもできなかった。しかも一方において、老齢と病気で気の弱くなっている老主人は、亜矢子のことばを信じ切って、きょうにも彼女を家へ引き入れたい様子であったから、この調査は、一日でも早くなし遂げられねば、重大化する虞《おそ》れがあった。そんなことを考えてくると、光枝は、銀座で拾った老婦人事件に対し、後悔の念さえ、湧いてくるのであった。

だが、光枝は今となっては、その事件から手を引くことはできなかった。このうえは、一日でも一時間でも早く、亜矢子の身体から痣の有無をたしかめ、そして事件を解決することにあった。解決が遅ければ、遅いだけそれだけ、光枝の心の重荷は、彼女を苦しめるわけであった。

（でも、亜矢子さんの身体をしらべるなんて、同性のあたしが頼まれたから、まだよかったんだわ。もしもこれが、帆村荘六さんなどが頼まれたんだったら、どうなさるかしら）

帆村荘六は、彼女の知っている男性の私立探偵であった。近来、彼女はよく、この男の探偵に頼まれ、彼の引立役を演じては、ばかを見ていた。

帆村のような男性にとって、このような事件は、難事件中の難事件であることは明白だが、しかし同性の光枝にとっても、目標が目標だけに、楽な事件というわけにはいかなかった。

（どこから、取りついたらば、いいのであろうか？）

光枝は、あるだけの智恵をしぼって、一両日を送ったが、これぞと思う名案も浮ばなかった。そうこうしているうちに、老婦人がひそかに彼女のところへ現われて、

「もし、風間さん。いよいよ、事重大でございますよ。あれは、明後日、東京を出て、伊豆の温泉へでかけるのでございますよ。そうして、四五日して、また東京へかえってまいりますが、そのときはいよいよあれ、を家へ入れるか入れないか、最後的の決定をいたす約束が、主人との間にできてしまいました。しかも主人は、もうすっかりあれを信じ切っていまして、わたくしはもう身の置き所もないほどでございます。どうか風間さん、ぜひぜひお助けくださいまし」

と、涙を目に一杯たたえての哀訴であった。ここにおいて、光枝といえども、腰をあげないわけにいかなかった。

「御隠居さま。ご安心なさいまし。あたくしがついています以上、必ずお嘆きはおかけいたしませんから、どうぞ、もう二三日の御辛抱を……」

といって老婦人をなだめかえしはしたが、さあ、一体どうしてあの女性が内股に隠している問題の痣を観察したらよいものやら。

くずぐずはして居られない。老婦人を、押し出すようにして、帰ってもらった光枝は、すぐさま着かえて、自分も外にとびだした。

亜矢子と名乗る女の止宿しているアパートの附近に、光枝は姿をあらわした。そして、そのアパートに出入する商人や小僧さんのあとを追いかけては、それとなく、彼女の知りたい事項について質ねてみた。最後には、アパートの女中が用事に出てきたのを捕え、相当の金を握らせて、訊いてみたけれど、その結果は、マイナスであった。

「さあ、わたくしのうちは、高級アパートですから、浴室は、それぞれのお部屋についていまして、混浴はないんでございますのよ。ええそうですの。外の銭湯においでになる方なんて、そんな風変りのお客さまは、ただのお一方もいらっしゃいませんわ」

と、これが女中さんの答であったのだ。あわよくば、混浴場の中において、この女中さんに、亜矢子の裸身から、痣の有無をつきとめてもらおうかと思った計画も、当てはずれとなったばかりではなく、勇敢に光枝自身が、問題の亜矢子と入浴を共にしてまでも探索しようかと思った第二段の計画も、ともにはっきり、駄目だと分った。

（これが、帆村さんの場合だったら、問題の亜矢子さんと一緒に、お風呂に入るなんて計画さえ立ちはしないんだわ）

そういう光枝の独白《ひとりごと》が、この際、われとわが心に聞かせるせめてものなぐさめの言葉であったのも、なさけない次第であった。

助手

時間は、どんどん経つ。

計画は、一向に立たない。もちろん、資料は皆目集まらない。

焦燥のあまり、光枝の心は、いまにもパンクしそうに、火のように熱していった。

それは、その翌日の夜のことであった。光枝は遂に一大決心をして、商売敵の帆村荘六を、その私宅から、電話で呼び出した。

「こんな夜更けに、妙齢のお嬢さんから、会見を申込まれるなんて、どうも甚だ穏かでないですなあ」

帆村は、憎いほどおちつき払って、銀座裏の汁粉屋に入ってきたが、すぐさま席にはつこうともせず例の長身をわざとらしく曲《ゆが》めて、光枝の顔をのぞきこんだ。

「あらア、――」

光枝は、帆村の靴を、ぎゅっと踏んでやろうかと思った。

二人は、お壕端《ほりばた》に出た。どこからともなく流れてくる花の香に迷惑を感じながら、光枝は、一伍一什《いちぶしじゅう》をうちあけて、帆村の援助を求めたのであった。

「無理もない。貴女の手には負えない難事件だ」

と、帆村は、光枝の気に障るようなことを平気でいって、

「その目的を達する手段はないでもない。しかし、それには、貴女の一大覚悟を要しますが、それが出来ますかな」

「一大覚悟といいますと……」

「つまり、僕と組んで、二人きりで、伊豆方面の温泉へ何泊旅行かに出掛けるんですな」

「まあ、失礼しちゃうわ」

光枝は、帆村の腰をついて、お壕の中へ叩きこんでやりたかった。

「それで、温泉へも這入《はい》るんですよ、一緒に」

「ああ、もう何も仰有らないで……」

光枝の顔色は、おそらく、真青になっていたであろう。なんというはしたないことをいう帆村であろう。着物をぬいで、一緒に湯に浸かろうなどとは、光枝の処女性を、あまりにも無視したこのうえない侮辱の言である。光枝は、断然腹を立てて、ものをもいわず、どんどん速歩で、その場を逃げだした。

憤激をのせて、光枝は二丁あまりの鋪道のうえを、いつの間にかつっ走った。そうした後に、彼女はようやく、冷静をとり戻したのであった。今のところ帆村をおいては、力を貸してくれる相談相手はないのだ。彼のいいだした温泉行の内容は、耳にするだに、けがらわしいことではあったが、

それは、一つの有望な探偵手段であることが、彼女にも、ほのかに分ってきた。帆村のいいだした計画は要するに亜矢子とその同棲者が、伊豆方面へ四五日の旅行に出かけるについて、こっちも似たような一組としてその後を追い、温泉の湯の中で、亜矢子の裸身から秘密の有無をつきとめようとするのにあることは、朧気ながら、それと察しられた。

それは、光枝にとって、耐えがたい手段ではあったけれど、しかも事件の結論を得るには、相当有望な手段であることを思うと、帆村を単に痴漢として罵り去ることはできない。いや、痴漢であるかどうか、まだ帆村と一緒に泊ったわけではないから、痴漢という文字を頭の中に描くことすら、尚早《しょうそう》のきらいは否みがたい。——そう思ってくると、光枝は、さっき一途に帆村に対して憤りをみせたことについて、やや後悔の念を生じた。

そこで、光枝は、歩調をゆるめて、そっと後をふりかえった。

帆村の姿は、彼女から十足ほどの後にあった。

「あらッ」

「もういいんですか、光枝さん」

帆村は、何もかも予期していたという風に、足をはやめて、光枝に追いついた。

そのとき、どこからともなく、また夜気の中に、ほのかに花の香が匂った。

温泉宿

さて、その翌日のことだった。

光枝は、思いがけない数奇な運命の糸に操られ、男と一緒に、伊東の温泉旅館清田屋の客となった。

「おい、君子。ねえ、ここへ来てごらん。海が見える。じつにいい気持だよ」

帆村はしきりに光枝に話かける。

同伴者君子になりすました光枝は、帆村とは反対に、なるべく口数をきかないようにしていた。なにが気持いいことがあろうか。

だが、きょうの新橋駅の張り込み以来、この旅館におちつくまでの帆村の鮮かな手のうちには、光枝も、敬服の外《ほか》なかった。

亜矢子と、その同棲者矢田とが、新橋駅に現われ矢田が温泉地ゆきの切符を買ってしまうと、帆村はやや遅れて出札口へいって、同じ目的地への切符を二枚買い求めた。

(なんでもないさ、彼等の目的地を知ることなどは。あの男が、どの位の釣り銭をうけとるかを一目見れば、行先はどこだか、すぐ分るんだよ)

といった調子で、後から出札口へいった帆村は、いささかの逡巡もなしに、伊東行の切符を買ったのであった。

矢田と亜矢子が、伊東に下りると、二人はそこに待っていた宿引き男に、ボストン・バグを渡した。それで、二人の泊る家が分ってしまった。

帆村は、このときも、不自然に、追いかけるようなことをしなかった。ボストン・バグを手にさげたその客引きの男の眼が、帆村と光枝の方へうつったとき、商売意識で、

「いかがでございます、お泊りは手前共へ……」

と、客引き男にいわせてしまったのであった。それをいわせるように、帆村は、光枝をかばいながら、そこらに客引きはいないかと、当惑らしい顔をしてみせたのであった。だから、矢田と亜矢子は、そのときは多分光枝たちのことを怪しまないで通したことであろう。

「おい君子、伊東へいくんだなんて、君の家の仲間には喋らなかったろうね。せっかくのところを追駈けてこられちゃ、いやだからね」

明け放った廊下の籐椅子のうえで、帆村は、傍若無人の大声を出した。

それは、隣の部屋におちついている矢田と亜矢子にも聞えずにはいなかったろう。

（おやおや、お隣りは、女給さんか何かの、お連れ込みだよ）

そんな風に、安価なところを見せて、亜矢子たちに安心をさせたい帆村の作戦だった。光枝は、ますます怒って、河豚のように頰をふくらませた。

着がえがすんだ後で、二人は、番頭のしらせで温泉につかることとなった。光枝は、胸をわくわくおどらせたが、そんなに青くなるほどのことはなかった。

帆村は、家族風呂を注文した。光枝が、険しい目をして抗議するのを、彼は軽くおさえて、

「なあに、風呂は一つでも、僕が先へ入って、出たらその後で、君が入ればいいんだ。君が着換えをしている間、僕は、ちゃんと更衣室で後を向いていてやるよ」

と、光枝の耳に口をよせて囁いた。

そういわれて、光枝は、すこし気が落ちついた。そして第一回の入浴は、まずまず無事に終ったので、彼女はようやく人心地がついた。

それは夕食の後だった。

帆村は、光枝のそばにすりよってきて、そっと囁いた。

「ねえ、君。いよいよこれからが、商売だ。大いに覚悟を要するよ」

「覚悟って……」

「いやだなあ、君は。商売の方を忘れて、どうするんだ」

「その方は、困っちゃったわ。だって、あの人達、家族風呂に籠城するんですもの。始めの計画どおりには、いかないわ。ああ、どうしてこの旅館《うち》は女湯を作っておかないんでしょう」

「そんなことは、どっちでも同じことだよ。いいかね、君子。彼等は、一度はああして、家族風呂へ入ったが、あと三日も四日も、あの狭い家族風呂ばかりに入り続けるはずはないのだ。見ていたまえ、やがてきっと、大湯へ入るようになるから」

「大湯？」

「共同風呂のことさ。さっき覗いて来たが、タイル張りの、すばらしい土耳古《トルコ》まがいの大風呂さ。男も女も、平気で入っている。そういう人達の観念は、東京での観念とはちがうのだ。君が心配するほどのことはないよ」

「ああ、困ったわ」

「僕はなにも、強いて君と一緒に風呂に入る事を好む者ではない、僕はこのまま帰ってもいいんだよ。君さえ仕事を抛棄する気ならね」

帆村の言葉は、鋭く光枝の胸をつき刺した。

（そうだ、仕事がある。その仕事大切のため、こうして覚悟をしてここまではるばる帆村と連れ立ってきたのである。だが、あたしはまだ本当の覚悟ができていなかったのである。それも無理ではない、あたしは、いまもなお、清らかなんだもの）

「どうするつもり、君子」

「あのう、――」

（そうだ、ここで、本当の覚悟が要る！）

「……あたし、やりますわ」

光枝は、泣き出しそうな声で、それをいった。

「そうなくてはならない。君屍体解剖を見せられて、卒倒しない大の男はないそうだ。ところが、年の若い女でも、看護志願書を出した娘は、未だ曾て誰一人として卒倒した者がないそうだ。仕事に対する心の持ち方が、普通の場合と、ちがうんだね」

帆村は、妙なことをいいだした。

「それと、これとは、ちがいますわ」

と、光枝は、すぐやりかえしたが、

「でも、あたし決心しましたわ」

「そうか。えらいなあ」

「でも、帆村さん。あなたが絶対に紳士であることを信じていいでしょうね」

「君は、神経衰弱らしいね。僕を信じて、よろしいのである」

と帆村はきっぱりいったが、そのあとでまた言葉をつぎ足した。

「だが、君はなんというつまらないことを、念をおしたものであろう。僕は、せっかく僕だけが見ていて楽しんでいた夢が、一時に消散してしまって、つまらなくなったよ。いわないでも分っていることはなるべくいわないにしくはない。尤もこれは、探偵技術の話ではないが……」

怪写真

伊東から、東京へかえってきた光枝は、別人のように元気を取り戻した。彼女の遂行した調査は、不幸なる老婦人の予想を、見事に裏書したのであった。亜矢子と名称《なの》る女の左の内股には、痣はおろか、黒子一つなかったのである。もちろん、痣を焼きとったらしい傷痕さえ、見つからなかった。老婦人は、狂喜せんばかりに、光枝にとりすがって、泣いた。光枝も、思わず、老婦人の背に顔をおし当てて泣いた。

尊い仕事だった。彼女も、覚悟を固めるために、死に勝るつらい想いをしたが、それも無駄ではなかった。老婦人は、今、こんなに喜んでいてくれるのだった。

そのとき、老婦人は、改めて爾後の手続きについて、光枝の助力を懇請した。光枝は、もちろん、それを引受けた。病中の主人も、今は、あの女怪が、本当の亜矢子ではないことを信ずるであろう。光枝の調査結果は、老人の迷いを霽《は》らすのに、充分であった。そのあとは、検察当局の手を煩わして、矢田たちを追払えばいいのだ。見事に仮面を叩きおとされた彼等は、おとなしく退散するより外、ないであろう。

事件の後始末は、光枝の予期したとおり、うまく搬《はこ》んだ。そして四五日のうちに、一切の片がついた。

それは、まあよかったのであるが、一週間ほど後になって、光枝の全く予期しなかったような新事件が起って、彼女を慄えあがらせた。その日、午後四時過ぎ、光枝は、有楽町の駅を下りて、銀座へ出ようと、折からのラッシュ・アワーの人ごみの中をすりぬけて歩いているうち、ルンペン風の男から、一枚の黄色い広告のちらしをうけとった。彼女は、他のことを考えていたので、それを手にしたまま、しばらく歩いた。そのあとのことである。彼女が、その広告に怪しい手触りのあるのを発見したのは。

その広告紙は、意外に厚っぽい手触りを持っていた。

「おや、へんだわ、この紙……」

と、何気なく裏をかえしてみた、愕いた。その黄色い広告紙の裏には、一枚の写真が貼りつけてあった。その写真の上に目をおとした光枝は、びっくりのあまり、息がとまってしまった。

温泉の浴槽のスナップ写真であった。男は帆村、女は彼女自身、をしてそこに撮《うつ》っている浴槽は、紛う方なき、あの伊東の温泉旅館清田屋の風呂場であった。

光枝は、愕きのうちにも、直ぐさまあたりへ、きょろきょろと眼をやった。だが、この広告紙を渡していったルンペンの顔は、どこにも見当らなかった。

彼女は、銀座ゆきを中止して、その足で、すぐさま自宅へとんでかえった。晴天霹靂とでもいおうか、飛んでもない大事件勃発であった。

彼女は、自分の部屋に閉じ籠もると、ハンド・バグの中から手渡された例の怪写真を出して、改めてつくづくと見直した。

はずかしいことに、いくど見直してもこのスナップ写真の主は、帆村と彼女の顔だった。よくもこうはっきり撮ったと思われるほど、二人は、顔だけは正面を向いていた。(こんなところを撮られるなんて……)

彼女の胸は今にもひき裂けそうであった。口惜し涙がぽろぽろと、あとからあとへと出てきて、停《とど》めもあえない。そのうち悪いことに、写真の傍《わき》には、お定まりの脅迫の文句がつらねてあった。

「この醜怪な写真の原板を、五百円で買いとってください。五百円ならたいへん安いものです。わたくしは、将来あなたの幸福なる縁談を、この写真でもって、邪魔をしようとするものではありません。もしもこの写真を、言い値で買い取ってくださるなら、現金引取りの方法は、次のとおりに願います。御存知の男より」

と、本文がつらねてあって、その次に、こまごまと、現金手渡しの方法が述べてあり、終りのところへいって、これもお定まりの文句で、

「このことを、あなた以外の他人に洩らしたときは、自らの生命《いのち》を失うものと覚悟をしたまえ」

と、ぬかりなく、嚇してあった。

痣

「ああ、やっぱり、そんな不吉な感じがしたんだ。いくら仕事のうえからとはいえ、あたしは、処女としての慎みを忘れたのが、いけなかったのだ」

風間光枝の嘆きは、刻々に拡大していった。彼女の尊い一生が、この怪写真によって、永遠に葬り去られたことを、はっきりと悟った。

「どうしましょう。五百円は、高価ではない。けれども、一度写真に撮られた以上は、たといその原板をかえしてもらっても、あと幾枚か印画紙にやきつけた写真が残っていれば、それが破滅のたねになることは明かだ。それに先方の悪意は、充分に認められるのだし」

御存知の男――というのは、よく分っていた。偽の亜矢子と同棲している矢田嘉久男《かくお》という男のことにちがいない。それが逆恨みにしても、こっちが恨まれる筋は、充分にあるんだから……。

光枝は、絶対絶命の谷間に、つきおとされてしまった。

「どうしましょう。ああ、たいへんなことをしてしまった。知らないうちに、こんなにはっきりした写真をとられてしまうなんて……」

気のすまないことは、いくら仕事のうえだって、絶対にするものではないわ、と、光枝は、自分の膝をとんとんと叩きつけて、くやしがったことだった。光枝は、それ以来、一歩も家から外に出ることなく、数日を悶々のうちに送った。そして或る朝、彼女は、玄関に訪《と》う人のあるのを、自分の居間にいて、それと知った。

男の声だった、しきりに家人と、押し問答をしている。

（ああ恐ろしい！　もう駄目だわ。あの男が、催促にやって来たんだわ）光枝は、もう生きた心地もなかった。

そこへ、婆やが、襖をひらいて、顔をだした。

「あのう、帆村さんというお方が、いらっしゃいました。幾度もおことわりしたんですが、ぜひともと仰有るので……」

それを聞くと、光枝は、ほっと息をついた。急に肩が軽くなってふらふらと机のうえに顔を押しつけた。

「どうしたんです、風間さん。事務所に電話をかけたところ、貴女は病気で、この四五日、ずっと引込んでいるというもんだから、どうしたことかと思ってねえ」

何にも知らない、帆村は、元気一杯に声をはりあげて、光枝の心を、すこしでも引立たせようとつとめているらしい。

それにもかかわらず、光枝が一向元気にならないものだから、帆村はいろいろと問いかけ、追及した。そこで光枝は、すすまない気を引立てて、怪写真の件をぽつりぽつりと低声で語り出した。

「そりゃ、怪しからん。卑劣きわまる奴だ。どう、その写真というのを、見せてください。僕も連帯責任があるんだから……」

帆村は、写真をうけとると、窓のところへ持っていって、いつまでも、ながながと見ていた。

「ふん、呆れるなあ。よくもこうあざやかに撮ったもんだ。ねえ、風間さん。これは僕にまかせておきなさい。そうだ、貴女も一緒に来るといいんだが、ねえ、これから一しょに出かけましょう」

「えっ。どこへですの」

「まあ、だまって、僕についてくるんです」

帆村が、案外落ちついているので、光枝も、だんだん気が楽になっていった。そして、帆村にいわれるままに、急に思い立って外出の仕度をしたのであった。二人が連れ立って、光枝の家の門を出たとき、帆村は急に大声を発した。

「あっ、彼奴《あいつ》だ。あんな処に張り込んでやがる。おい、待て！」

帆村が、いきなり駈け出していくと、半丁ほど向うの電柱の蔭から、突然一人の男が現われて、ばらばらと逃げだした。光枝は、はっと思った。あの男だ！　矢田嘉久男と名乗っているあの男だ。それに違いない。二人の男は、縄で身体を結び合わされたように、同じ間隔を保ちながら、どんどん人家のない方へ駈けていった。

光枝も駈けだした。彼女が、町角を曲って二人の姿を見たときには、二人は川の堤防のうえで、まるで角力をしているような恰好で、取組み合っていた。帆村の方が優勢らしく、頭をあげて、しきりに何か怒鳴っている。

光枝が、こわごわ、その方へ近づいていったとき、帆村は、えいと懸け声をかけると、相手の男を引放すが早いか、矢田の腰骨をぽーんと蹴った。すると矢田は、泳ぐような恰好をしたかと思うと、奇声を発して、堤の向うに姿を消した。そしてつづいて大きな水音が、聞えた。帆村が、腕力を用いたので、光枝は、びっくりした。彼女は、息を切らして、傍《そば》にかけつけると、まず訊いた。

「ね、帆村さん。写真の原板のことは？」

「あんな原板なんか、不用ですよ」

「でも……」

「いいえ、心配はいらないのですよ、風間さん。あれはインチキ写真だ。他の男と女の写真のうえに、僕達の首をすげかえたものだ。継いだところの銀粒子があれているから、間違いはない」

「まあ、あれはインチキ写真なんですか」

「そうですとも、僕たちが、どうしてあんな醜怪な恰好をするでしょうか。それに第一、風間さん、あの写真の女の身体が、貴女のものではないことは、一目でそれと、はっきり分るではありませんか」

「えっ、そうですかしら」

「そうですかしらは、恐れ入ったな。あの写真の女の、こっちの肩さきは、真白で、何にもなかったですよ」

「まあ、――」

「貴女の肩には、大きな痣がある。自分の痣を忘れるなんて、貴女もどうかしているよ」

「まあ、そうでしたわね。ほほほほほ」

「あんな写真は、意味なしですよ。ああいう卑劣な奴は、留置場の飯を喰わせるよりも、ああして水雑炊を喰わせた方が、効き目があるのですよ」

卑劣漢は、ずぶ濡れになって、ご苦労さまにも、川の中を上手へ向って、しきりにざぶざぶと、河童のような恰好で水をわけて逃げていく。

虹と薔薇

大下宇陀児

虹の性質

若き女流探偵風間光枝は、近頃少しく変てこで、流行語でいうと、尋常《ただ》ならず複雑怪奇であった。そうしてこの複雑怪奇性は、内容外観共にそうであったから、この名声ある女流探偵の周囲には、譬えばサイクルの落ちてしまった電気時計のように、人々をしてひどく不安ならしめる、一種異様な雰囲気が立ち罩《こ》めたし、彼女自身で思ってみても、何か知らそこには、自分で自分が判らぬというような、不可思議な渾沌状態が感じられたのであった。

探偵事務所における光枝の机は、いつもよく整頓されていて、卓上電話インク壺本立用箋の位置が狂ったことがなく、抽斗《ひきだし》の中も、筆立の中も、イヤ、椅子の横にある紙屑籠の中ですらが、カーボンペイパーの古いのと洋紙と日本紙との反古が、キチンと区分けして入れてあるほどだったが、この頃彼女は、柄のところに幸福の猫が彫りこんであるペイパーナイフを、どこへ仕舞ったのか忘れたため、三分もかかって探したことがあるし、左の抽斗の赤い漆塗りの小箱へ入れて置くはずのメンソラを、右の抽斗へ入れてしまい、またそのそばに置いとく銀製のコンパクトを、使ったまま机の上の紳士録を立てたブックエンドの前へ置きっ放しにした。

机上の濃い空色をしたカットグラスの一輪挿しに、いつも新らしい花が入っていて、雑然紛糾たる事務所のうちでも、その花のあるあたりだけ、何か匂いに充ち溢れ、空気が澄んでいる感じを与えたのは、常に変らぬ光景であったが、彼女の出勤時間は狂うことがあり、電話のかけ間違いをすることがあったし、ラジオで午後は雨だといっているのに、レインコートを持たずにやって来るのであった。

周囲の人々は、ボンヤリとそのことに気がついていた。

それから、事務所長星野老探偵などは、

「はアて、どうも……」

と首をかしげ、特に誰よりも心配そうにして、光枝のこの頃を眺めていた。

老探偵のところへは、風間光枝についての個人的な問題で、時々客が訪問する。というのは、彼女ももはや婚期である。美しくて賢明でピチピチしているから、あの娘さんをうちの後取り息子のお嫁さんに欲しい、大学を出て開業したてのお医者さんの奥さんにどうか、イヤ、今度在仏大使館へのアタッシェとして赴任する若手外交官があるのだが――というような、各種縁談が老探偵を仲介にして申込まれて来るのであったが、さてこういう種類の話になると、光枝は一向に不愛想で無頓着で張合がない。結婚なんてこと、まだあたし、考えたくないんですものとばかり言っている。老探偵の考えでは、これこそ実に願ってもなき良縁だと思う申込みがあると、彼はまず自分が乗気になってしまって、そこはお手のものだから、せっせと先方の身許や素行を調査したり、その相手となるべき青年の写真まで手に入れて来るのであったが、すると光枝は、そんなものなど見向きもしない。縁談のえの字、結婚のけの字を聞いただけで逃げ出してしまう。ある立派な家柄の家では、ひどく熱心に光枝を懇望し、間に立った世話好きな男が、是非とも老探偵にその媒酌方を頼みたいと言って来て、これが凡そ十回近くも足を運んだことがあるけれど、光枝はこれにも甚だ冷淡である。間に立った男は、せめて見合いだけでもする段取りになったら、話を持込んで来た顔が立つというのだけれど、どうして彼女は見合いどころか、第一、先方の名前を聞きたがらないし、身分家柄も知ろうともしない。無理に老探偵がその話を持ち出すと、両手で耳をピタッと押さえて、

「あたし、厭です。その話、聞かせないで。そのことは、もうこれっきりにして戴けません」

殆んど、ベソを掻きそうな顔になる。

「判らんな。あの娘、案外強情で、せっかくの他人《ひと》の親切を無にして顧みぬという悪癖があるテ。どうも少々この頃変調だ。穏かでないところがあるな」

と老探偵は呟いた。

が、ところで、光枝自身にしてみれば、一体何を考えていたことだろう。

それは、実のところ、彼女にもあまりハッキリしない、何か頗る曖昧な、モヤモヤとして彼女の若い肉体や頭脳を包んでいるものでしかもある時ひどく愉しかったり、ある時ひどく美しく、また時に甚だ空漠であって、消えては浮かび浮かんでは消える、何かの幻像《まぼろし》にも似た一種の想念を伴ったものであったから、譬えばこれは虹の如きものだったといってもよいのである。

その虹は、七つの色に飾られて、大空にかかる巨大なリボンの如く、彼女の脳裡に描かれた。かと思えば、日光を浴びた石鹸玉《シャボン》の如く個々の小さな玉となって、頻りに幻想の空間を浮動して、摑みようにも摑みどころなく、時々バチンと音を立てて潰れた。彼女は、バスに乗って快く身を揺られていた時、ふとその虹の幻影に捕えられて、停留所を二つも乗り越してしまったし、事務所の机で頬杖をついて考えていると、やはり同じ虹が現れて来て、楽しい音楽を聞くように思い、ふしぎにも顔がポッと赧《あか》くなって、何が何だか判らなくなった。

「あたしは、若くて健康で自由だわ。頭の中で、愉しい空想を拵えられるし、これからまだ随分といろんなことをやってみれるわ」

春先きの美しい夜、湿り気のある空気のうちに佇《たたず》んで、ふっと空の星を見上げた時に、なぜか彼女は、そんな無意味な言葉を口に出してみたが、虹とその言葉とには、果して何の関係があったのだろう。

考えても彼女には、それを分析してみる力がなかった。

ただ何となく甘ったるくて切ない溜息が出た。

但し、もう少し時が経ちさえすれば、その虹の正体が何であるかきっと自分にも判るのだろうという、漠然たる期待はあったのだがするとその時期が来るより先きに、彼女はやはり本職の女探偵に立帰って、一つの奇怪な事件に携わらねばならぬ機会に立到ったのである。ある日の夕間暮老探偵が、眉間に深い皺を刻んで、光枝の机へ来て言った。

「風間君。また一つ事件が起った。どうもひどく恐ろしい話で、ゾッとさせられるような事件だが、儂《わし》の見る所だと、これはあんたが適任らしい。事件依頼者は、探偵に来てもらって、その邸内に泊り込んでいて、事件の真相を発見してもらいたいといっている。君が一つ行って下さい。万事は、先方へ行ってから、詳しく説明してもらえるだろうから。――よろしいか、当事務所の名誉にかけて、見事成功して来て下さいよ」

一瞬、虹は消え失せた。

そしてこの女流探偵は、赤い羽毛を飾ったチロリアン帽を冠り、黒いハンドバッグの環を手頸にひっかけ、元気よく靴を鳴らして探偵事務所を出て行った。

蠟人形死す

「オヤ、ま、探偵さんは、女の方でございますの」

「そうなんだよお前。お前には見えないだろうが、とても綺麗なお嬢さんが来て下すったのだ。気味の悪いあの事件の謎を解いて下さるといってね」

「まアまア、それはよく入《い》らっして下さいました。本当に御迷惑をおかけ致しますわ。さアどうぞ、お楽になすって下さい。それからおちかづきに、手を握らせて下さいな」

猪瀬格太郎氏と孝子夫人とは、物慣れた優しい態度で光枝を迎えて、互いに初対面の挨拶を済ました。

すっかり暗くなってしまってから先方へ着いたのだが、そこは、実に大きな邸宅である。そうして、善美を尽した応接室のうちである。主人公の格太郎氏は、年配六十ほどの立派な人物、夫人が五つほど年下で、昔定めし美しかったろうと思われる顔立ちだが、これは痛ましくも盲目だった。

夫人は女探偵の手を握ってみて「ああ、ほんとに、お若くてお綺麗な方ですね。恐ろしい、とても厭な事件ですのに、よくまア入らっしゃって下さいました」と、また言っている。

光枝は、聊《いささ》か恥じらった。

探偵事務の依頼でやって来て、今まで、こんなにも喜び迎えられたことはない。やがて、

「では、早速でございますが、私はまだ何も存じません。事件と申しますと？」

と尋ねると、孝子夫人は眼を閉じたまま、光枝の唇から洩れる音声の響きを、じっと頭の中で嚙み味わっているような顔附である。格太郎氏が、少々躊躇してから話し出した。

「イヤ、実は事件は甚だ変てこなものでして、蠟人形が殺されました」

「え、何と仰有いました。蠟人形とは？」

「申し方が、変則で済みませんでしたな。――が、これは私共、殊にここにいる家内などにとっては、正に殺されたといった気分がするのです。その蠟人形は、家内がまだ若くて、失明しない以前の頃の姿を写したものでしたが、長いうち当家に置いてありまして、これが、胸に短刀を刺され、しかも首を絹紐で絞められて、薔薇の温室の中に倒れていたのです。詳しく申しますと、昨夜《ゆうべ》の午後七時五十五分、庭の方で何かふいに、恐ろしい物音がしました。折から私は家内と二人で、夕食中であったのですが、その物音に驚いて庭へ飛び出して、その結果が温室の中に、無残な蠟人形の屍体を発見したというわけです。断っておきますが、蠟人形は、平生、家内の部屋に飾ってあったもので、家内が食事のためその部屋から出て来るまでは、何も別条がなかったものです。それから、薔薇の温室は、私が薔薇を愛好し、大切にしておるものですから、入口の扉《ドア》に特別の錠がつけてあり、この鍵は私以外誰も持っておりません。だのに行って見ますと、温室の扉にはちゃんと鍵がかってあり、ほかにも何等異状はなく、しかも中には、蠟人形の屍体が持込んであったというわけでしてな」

格太郎氏は、着ていた和服の帯を探って、そこに結びつけてあった一つの鍵を取出して見せたが、

なるほどそれは風変りな形をしたもので、ほかに合鍵など、到底作ることの出来ぬものらしい。

「まア、そんな訳で、蠟人形とはいえ、気味が悪いのです。温室へはこれから御案内致しますが、夜のことで、詳しいことはお判りにならんかも知らん。お泊りになって、一つゆっくりと調べてみて下さい」

と格太郎氏は最後にいった。

殺人——とはいうものの、相手が人形だから、擬似殺人である。そうして、不可思議な密室の殺人である。光枝はこの困難な謎にぶつかって、何か知ら胸のうちへ、勇気が出て来るような気持だった。

やがて彼女は、サンダル風に作った庭下駄を与えられて、芝生に飛石のある広い庭を、問題の温室へ案内されて行ったが、そこは、格太郎氏が例の鍵で扉を開け、入口の支柱のスウィッチを押すと、パッと電灯がついた。屋根も壁も硝子《ガラス》張りで、幾段にも並べた棚の上に、各種各様の薔薇の鉢があり、ムッと芳香が漂っている。花は、咲いているのもあり、芽を摘んだばかりのもあり、また蔓薔薇が見事に蕾を持っていたりした。

「あそこです。蠟人形は、まだ発見された時のまま置いてありますが」

格太郎氏が、手を上げて指し示した所は、懸崖の大きな薔薇の鉢がいくつも並べてある棚の蔭になっていたが、行って見るとそこには、格太郎氏が時々来て、読書などをすることもあるのだろう、数箇の椅子と卓子《テーブル》がある。そしてその卓子の横に、ドサリと投げ出された形で、等身大の蠟人形が、古ぼけたお振袖の着物を着て、生々しく横たわっているのであった。

踞《しゃが》んで見ると人形は、片方の耳が一つ欠け落ちていたが、大そうよい出来のものである。そうして首には、赤い細い絹紐が固く捲きつけられ、胸には乳の下を剔《えぐ》るようにして、銀の握りがついた短刀が刺し込まれている。

「さっき言い忘れました。この短刀は、私が巴里《パリー》で手に入れて持って来て、それ以来ずっと私の部屋の、机の抽斗へ入れて置いたものです。これがいつどうして盗み出されたか、それも合点が行かないのですよ」

と格太郎氏はいった。

人形ではあるが、じっと立って眺めていると、なるほどそれは、かなりに気味の悪い光景である。人形は、殺されていながら、ポカリと眼を見開いている。光線を受けて眼は白く光り、唇が謎の微笑で、何かを語っている気がする。光枝は、気弱くも視線を外《そ》らした。それから、ともかくも温室内の調査にとりかかった。

何かの遺留品。

足痕。

そして指紋。

だが、綿密な捜査にも拘らず、この時光枝の発見したものは、殆んど何も重大なものがない。彼女は硝子張りの壁と天井を調べた。そして、どの硝子の枠も、古い色の変ったパテがしっかりとついていて、犯人によって破壊されたり取り外されたりした形跡のないことを確かめた。ただやはり、人を夢見心地にするような、薔薇の芳香だけがそこに漂っていた。

一時間ほどした時に、温室の外から、ノッソリと中を覗き込んだ男がある。

男は、眼附の鋭い気味の悪い顔附だった。

思わず光枝は、「呀《あ》ッ」と声を立てそうになったが、格太郎氏もすぐとそれには気がついて、

「イヤ、あれは運転手で、黒須という者です。蠟人形のことがあったから、時々庭を見廻らせることにしてありますので、別に怪しい人間じゃありませんから」

気の毒そうにして説明している。

黒須運転手は、ペコリと頭を下げておいて、ノソノソとどこかへ立去った。

そうして恰度そのあとへ、女中が一人やって来て、光枝のため、向うへ部屋の仕度が出来たとい

うことを告げ知らせた。

夜のプール

清潔なベッドや椅子や卓子や、それから鏡付きの衣裳箪笥や、油絵の額やまるで欧洲通いの船の船室のように、気が利いていて小じんまりと設備の整った洋室が、光枝のため特に与えられた部屋である。そこは、邸内の奥庭に面した二階の隅で、窓外には、庭へも直接下りられるための、梯子付きバルコニーまで備えてある。

ところで、しかし——。

光枝は、その夜この部屋へ導かれてから、また、都合次第ではいつまで滞在してもよいのだと、懇切な孝子夫人の言葉を聞いてからさていよいよ自分一人で、蠟人形の秘密を看破すべく、彼女の全智能をふり絞らねばならぬ羽目とはなったのであったが、実のところはその努力が、果してどれだけの効果を上げたことであったろうか。

彼女はまず夜っぴてかかって、猪瀬家の家族関係というものがどうなっているか、それを調べにかかったが、するとまず邸内には、書生下男運転手女中の類いがいて、主人格太郎氏は相当知名な実業家であり、なお格太郎氏夫妻の間には一人息子の邦司郎という人物があり、この人物は、目下勤めている某会社の用で地方出張旅行中だというようなことが判ったが、さてこれらの事実は、蠟人形の謎についていかなる関係を有《も》つのか見当もつかない。

翌日彼女は、また薔薇の温室に赴き、更に蠟人形を仔細に調べたが、獲《う》るところは甚だ僅少だった。温室の内外を、地下で連絡する秘密の抜道でもありはしないかと考えたが、半日がかりでの捜査は、これまた何等の光明をももたらさなかった。

これ以上は何を調べたらよいのだろう。

次に彼女は、猪瀬家の過去を探り、親戚知人間の消息を辿り、格太郎氏の関係する諸事業を調べ始めた。そしてこれは広汎な調査で、一朝一夕では容易に片がつきそうにもなかった。しかも調べれば調べるほど、猪瀬家は、内にも外にも不正不義不公明なトラブルが、何一つ無い家庭だということが判って来て、どうにも手がつけられなくなった。

彼女は、調査の困難なのに驚きつつ、まだしかし勇気は失わなかった。

そうして滞在は長引きそうであった。

三日目の夜、殆んど十二時頃になって、光枝が、考えに疲れた頭を休めるため、バルコニーから庭へ下りて歩いて行くと、ふいに彼女は、

「あらッ！」

とばかり眼を見張った。

芝生を越え植込みを抜けると、そこに、水浴のための大きなプールがある。静かな月光の下《もと》で、プールの水は、波紋を描いていた。そして水底を白い鱶《ふか》のように泳ぎ抜けて来て、若い一人の男が、突如目の前へ首を突き出したのである。

光枝が驚くのと一緒に、プールのふちへつかまったパンツ一つの男も、少なからず驚いていた。

そうしてその男は、逃げもせずに、胸から下を水面に沈めてこっちを見上げた。

「ああ、驚いた。あなたは誰ですか」

「あたし、探偵ですわ」

「えッ、ナニ、あなたが探偵だって……」

青年は、また前よりも大きく驚いていた。ちょっと考えていたあとでゴクンと一つ頷くと、

「そうか、そうでしたか。イヤ、あなたのような人だとは思わなかった。僕は、今夜旅行から帰って来て、女の探偵さんが、家へ来ているのだとは聞いたのです。そうして実は、ひどく下らないと思っていたんですが」

「まア、どうしてでしょう。何が下らないのでしょうか」

「第一は、女の探偵なんて、実に厭なことをするんだなと思ったのですよ。探偵なんてものは、女に相応しい仕事じゃありませんね。少なくとも若い女性にとっては、かなり悪趣味な職業ですからね」

「まア……」

「憤慨するなら、憤慨してもいいんですよ。ともかく僕はそう思ったんですから。——ええと、だが……」

考えていて青年は、あと何か言おうとした唇を噤《つぐ》んだ。

光枝も何か言おうとして言うことが出来なかった。

急に青年は、足をプールのふちへつけてターンすると、見事なクロールでそこを一往復して来た。飛沫が、光枝のスカートを湿らしたようである。帰って来た青年は、

「ごめんなさい。どうも、失敬なことを言いましたね。——が、探偵なんておよしなさい。下らないですよ」

繰返してまたいうのであった。

光枝は、猪瀬家のアルバムで見て顔だけ知っている、これは、一人息子の邦司郎だった。今度は邦司郎はゆっくりした平泳ぎでふちを離れて行ってしまった。

与えられた自分の部屋へ戻って来てから、光枝は、なぜかひどく眠りつけない。幾度も寝返りをうち、ベッドの枕もとのスタンドをつけ、本を読もうとしたが読めず、それから鏡に顔を写して見ると、眼が生き生きと冴えていて、頬が赤く火照っている。なぜこんなだろうかと考えて、

「そうだわ。あたし今の男のこと、うんと腹を立てているのだわ。随分、失敬よ」

と、こっそり呟いてみたのであった。

女の探偵が、果してそんなにも下らないものであるかどうか、そのことは奇蹟的にも、この翌日

になると、早くも判ってしまったことである。

翌日、昼のうちは何もなかった。

が、夕方、格太郎氏が、眼の色を変えて光枝の部屋へ来た。

「妙な手紙が書斎へ投げ込まれていました。どうやら、脅迫状めいたものですが」

そうして差出された手紙には、次のように認められていたのであった。

——今夜午後七時五十五分、薔薇の温室に注意せよ。新しき怪異を発見すべし——。

顚落した時計

指定された時刻は、故意か偶然か、前に蠟人形の事件が起ったのと同一時刻である。そうしてその時刻は、もうじきに来るのである。

光枝は、さすがに胸がドキついて来ていた。

ひどく奇怪な手紙ではあるけれども、ここで何か新しい事件の展開があるとすれば、今度こそは、きっと何か手懸りを摑んでやるぞとひそかに胸の中で覚悟をきめた。

格太郎氏と急いで打合せを済まし、ともかくその時刻に、温室へ行って監視していようということになったが、さて温室へ光枝が行って見ると、格太郎氏はそこへ、盲目の孝子夫人は別として、書生も女中も運転手も、邸内の者を殆んど全部引きつれてやって来ている。監視するのには、眼が多い方がいいとでもいうのだろうか。光枝は人の多きに当惑しながら、しかしこのままにしておいた。

はじめ人々は、温室の電灯をつけておくかどうか問題にし、結局消すことに決めてしまった。それから皆、息をつめて見張りの位置につき、じっと待機の姿勢をとった。

時は次第に進んで、もうあとは僅かになったようである。

ふいと、温室の入口にいた光枝のそばへは、前夜プールで見た邦司郎がやって来て、不愛想に突っ立っている。彼は、闇の中で、

「御苦労さんですね探偵さん。もう何か見込みのついたことがありますか」

と揶揄《からか》うようにいって肩をゆすぶった。

「実はね、僕は親父の命令で来たのです。あなたが一人だから、そばへ行ってお相手をしろっていうんです。ただ、僕は、探偵さんのお相手は苦手だから」

「ええ、苦手なら構いませんわ。私、一人でいた方が結構ですから」と光枝も、ハッキリと瞳《め》をあげて言返した。

「そうでしょう。そうだろうと僕も思いました。――あなたは、一人ぼっちの方が似合う人です。そうしてしかし、一つだけ教えてあげましょうか。あなたは何か、ひどい目に遭っているようですよ」

「まア、そうですか知ら。どうしてでしょう」

「僕は、旅から帰って来て、何もかも聞きました。ところが、親父の顔を見たり蠟人形のことを考えていると、自然に何か判りかけて来る気がするのです。蠟人形は、耳が欠けていたでしょう」

「え、ええ、欠けていました」

「とても古い人形で、鼠に耳を嚙られたのですよ。あんなもの、もう捨てても惜しくない人形なんです。温室へ運び込まれていても構わないと思う。これが何故、奇怪な事件になったかといえば……」

光枝は、子供のような傲慢さで、相手に打負かされまいとするのに懸命だったが、どうもたじたじと受太刀である。邦司郎は、奇体にも急に声を低くして、何か新しい意味あり気なことを喋り出そうとしたが、その時彼等は、遺憾ながらこの重大な会話を、ふっと中絶せねばならなかった。

夜の寂寞を破って、ズシーン、ガラガラガラと、凄まじい響きが伝わって来たからである。

音は、向うの母家からだった。

そうして人々は、暫時不安に怯えて顔を見合せた後、一せいに母家へ駈けつけた。

すると、行って見て人々が発見したものは、邸内の階下の一室に気を失って倒れていた孝子夫人の姿だった。そうして、抱き起された時この盲目の夫人は、辛くも正気づいたらしく、人々の腕に獅嚙《しが》みついて、

「誰か人がいました。いきなり私の首を絞めようとしたのです。ああ怖い。助けてェッ」

と悲鳴を立てた。

見ると、その部屋の一方の壁には、飾戸棚が置いてあって、その戸棚が倒れたため、瀬戸の置物や象牙の舟や硝子の細工物が崩れ落ちて、微塵になって砕けている。そうしてその砕けたもののうちには、古風な六角の置時計があり、その文字盤の針は、カッキリ七時五十五分で止まっているのであった。

言落したが、部屋ははじめ暗くなっていて、人々は電灯をつけてから、委細の様子を見て取った。そうしてともかくも夫人を介抱したが、夫人は痛ましく物怯じをして手足をふるわせ、しかし盲目だから、どことなしその表情に不明瞭なところがある。但し、どうやら怪我は別にないようで、これは何よりもよいことだった。見たところそれは、邸内に一人残っていた夫人に対し、何者かが危害を加えようとして、いち早く逃げ去ったものであるらしい。温室に家人一同の注意を向けておいて、その実は、夫人を狙ったものかも知れない。しかしこれは、何者の仕業であったろうか。

光枝ははじめ、啞然としていた。

それから、夫人が別室へ運ばれたあと、黙々としてこの狼藉の部屋を調べ始めた。

彼女は、花瓶の破片を捨って見たり、扉や窓の工合を眺めたりして、首を幾度も傾げ、ひどく困ったような表情だった。

そうしてそのうちに、顚落した置時計のそばへよると、時計の硝子蓋が、壊れもせずうまくポカ

リと開けられたようになっているのに目をとめて、床に膝をつきながら、七時五十五分でとまっている針を覗き込んだが、ふと、何か発見したものがあったらしい。

彼女は、「あらッ！」と小さく呟いた。

そして、一瞬、周囲の人々の存在を忘れたように、ボンヤリとした眼附で考え込み、急にまた愕然とした顔附になった。

「でも、何故だろう。そんなはずはない……」

口のうちでまた呟くと、眉をひどくしかめてしまって、どうにもまだ考えが、纏まり兼ねるといった表情をした。

彼女は、気がついて、人々の方をふり向いたが、そこには格太郎氏の姿もなく邦司郎もいない。多分、孝子夫人について行って、その介抱をしているのだろう。女中が書生と、

「どうなすって、奥様は？」

「ウン、変なんだよ。行ったら、俺、追い出された」

「あらま、どうしてさ」

「どうしてだか判るもんかい。それに、若旦那が何か怒っていた。親子で口論をしているのだ。様子が、どうも変てこだぜ」

と囁き合っているのだったが、幸か不幸か光枝には、この囁きが聞えなかった。

彼女は、ちょっと躊躇してから、

「そうだわ。誰もいない所へ行って、ゆっくり考えてみなくちゃ駄目だわ」

最後に小さな呟きを残して、その時誰にも気づかれぬよう、スルリと庭の方へ出てしまった。

光枝の頭の中は、今、蠟人形のことと、顚落した置時計のことで一パイである。勿論その思索の中には、格太郎氏のことが混入して来ている。そうして、あの怪音と七時五十五分と孝子夫人のことが、入り乱れて頭の中を駈けめぐっている。夜の庭は、静かだった。

植込みの木々が、闇の中へ何か匂いを吐き出し、深い呼吸をしているようだった。芝生は、道の方へ傾斜し、また道の向うで盛り上っていた。灌木の茂みに花が見え、それは山吹らしかった。彼女は、いつしかあのプールのところへ出て、そのふちを半廻りしてしまった。それから、桜や松や楓のある庭を抜けて、

「でも、どうしても判らないわ。こんな事件て、前代未聞よ。本当にどうかしているわ」

呟き呟き、いつの間にか母家を遠く離れた、裏門のあたりまでやって来ると、実はこの時、甚だ思いがけぬことが起ってしまった。

そこには小さな納家《なや》がある。

はじめ納家から、誰か何か運び出して、これを門の外にある、リヤカーに積んでいるところが見えた。運び出している品は、ガソリン鑵である。そして運び出している男は、運転手の黒須である。

光枝が、それを見つけると、すぐ向うでも、光枝の来たのに気がついたらしい。光枝の方では、黒須が一体何をしようとしているのか、ハッキリ呑み込むことも出来ないうちに、黒須は「ウーム」とばかり呻《うな》り声を立てた。そして、急に猛然としてこちらへ近づくと、グイと光枝の腕をとらえた。

「オイ、探偵さん。お前さんは見たね」

「え?」

「見られたら、百年目だ。チェッ!」

舌打ちをして、運転手は、一瞬ためらったようであるが、形勢の険悪なのを見た光枝が、ヒラリと飛び退きざま逃げ出そうとしたので、今度は両腕でうしろから抱きしめた。

「あれえッ! 誰か来てえッ!」

女探偵は、遂に悲鳴をあげてしまった。

しかも、この乱暴な男の手を振り離そうとすると、バッタリ横に投げ倒されて、打ちどころが悪かったのだろう、そのままウンと呻き声を立てた。あと、もう、何が何だか判らない。

彼女は、息が詰まり、頭の芯が霞み、眼の先きがクラクラした。到頭、それっきり悶絶してしまった。

——このあとで、悲鳴を聞いて、そこへ走って来たのは、邦司郎である。

邦司郎は、ありていを言えば庭のうちを、散々光枝のあとを追って、探し廻っていたものである。彼は、来て見て、その場の様子を呑み込むと、いきなり黒須をつかまえた。それから、見事な柔道の大外刈りで、ズデンドウと運転手を投げ飛ばし、

「こいつ、太い奴だ。何をしていた?」

と呶鳴りつけ、黒須はベソを掻いて、その場へ坐ってしまった。

「フム、貴様。家の中がゴタゴタしているのにつけこんで、こっちで何か盗み出そうとしていたのだな。何だ、何を盗んだのだ」

「へ、へイ、若旦那。済みません。どうか穏便にお願い致します。私はこれが初めてで、借金で首が廻りませんから」

「フーム、で、ガソリンか」

「へ、へイ。まア、ちょっとのうち無断でお借りしようと思いました。何しろ、お邸が混雑していて、どなたにもお話が出来ませんし」

見かけほどにもなく、黒須はペコペコしている。邦司郎は振向いて倒れたままの光枝を見た。

「よし、判った。悪いことはよせ。——だがあの人に、怪我をさせたのじゃあるまいな」

「へ、へイ。実は私も、見つかったと思うと、気が顚倒してしまったものですから」

「バカ! 水を汲んで来い」

そうして邦司郎は、そばへ寄って光枝を、軽々と腕の中へ抱き上げるのであった。

気の小さい悪党の黒須は、あとから水を汲んで、エッチョイエッチョイと邦司郎を追いかけて来る。光枝は、実は、さっきからもう息を吹き返していて、しかし気絶したふりをしていた。彼女に

も、黒須が何をしていたのかもう判った。歩きながら、彼が叱られているのは面白かった。そしてそれよりも、今夜の庭を、男の腕で抱かれて行く自分は、ずっと前に何かの映画で見た場面と同じだと思って、それがひどく愉快だった——。

虹の正体

戯曲風に——プールのふちのベンチ。月が出ている。

ベンチに、邦司郎と光枝がいる。

「どうです。気分はもういいですか」

「大丈夫ですの。元気ですわ」

「それは結構。安心しましたが、ところでいかがですか、女探偵さん。蠟人形のことや今夜のこと、何か判断がつきましたか」

「ええ、それは、今ならもう申しますわ。私、半分だけは判っていますの」

「ほう、どういう風に」

「あの運転手のことは別問題、偶発的な余興でしたわね。そしてそのほかのことは、実は皆、嘘の事件に違いありません。つまり、あなたのお父様とお母様と、お二人でお拵えになった事件ですわ」

「驚いた。驚きましたよ。思ったよりあなたは偉い。ですが、それはなぜですか」

「第一に、蠟人形は、あなたのお父様以外、誰にもそれを温室へ運び込むことが出来なかったはずですもの。そして鍵はお父様の帯に、人形はお母様のお部屋にあったもの。だからお二人が共謀しさえすれば任意の時人形を温室へ運び、かつまたお父様の短刀を胸へ突き立てて置くということが、容易に出来たはずですわ。尤も私、蠟人形のことよりは、今夜の事件の方が先きに判断がつきましして、そのあと人形のことが判ったんですけど、今夜のこと、本当はお母様が贋の気絶をなすったんですわね」

「オヤオヤ、これも図星だ。ええ、そうです。正に今夜のことはその通りだが、しかしあなたは、それがどうして判ったのですか」

「私、落ちていた時計に気がつきましたの。はじめ部屋は暗かったのに、事件はカッキリ七時五十五分に起こりました。暗い中で犯人がなぜこの正確な時刻に、お母様のお首を絞めることが出来たのかと思っているうち、あの置時計の文字盤に、沢山の指の痕がついているのを見つけたんですの。それは、盲目の人が、時計を読み取るための手段ですわ。針を探ってみるのです。――私、それに気がつくと、あとはだんだんに判りました。私達が温室にいた時、お母様だけがお部屋に残っていらっしゃって、カッキリ七時五十五分に、飾り戸棚を倒し、御自分が気絶したふりをなすったのです。そして、それが判ると、自然にまた蠟人形の時のことも、やっと判って参ったのですわ」

「偉いですねえ。全く感心しましたよ。実は僕は、あたたのような推理じゃない、父や母の気持を知っていることがあったから、自然に今度のことが、父と母との共謀だろうと気がついたのですが、ところで僕はあの時に、あなたにそれを話そうかと思い、しかし、第一に父母のところへ行って、なぜそんなひどい悪戯をするのかといって、少々文句を並べたんです。そうしたら、その間にあなたは、庭の方へ出てしまったんですね」

「私、考えるためだったんです。あなたのお父様お母様が、なぜこんな嘘の事件をお拵えになったのか、それが呑み込めません。それで一人きりになろうとしたのですが」

うしろの木立から、格太郎氏夫妻と老探偵、突如現れる。

「ああ、偉い偉い風間君。君は立派に我星野探偵事務所の名誉を保持してくれたね」

「あら、先生。いつの間に」

「ウム、儂は猪瀬さんに電話で呼ばれて、さっきから来ていたのだよ。ええと、ところであんたは、よくぞいろいろと推理をしたが、まだ判らんことがお有りだろう。儂が説明をしてあげようかね」

「ええ、どうぞ、先生」

「簡単にいうとね、ここにおられる猪瀬さん夫妻は、どこでどうして御存じになったか、あんたがとてもよい娘だということを聞き知って、間に立つ人を頼み、およそ十回も儂の事務所へ、あんたをお嫁さんに欲しいのだといって来なすった。ところがあんたは、見合はおろか、結婚のけの字で逃げ出してしまう。儂ゃ思案をした。それから、あんたの職業意識を利用して、探偵の依頼があったことにして、あんたを当家へ送り込んだのだよ」

「まア」

「そしてね、事件はなるべく解決に困難で、あんたの滞在の長引いた方が、自然この邦司郎さんとあんたとが、親しくなる機会も多かろうというわけで、この芝居の脚本は、全部儂が書き下ろしたのだが、ところで一方困ったのは、邦司郎さんだった。どうです、猪瀬さん、邦司郎さんのことは、あんたから話してやっていただけませんか」

　格太郎氏、ニコニコして出る。

「よろしい。話しましょう。が、どうだ邦司郎。お前、儂が風間さんに、何もかも明けすけに話しても困らんかな」

「あ、しかしお父さん、これは……」

「ハッハッハハ、気まり悪がることもあるまい。お前、儂と母さんとが風間さんを見つけ出して来て、お嫁さんにどうかといった時、そもそも何といったっけかな」

「お父さん。いけませんいけません、それは……」

「イヤ、話してしまうぞ。その時にお前は、親の見つけた嫁さんなど要らんと言った。それから第一、女の探偵なんか大嫌いだと言った。写真を星野さんから貰って来たが、それを見もせん」

「ああ、どうもお父さん……」

「まるで、風間さんと同じことだ。儂ゃ、星野さんの智慧を借りてお前の旅行中に、こっそり風間さんをつれて来ておいたのだ。そうして、しこたま悪戯をしてやったのだ。勿論お前は、じきに儂らの計画に気づいた。そしてしまいには、えらく風間さんに同情し出して、親のところへ、文句まで言って来よったねえ。アハアハアハハハ」

「お父さん、謝ります謝ります、もうどうか」

×　×　×　×

風間光枝は、眼を閉じると、また虹がクルクルと廻り出した。そうして今度は虹の正体が、やっと何だか判ったような気がした。自分ほど世界に倖せな女はないとも思った。

科学捕物帳

海野十三

鬼仏洞《きぶつどう》事件

見取図

鬼仏洞の秘密を探れ！

特務機関から命ぜられた大陸におけるこの最後の仕事、一つに女流探偵の風間三千子の名誉がかけられていた。

鬼仏洞は、ここから、揚子江を七十キロほど遡った、江岸《こうがん》の○○にある奇妙な仏像陳列館であった。

これは某国の権益の中に含められているという話だが、今は土地の顔役である陳程《ちんてい》という男が管理にあたっているそうだ。

わが特務機関は、未だに公然とこの鬼仏洞の中へ足を踏み入れたことがないのであるが、近頃この鬼仏洞を見物する連中が殖え、評判が高くなってきたのはいいとして、先頃以来この洞内で、不慮の奇怪な人死《ひとじに》がちょいちょいあったという妙な噂もあるので、さてこそ女流探偵の風間三千子女史が、鬼仏洞の調査に派遣せられることになったのである。

これが最後の御奉公と思い、彼女は勇躍大胆にも単身○○に乗りこんで、ホテル・ローズの客となった。まず差当りの仕事は、鬼仏洞の見取図を出して秘密の部屋割を暗記することだった。彼女はその見取図を、スカートの裏のポケットに忍ばせていた。

それから三日がかりで、彼女はようやく鬼仏洞の部屋割を、宙で憶えてしまった。これならもう、鬼仏洞を見に入っても、抜かるようなことはあるまいという自信がついた。

無理をしたため、頭がぼんやりしてきたので、彼女は、その日の午後、しばらく睡っていた。が、午後三時ごろになって、気分がよくなったので、起きて、急に街へ出てみる気になった。

その日は、土曜日だったせいで、街は、いつにも増して、人出が多かった。彼女は、いつの間にか、一等賑かな紅玉路《こうぎょくろ》に足を踏み入れていた。

鋪道には、露店の喰べ物店が一杯に出て、しきりに奇妙な売声をはりあげて、客を呼んでいた。

三千子は、ふとした気まぐれから、南京豆を売っている露店の前で足を停《と》め、

「あんちゃん。おいしいところを、一袋ちょうだいな」

といって、銀貨を一枚、豆の山の上に、ぽんと放った。

「はい、ありがとう」

店番の少年は、すばやく豆の山の中から、銀貨を摘みあげて、口の中に放りこむと、一袋の南京豆を三千子の手に渡した。

「おいしい?」

「おいしくなかったら、七面鳥を連れて来て、ここにある豆を皆拾わせてもいいですよ」

といってから、急に声を低めて、

「……今日午後四時三十分ごろに、一人やられるそうですよ。三十九号室の出口に並べてある人形を注意するんですよ」

と、謎のような言葉を囁いた。

三千子は、それを聞いて、電気に懸ったように、びっくりした。

もうすこしで、彼女は、あっと声をあげるところだった。それを、ようやくの想いで、咽喉《のど》の奥に押しかえし、殊更かるい会釈で応えて、その場を足早に立ち去った。しかし、彼女の心臓は、早鉦のように打ちつづけていた。

無我夢中で、二三丁ばかり、走るように歩いて、彼女はやっと電柱の蔭に足を停めた。腕時計を見ると、時計は、ちょうど、午後四時を指していた。

(今の話は、あれはどうしても、鬼仏洞の話にちがいない。あと三十分すると、第三十九号室で、

誰か人が死ぬのであろう。なんという気味のわるい知らせだろう。しかし、こんな知らせを受取るなんて、幸運だわ！）

三千子は、昂奮のために、自分の身体が、こまかに慄えているのを知った。

（行ってみよう。時間はまだ間に合う。——もし鬼仏洞の話じゃなかったとしても、どうせ元々だ）

三千子の心は、既に決った。彼女は南京豆売りの少年が、なぜそんなことを彼女に囁いたのかについて考えている余裕もなく、街を横切ると、鬼仏洞のある坂道をのぼり始めたのであった。

三千子が向うへ行ってしまうと、豆の山のかげから、一人の青年が、ひょっくり顔を出して、三千子の去った方角を見て、にやにやと笑った。

長身の案内者

見るからに、妖魔の棲んでいそうな古い煉瓦建の鬼仏洞の入口についたのが、四時十五分過ぎであった。彼女は、こんなこともあろうかと、かねてホテルのボーイに手を廻して買っておいた紹介者つきの入場券を、改札口と書いてある蜜蜂の巣箱の出入口のような穴へ差し入れた。

すると、入場券は、ひとりでに、奥へ吸い込まれたが、とたんに何者かが奥から、

「これを胸へ下げてください」

と云ったかと思うと、丸型の赤い番号札が例の穴から、ひょこんと出て来た。

（呀《あ》っ！）

そのとき、三千子の眼は、素早く或るものに注がれた。それは、奥から番号札を押し出した変に黄色い手であった。それはまるで、蠟細工の手か、そうでなければ、死人の手のようであった。

三千子は、とたんに商売気を出して、その手をたしかめるために、腰をかがめて、穴の中を覗き

こんだ。

「呀っ！」

ぴーんと音がして、番号札が、発止《はっし》と三千子の顔に当るのと、がたんと穴の内側から戸が下りるのと同時であった。三千子は、地上に落ちた番号札を、急いで拾い上げたが、胸が大きく動悸をうっていた。彼女は、戸の下りる前に、穴の内側を覗いてしまったのである。

（手首だった。切り放された黄色い手首が、この番号札を前へ押しだしたのだ。――そして〝これを胸へ下げてください〟と、その手首がものをいった！）

女流探偵風間三千子の背筋に、氷のように冷いものが伝わった。

なるほど、噂にたがわぬ怪奇に充ちた鬼仏洞である。ふしぎな改札者に迎えられただけで、はやこの鬼仏洞が容易ならぬ場所であることが分ったような気がした。

だが、風間三千子は、もう訳もなく怖《お》じてはいなかった。彼女は、女ながらももう覚悟をきめていた。一旦ここまで来た以上、鬼仏洞の秘密を看破するまでは、どんなことがあっても引揚げまいと思った。

ぎーい！

入口の重い鉄扉は、人一人が通れるくらいの狭い通路を開けていた。三千子は、胸に番号札を下げると、その間を駆け足ですりぬけた。

とたんに、彼女のうしろに、金属の軋る音がした。入口の重い鉄扉は、誰も押した者がないのに、早もう、ぴったりと閉っていた。

ふしぎ、ふしぎ。第二のふしぎ。

彼女は、しばらく、その薄暗い室の真中に、じっと佇んでいた。さてこれから、どっちへいっていいのか、さっぱり見当がつかないのであった。その室には電灯一つ点いていなかった。が、まさか、囚人になったわけではあるまい。

一陣の風が、どこからとなく、さっと吹きこんだ。

それと同時に、俄に騒々しい躁音が、耳を打った。躁音は、だんだん大きくなった。それは、まるで滝壺の真下へ出たような気がしたくらいだった。

彼女は、おどろいて、音のする方を、振り返った。するといつの間にか、後に、出入口らしいものが開いていた。その口を通して、奥には、ぼんやりと明りが見えた。

（あ、なるほど、やっぱり第一号室へ通されるのだ！）

三千子は、脳裡に、絹地に画《えが》かれたこの鬼仏洞の部屋割の地図を思いうかべた。彼女は、今は躊躇するところなく、第一号室へとびこんだのであった。

その部屋の飾りつけは、夜明けだか夕暮だか分らないけれど、峨々たる巌を背にして、頭の丸い地蔵菩薩らしい像が五六体、同じように合掌をして、立ち並んでいた。

轟々たる躁音は、どうやら、この巌の下が深い淵であって、そこへ荒浪が、どーんどーんと打ちよせている音を模したものらしいことが呑みこめた。

第一号室は、たったそれだけであった。

何のことだと、つづいて第二号室に足を踏み入れた三千子は、思いがけなく眩しい光の下に放りだされて、目がくらくらとした。

瞳をよく定めて、その部屋を見回すと、なるほど、これは鬼仏洞へ来たんだなという気が始めてした。横へ長い三十畳ばかりのこの部屋には、中央に貴人の寝台があり、蒼い顔をした貴人が今や息を引取ろうとしていると、その周囲にきらびやかな僧衣に身を固めた青鬼赤鬼およそ十四五匹が、臨終の貴人に対して合掌しているという群像だった。像はすべて、等身大の彫刻で、目もさめるような絵具がふんだんに使ってあって、まるで生きているように見えた。

赤鬼青鬼の合掌は、一体何を意味するのであろうか。三千子は、気をのまれた恰好で、啞然としてその前に立っていた。

するとそのとき、どやどやと足音がして、一団の人が入ってきた。見ると、それは、逞しい身体つきの、中年の支那人が六七名、いずれも袖の長い服に身を包んでいた。彼らは、三千子よりも遅れて、この鬼仏洞を参観に入ってきたものらしい。

「さあ、いよいよこれが鬼導堂です。赤鬼青鬼が引導を渡して、貴人がこれから極楽往生を遂げるというところ。人形のそばへよってごらんなさい。よく見ていると、息が聞えるようだ。ははははは」

案内役らしい背のひょろ高い男が、一行を振りかえって大笑した。

三千子は、この第二号室の人形の意味が分って、なるほどと肯いた。

恐しき椿事

三千子は、それとなく、この一行の後について、各室を巡っていった。案内役の支那人は、一室毎に高まる怪奇な鬼仏の群像にてきぱきと説明をつけるのであった。

三千子は、その説明を聞きたさのあまり、ついて歩いているのであったが、鬼仏の群像には、二通りあって、一つは鬼が神妙らしい顔つきをして僧侶になっているもの、それからもう一つは、顔は阿弥陀さまを始め、気高い仏でありながら、剣や弓矢などの武器を手にして、ふりまわしている殺伐なものと、だいたいこの二つに分けられるのであった。

「仏も、ついには人間の悪を許しかねて、こうして剣をふるわれるのじゃ。ははははは」

かの案内人は、説明のあとで、からからと笑う。

あたり憚からぬその太々しい説明をだんだんと聞いていると、この案内人は、この洞に飾ってある鬼仏像の一つが、台の上から下りて来て説明役を勤めているのじゃないかと、妙な錯覚を起しそうで、三千子は困った。

そのうちに、例の時刻が近づいた。南京豆売りの小僧が教えてくれた午後四時半が近づいたのである。三千子は、この一行に分れて、一刻も早く、例の第三十九号室へいってみなければ間に合わないかもしれないと思った。そこで彼女は、一行の前をすりぬけ、かねて勉強しておいた洞内の案内図を脳裏に思い浮べ、最短通路を通って、第三十九号室へとびこんだのであった。

第三十九号室！　そこは、どんな鬼仏像が飾りつけてある部屋だったろうか。

そこは、案外平凡な部屋に見えた。

室は、まるで鰻の寝床のように、いやに細長かった。庭には、桃の木が植えられ、桃の実が、枝もたわわになっている。本堂から続いているらしい美しい朱と緑との欄干をもった廻廊が、左手から中央へ向かってずーっと伸びて来ている。中央には階段があって、終っている。その階段の下に、顔が水牛になっている身体の大きな僧形の像が、片足をあげ、長い青竜刀を今横に払ったばかりだという恰好をして、正面を切っているのであった。人形はそれ一つであった。この人形の前を通りぬけると、すぐその向うに次の部屋へいく入口が見えていた。

（この室で、やがて誰か死ぬって、本当かしら）

と、三千子は、桃の木の傍《そば》で、首をかしげた。一向そんな血腥い光景でもなく、青竜刀を横に払って大見得《おおみえ》を切っている水牛僧の部が、むしろ間がぬけて滑稽に見えるくらいであった。いくぶん不安な気を起させるものといえば、この部屋の照明が、相当明るいには相違ないが、淡い赤色灯で照明されていることであった。

そのときであった。隣室に人声が聞え、つづいて足音が近づいて来た。

（いよいよ誰か来る）

時計を見ると、もう二三分で、例の午後四時三十分になる。すると、今入ってくる連中の中に死ぬ人が交っているのであろう。三千子は、その人々に見られたくないと思ったので、人形と反対の側の入口の蔭に、身体をぴったりつけた。

すると、間もなく見物人は入ってきた。見れば、それは先ほどの五六人連れの支那人たちであったではないか。

（やっぱり、そうだった）

三千子は、心の中に肯いた。部屋部屋を、順序正しく廻ってくれば、この一行は、まだもっと遅れ、二三十分も後になって、この部屋へ巡ってくるはずだった。ところが、例の不吉な定刻にわざわざ合わせるようにして、この第三十九号室へ入ってきたというところから考えると、いよいよこの中の誰かが、死の国へ送りこまれるらしい。これは自然な人死ではなく、たしかにこれは企まれたる殺人事件が始まるのにちがいないと、風間三千子は思ったのであった。

一行が、この部屋に入り、人形の方に気をとられている間に、三千子は、入口をするりと抜け、その一つ手前の隣室、つまり第三十八号室へ姿を隠したのだった。そして入口の蔭から、第三十九号室の有様を、瞬きもせず、注視していた。

「これは、水牛仏が、桃盗人を叩き斬ったところですよ。ははははは」

案内役は、とってつけたように笑う。

「水牛仏はこの人形だろうが、桃盗人が見えないじゃないか」

と、一行の中の、布袋《ほてい》のように腹をつきだした支那人がいった。

「や、こいつは一本参った。この鬼仏洞のいいつたえによると、たしかにこの水牛仏が、青竜刀をふるって、桃盗人の細首をちょん斬ったことになっとるのじゃが、どういうわけか、始めから桃盗人の人形が見当らんのじゃ」

「それは、どういうわけじゃ」

「さあ、どういうわけかしらんが、無いものは無いのじゃ」

「こういうわけとちがうか。この鬼仏洞の中には、何千体か何万体かしらんが、ずいぶん人形の数が多いが、桃盗人の人形は、どこかその中に紛れこんでいるのと違うか」

「あー、なるほど。なかなかうまいことをいい居ったわい。はははは。しかしなあ、紛れ込んどるということは、絶対にない。もう何十年も何百年も、毎日毎日人形の顔はしらべているのじゃからなあ。それに、その桃盗人の人形の人相書というのが、ちゃんとあるのじゃ」

「本当かね」

「本当じゃとも、その桃盗人の人相は、まくわ瓜に目鼻をつけたるごとくにして、その唇は厚く、その眉毛は薄く、額の中央に黒子あり——と、こう書いてあるわ。まるで、そこにいる顔子狗の顔《がんしく》そっくりの人相じゃ。わはははは」

「あはははは、こいつはいい。おい、顔子狗、黙っていないで何とかいえよ」

「……」

顔子狗と乎ばれた男は、無言で、ただ唇と拳をぶるぶるとふるわせていた。そのときである。どうしたわけか、室内が急に明るく輝いた。急に真昼のように、白光が明るさを増したのであった。人々の面色が、俄に土色に変ったようであった。これは天井に取付けてあった水銀灯が点灯したためであったが、多くの人は、急にはそれに気がつかなかった。

「やよ、顔子狗。なんとか吐《ぬ》かせ」

「それで、わしを嚇《おど》かしたつもりか、盗人根性をもっているのは、一体どっちのことか。おれはもう、貴様との交際は、真平だ」

そういって顔子狗は、さっさと、向うへ歩みだした。

「おい顔子狗よ」と例の案内役が、後から呼びかけた。

「お前とは、もう会えないだろう。気をつけて行け。はははは」

「勝手に、莫迦笑いをしていろ」

顔子狗は、捨台辞《すてぜりふ》をのこして、一行の方を振りかえりもせず、すたすたと、水牛仏の前をすり抜けようとした——その瞬間のことであった。

「呀っ！」

顔の身体は、まるで目に見えない板塀に突き当ったように、急に後へ突き戻された。とたんに彼は両手をあげて、自分の頸をおさえた。が、そのとき、彼の肩の上には、もはや首がなかった。首は、鈍い音をたてて、彼の足許に転った。次いで、首のない彼の身体は、俵を投げつけたように、どうとその場に地響をうって倒れた。

一行は、群像のようになって、それより四五メートル手前で、顔子狗のふしぎなる最期に気を奪われていた。

遥か後方にはいたが、風間三千子は、煌々たる水銀灯の下で演ぜられた、この椿事を始めから終りまで、ずっと見ていた。いや、見ていただけではない。

（あ、あの人が危い！）

と思った瞬間、彼女は、ハンドバックの中に手を入れるが早いか、小型のシネ撮影器を取り出し、顔子狗の方へ向け、フィルムを回すための釦《ボタン》を押した。煌々たる水銀灯の下、顔子狗の最期の模様は、こうして極どいところで、彼女の器械の中に収められたのであった。

自分でも、後でびっくりしたほどの早業であった。職務上の責任感が、咄嗟の場合に、この大手柄をさせたものであろう。

だが、彼女は、さすがに女であった。顔子狗の身体が、地上に転ってしまう、とたんに、気が遠くなりかけた。

もしもそのとき、後から声をかけてくれる者がいなかったら、女流探偵は、その場に卒倒してしまったかもしれないのだった。

だが、ふしぎな早口の声が、彼女の背後から、呼びかけた。

「おっ、お嬢さん、大手柄だ。しかし、早くこの場を逃げなければ危険だ」

「えっ」

三千子は、胆を潰して、はっと後をふりかえった。しかし、そこには誰も立っていなかった。いや、厳密にいえば、青鬼赤鬼が、衣をからげて、田を耕している群像が横向きになって立っていたばかりであった。

だが、どこからかその声はまた言葉を続けるのであった。

「お嬢さん。おそくも、あと五分の間に、裏口へ出なければだめだ。知っているでしょう、近道を選んで、大急ぎで、裏口へ出るのだ。扉《ドア》が開かなかったら、覗き窓の下を、三つ叩くのだ。さあ急いで！　彼奴《きゃつ》らに気がつかれてはいけない！」

その早口の支那語は、どこやら聞いたことのある声だった。だが彼女は、それを思い出している遑《いとま》がなかった。

「ありがとう」一言礼をいうと、彼女は、いったん後へ引きかえし、宙で憶えている近道をとおって、一目散に裏口へ走った。そして扉をどんどんと叩いて、ようやく鬼仏洞の外へ飛び出すことが出来た。

空は、夕焼雲に、うつくしく彩られていた。彼女は、鬼仏洞に、百年間も閉じこめられていたような気がした。

帆村探偵登場

特務機関長が、最大級の言葉でもって、風間三千子の功績を褒めてくれたのは、もちろん当然のことであった。

「ああ、これで新政府は、正々堂々たる抗議を○○権益財団に向けて発することができる。いよいよ敵性第三国の○○退却の日が近づいたぞ」

そういって、特務機関長は、はればれと笑顔を作った。

「抗議をなさいますの。鬼仏洞は、もちろん閉鎖されるのでございましょうね」
「やがて閉鎖されるだろうねえ。しかし、今のところ、抗議をうちこむため、鬼仏洞は大切なる証拠材料なんだ。現場へいった上で、あなたが撮影した顔子狗の最期の映画をうつして見せてやれば、何が何でも、相手は恐れ入るだろう」
特務機関長は、もうこれで、すっかり前途を楽観した様子である。
その翌日、新政府は、○○権益財団に向けて、厳重なる抗議文を発した。
〃わが政府は、○○の治安を確立するため、同地に、警察力を常置せんとするものである。これにつき、わが警察力は実力をもって、第一に、鬼仏洞を閉鎖し、第二に、鬼仏洞内にて殺害されたるわが忠良なる市民顔子狗の死体を収容し、第三に、右の顔殺害犯人の引渡しを要求するものである〃
といったような趣旨の抗議文であった。
ところが、相手方は、これに対し、まるで木で鼻をくくったような返事をよこした。
〃○○の治安は、充分に確保されあり、鬼仏洞内に殺人事件ありたることなし〃
これではいけないというので、新政府は、更に強硬なる第二の抗議書を送り、かつその抗議書に添えて、風間三千子が撮影した顔子狗の最期を示すフィルムの一齣《こま》を引伸し写真にして添付した。
これなら、相手方は、ぎゃふんというだろうと思っていたのに、帰って来た返事を読むと、
〃なるほど、洞内において、何某が死亡しているようであるが、その写真で明瞭であるとおり、何某から五六メートルも離れた位置より、彼らの内の何人たりとも何某の首を切断することは不可能事である。況んや、彼らの手に、一本の剣も握られていないことは、この写真の上に、明瞭に証明されている。理由なき抗議は、迷惑千万である〃
とて、真向から否定して来たのであった。
なるほど、そういえば、相手方のいうことも、一理があった。

だが、いったん抗議を発した以上、このまま引込んでしまうことは許されない。そこでまた、相手方の攻撃点に対して、猛烈な反駁を試みた。

そのような押し問答が二三回続いたあとで、ついに双方の間に、一つの解決案がまとまった。それはどんな案かというのに、

〝では、鬼仏洞内の現場において、双方立合いで、検証をしようじゃないか〟

ということになって、ついに決められたその日、双方の委員が、鬼仏洞内で顔を合わすこととなった。

新政府側からは、八名の委員が出向くことになったが、うち三名は、特務機関員であって、風間三千子も、その一人であった。

その朝、新政府側の委員五名が、特務機関へ挨拶かたがた寄ったが、三千子は、その委員の一人を見ると、抱えていた花瓶を、あわや腕の間からするりと落しそうになったくらいであった。

「まあ、あなたは帆村さんじゃありませんか」

帆村というのは、東京丸の内に事務所を持っている、有名な私立探偵帆村荘六のことであった。彼は、理学博士という学位を持っている風変りな学者探偵であって、これまでに風間三千子は、事件のことで、いくど彼の世話になったかしれなかった。殊に、仕事中、彼女が危く生命を落しそうなことが二度もあったが、その両度とも、風の如くに帆村探偵が姿を現わして、危難から救ってくれたことがある。

そういう先輩であり、命の恩人でもある帆村が、所もあろうに、大陸のこんな所に突然姿を現わしたものであるから、三千子が花瓶を取り落としそうになったのも、無理ではない。

帆村は、にこにこ笑いながら、彼女の傍《そば》へよってきた。

「やあ、風間さん、大手柄をたてた女流探偵の評判は、実に大したものですよ。それが私だったら、今夜は晩飯を奢ってしまうんですがねえ」

「あら、あんなことを……」

「いや、遠慮なさることはいらない。何しろあの場合の、咄嗟の撮影の早業なんてものは、人間業じゃなくて、まず神業ですね」

「おからかいになってはいや。で、帆村さんは、政府側の委員のお一人でしょうが、どんな御役柄ですの」

「僕ですか。僕はその、戦争でいえば、まあ斥候隊というところですなあ」

「斥候隊は、向こうへいって、どんなことをなさいますの」

「そうですねえ。要するに、斥候隊で、敵の作戦を見破ったり、場合によれば、一命を投げだして、敵中へ斬り込みもするですよ」

「まあ、――」

といったが、三千子は、帆村の身の上に、不吉な影がさしているように感じて、胸が苦しくなった。

鬼気せまる鬼仏洞内での双方の会見は、お昼前になって、ようやく始まった。尤も明り窓一つない洞内では昼と夜との区別はないわけである。

○○権益財団側からは、やはり同数の八名の委員が出席したが、その外《ほか》に、前には姿を見せなかった鬼仏洞の番人隊と称する、獰猛な顔付の支那人が、太い棒をもって、あっちにもこっちにもうろうろしていた。

いよいよ交渉が始まった。

相手方から、背のひょろ高い一人の委員が、一番前にのりだしてきて、

「わしは、この鬼仏洞の長老で、陳程という者だ。お前さん方は、この鬼仏洞の治安が乱れているとか、中で善良な市民が謀殺されたとか、有りもしないことを、まことしやかにいいだして、わが鬼仏洞にけちをつけるとは、怪《け》しからん話だ」

と、始めから、喧嘩腰であった。

三千子は、後から、その長老陳程と名乗る男の顔を一目見たが、胸がどきどきしてきた。この長老こそ、先日顔子狗たちを連れて各室を廻っていた莫迦笑いの癖のある案内役であることを確認したからである。

彼女は、そのことを帆村にそっと告げようとしたが、その前に帆村は、前へとび出していた。

「やあ、陳程委員さん、私は帆村委員ですがね、こんなところで押し問答をしても仕方がない。現場へいって、当時の模様をよく説明してください」

「現場かね。現場は、ちゃんと用意ができている。すぐ案内をするが、あなた方は、洞内の規定を守ってもらわなければならん。第一、わしの許可なくして、物に手を触れてはならない。第二、煙草をすってはならない。第三に……」

「そんなことは常識だ。さあ、現場へ案内してください」

一同は、やがて問題の第三十九号室に、足を踏み入れた。

室内の様子は、前と同じで室内には例の赤色灯が点いていた。ただ、顔子狗の斃れていたところには、白墨で人体と首の形が描いてあることが、特筆すべき変り方であった。三千子は、あの日のことを、まざまざと思い出した。あやしい振動が、足の裏から、じんじんと伝ってくるような気がした。

「……顔の自殺死体のあったのは、あそこだ。われわれは四五メートル離れたこのへんに固っていた。これは、お前方の提供した写真にも、ちゃんとそのように出ている」

陳程長老は、手にしていた白墨で、欄干の下に、大きな円を描いて、

「こんな遠くへ離れていて、顔の首を斬ることは、手品師にも、出来ないことじゃ。それとも出来るというかね。ははは《あわ》は」長老は、勝ち誇ったように笑った。

帆村探偵は、別に周章てた様子も見せなかった。彼は、長老の方に尻を向けて、顔の倒れていた

場所へ近よった。

「ほう、ちょうどこの水牛仏の前で、息を引取ったんだな。水牛仏に引導を渡されたというわけか。すると顔は、丑年生《うしどし》れか。ふふふん」

帆村は、いつもの癖の軽口を始めた。そして手にしていた煙草を口に啣《くわ》えて、うまそうに吸った。

「おい、こら。煙草は許されないというのに。さっき、あれほど注意しておいたじゃないか」

長老陳程が、顔を赤くして、とんできた。

「ほい、そうだったねえ」

帆村は、煙草を捨てた。火のついた煙草は、しばらく水牛仏の傍《かたわら》で、紫煙をゆらゆらと高く、立ちのぼらせていた。

そのとき帆村は、なぜか、その煙の行手に、真剣な視線を送っていた。

幻影の静止仏

(水牛仏がふりまわしているあの青竜刀は、本当に斬れそうだな。しかし、まさか顔子狗は、わざわざあそこへ首を持っていったわけではないのだ。こっちで斃れていたんだからなあ)

帆村は、興味ありげな顔付で、じっと水牛仏が、右へ払った青竜刀を瞶《みつ》めた。帆村は、その青竜刀が、高さからいうと、ちょうど、人間の首の高さにあり、その刃は水平に寝ているのが気になった。

(なるほど。すると、この人形が、このまま一まわりぐるっと廻転したとすると、あの青竜刀はここに立っている人間の首をさっと斬り落せるわけだ。してみると……)

帆村は、長老の傍《そば》へいって、

「長老、あの水牛仏は動きだしませんかね。いや、ぐるぐると廻転しませんかね」

長老は、それを聞くと、くわっと眼を剝いたが、次の瞬間には、口辺に笑みを浮べ、

「とんでもない。人形が動いたり廻ったりしてはたいへんだ。傍《そば》へいって、よく調べたがいいじゃろう」

「調べてもいいですか。あなたは、困りやしませんか」

「あの人形が動いているのを見た人があったら、わしは水牛の背に積めるだけの銀貨を呈上する」

「本当ですな、それは……」

「くどい男じゃ、早く調べてみたがよかろう」

帆村は頷いて、後をふりかえると、水牛仏に、じっと目を注いだ。

そのとき、室内が、俄に明るくなった。天井の水銀灯が、煌々と点火したのであった。

「誰だ、照明をかえたのは……」

「照明は、自然にかわるような仕掛になっているのじゃ」

長老が返事をした。しかし帆村は、長老がひそかに回廊の柱に手をかけて、ちょっと押したのを見落しはしなかった。

（へんなことをしたぞ。とたんに照明がかわったところを見ると、あの柱に、照明をきりかえるスイッチがついているのかもしれない）

煌々たる青白い光線が、室内を真昼のように照らしつける。水牛仏の顔が、一段と奇怪さを増した。

帆村探偵は、つかつかと水牛仏の方へ近づこうとしたが、そのとき、何に愕《おどろ》いたか、

「呀っ」

と、低く叫んだ。

「おい、その棒を貸せ」

帆村は、後を振返って、傍《そば》に立っていた番人の手から、棒を受取った。

「さあ、皆、僕に注意していてください」

そういったかと思うと、帆村は、その場に跼《かが》んだ。そして跼んだまま、そろそろと水牛仏の方へ歩きだした。

「この棒に注意！」

帆村は、跼んだまま棒を高く差上げた。そして、しずかに水牛仏の前に近づいていった。一同は、声をのんだ。

風間三千子だけは、帆村が何を見せようとしているかを感づいた。

ぴしり。

高い金属的な音がした。と思った刹那、帆村の差上げていた棒は、真二つに折れた。なぜ棒が折れたのか、一同にはわけが分らなかった。何にもしないのに、折れるというのはおかしいのだ。しかし棒はたしかに、真二つに折れた。

帆村は跼んだまま、後に振り返った。

「見えましたね。この太い棒が、鋭い刃物で斬られると同じように、切断されたのです。棒の切口の高さを目測してください。もしも僕が、こうして跼まないで、直立したまま真直《まっすぐ》こっちへ歩いて来たとしたら、この棒の代りに、僕の細首が、見事に切断されてしまったはずです。どうです、お分りですかな」

委員たちは、首を左右に振った。帆村の首が切断されたらということは分るが、なぜ、そうなるのか分らなかった。

「棒を切ったのは、鋭い刃物です。その刃物は、皆さんの目には見えないと思うでしょう。ところが、ちゃんと見えているのですよ。この水牛仏が手にしている大きな青竜刀——これが、今この棒を叩き斬ったのです」

「おい君。そんな出鱈目をいっても、誰も信用しないよ」

長老陳程が、憎まれ口をきいた。

「出鱈目だというのか。じゃ、君は、立ったまま、ここまで来られるか」

「行けないで、どうするものか」

「えっ、ほんとうか。危い、よせ！」

帆村が叫んだときは、もう遅かった。

長老は、つかつかと帆村の方へ駈けだした。

「あァッ」

次の瞬間、長老陳程の首は、胴を放れていた。そして鈍い音をたてて、床の上に転った。

「あ、危い。誰も近よってはいけない。われわれの目には見えないが、この水牛仏は、青竜刀を手にもったまま、独楽のように廻転しているのだ。生命が惜しければ、誰も近よってはいけない」

帆村は、そういうと、四つん匐《ばい》になって、一同のところへ引返してきた。

一同は、急に不安に襲われ、帆村より先に、前室へ逃げだそうとしたが、そこを動けば、また自分の首が飛ぶのじゃないかという恐れから、どうしていいか分らず、結局その場にへたへたと座りこんでしまった。

ふしぎな残像

「風間さん。あれは、人間の眼が、いかに残像にごま化されているかという証明になるのですよ」

事件のあとで、帆村は風間三千子の質問に応えて、重い口を開いた。

「残像にごま化されているといいますと……」

「つまり、こうですよ。今、目の前に、廻転椅子を持ってきます。僕がこれを、一チ、二イ、一チ、二イと、ぐるぐる回します。そこであなたは、目を閉じていて、僕が、一とか二とかいったときだけ、目をぱっと開いて、またすぐ閉じるのです。つまり、一チ二イ一チ二イの調子にあわせて、目をぱちぱちやるのです。すると、この椅子が、どんな風に見えますか。ちょっとやってみましょう」

帆村は、廻転椅子を三千子の前において、それに手をかけた。

「さあ始めますよ。調子をうまく合わせることを忘れないで……。さあ、一チ、二イ、一チ、二イ、……」

三千子は、いわれたとおり、調子をあわせて、目をぱちぱちと開閉した。

「三千子さん、椅子は、どんな具合に見えましたか」

「さあ――」

「椅子は、じっと停っていたように見えませんでしたか」

「あ、そうです。じっと停っていたように見えましたわ。いつも正面をじっと向いていました。ふしぎだわ」

「そうです。それで実験は成功したのです。つまり、僕は椅子を廻転させましたが、あなたには、椅子がじっと停っているように見えたのです。これは、なぜでしょうか。そのわけは、あなたは、僕の号令に調子を合わせたため、椅子がちょうど正面を向いたときだけ、ぱっと目をあけて椅子を見たことになるのです。だから、椅子は、じっとしていたように感ずるのです」

「まあ、ふしぎね」

「そこで、あの恐しい水牛仏のことですが、あれも青竜刀をもって、ぐるぐる廻転していたのです。とても、目にもとまらない速さで廻っていたのです。しかしちょっと見ると、じっと静止しているように見えるのです」

「そう見えましたわ。でも、あたしたちは、誰も、目をぱちぱち開閉したわけではありませんわ」

「もちろん、そうです。しかし目をぱちぱち開閉するのと同じことが行われていたのです」

「同じことが行われていたというと……」

「水銀灯がつきましたね。あの水銀灯が、非常な速さで、点いたり消えたりしていたのです。しかも、水牛仏の廻転と、ちょうど調子が合っていたのです。つまり、水牛仏が正面を向いたときだけ、水銀灯は点いて、あの部屋を照らしたのです。だから、水牛仏は、廻転しているとは見えないで、いつも正面をじっと向いていたように見えたのです。お分りになりますか」

「ええ。それは、そうなりそうですけれど、しかしあたしは、あの水銀灯が、別に点滅しているように感じませんでしたわ」

「それは、人間の眼が残像にごま化されるからです。あなたは、普通の電灯が、明るくなったり暗くなったり、ちらちらしているように感じますか」

「いいえ。電灯は、いつも明るいですわ」

「ところが、あの電灯も、実は一秒間に百回とか百二十回とか、明暗をくりかえしているのです。しかし人間の眼は、大体一秒間に十六回以上明滅するちらつきには感じがないのです。本当は明滅するんだけれど、明滅するとは感じないのです。映画でも、そうですよ。あれは、一秒間に十六齣とか二十齣とかの規定があって、画面がちょうどレンズの前に一杯に入ったときだけ、光源から光がフィルムをとおして、映写幕のうえにうつるのです。その間は、映写幕は、まっくらなんですが、人間の眼には残像がしばらく残っているから、画面がちらちらしない。だから、フィルムをうんと遅く回すと、画面がちらついて見えます」

「そのお話で、いつだか教わった映画の原理を思い出しましたわ」

「それが分れば、しめたものです。猛烈な勢いで廻転している水牛仏が、あたかも、じっと静止しているように見えるわけがわかったでしょう。分らなければ、今の廻転椅子のことを、もう一度思い出してください」

「やっと、分ったような気がしますわ。しかし水牛仏の前を通った人で、首を斬り落とされなかった人が沢山あるのじゃないでしょうか」

「そうです。赤色灯のついているときは、安全なんです。そのときは、水牛仏は静止しているのです。そして水銀灯に切り替ると、水牛仏が廻転を始めるのです」

「あの水牛仏が、回りだしたことが、よくお分りになったものね。危かったわ」

「いや、本当に危いことでしたが、僕にそれを知らせてくれたのは、煙草でしたよ」

「煙草？」

「そうなんです。長老陳程に叱られて、僕が捨てた煙草は火のついたまま、真直に煙をあげていたのです。その煙が、急に乱れたので、僕は、はっと気がついたんです。尤も、それまでに、あの水牛仏の人形が、或いは廻りだすのじゃないかと疑いをもっていたが、煙草を捨てた直後には、煙がしずかにまいのぼるのを見たので、そのときは人形が動いていないことを知ったのです」

「そのときは、まだ赤色灯がついていたのですね」

「そうなんです。――そうそう、いいわすれましたが、自殺した長老陳程は、われわれにとっては悪い奴でしたが、永く某国で働いていた機械工だそうです。顔子狗を私刑したことから、はからずも一件の仕掛がばれて、彼の運命が尽きてしまったというわけです。

科学を悪用する不心得者の末路は、いつもこのように悲惨ですよ」

そういって、科学者の探偵帆村荘六は、彼の愛好措まない紙巻煙草の金鵄《きんし》に、また火をつけたのであった。

人間天狗事件

帰京した女探偵

奥伊豆の温泉宿で、一ケ月あまりを暢気に暮して、ようやく日頃の元気を取戻した女流探偵風間三千子は、久方ぶりで、数寄屋橋の畔《ほとり》にある自営の探偵事務所へ出勤した。

部屋の中は、どんなに荒れているかと思いの外《ほか》、机上にうず高くつみ重っている郵便物の乱雑の外は、すべてがきちんと片づけられてをり、卓子《テーブル》の上にも椅子の上にも、埃一つ落ちていなかった。たいへん、ふしぎである。

あまりふしぎなので、なんということなしに、扉《ドア》を開いて、廊下へ顔を出した。

すると、そこへこのビルの掃除婦のお喜代婆さんが通りかかった。そして、えへへとお世辞笑いをして、

「お部屋が、きれいになっていますでしょう」

と、いった。

「あら、お喜代さん。あんたが掃除をしてくれたの」

「えへへへ、そうなんで……」

「困るわねえ、留守中、ひとの部屋へ入っちゃ迷惑するわ。あたしのところの事務所には、職業柄いろいろ秘密があるのでね。でも、あんた、一体どうして、この厳重な戸締りをあけて入ったの」

「お嬢さん。わたしが無理やりに入ったのではございませんよ。わたしは正直者で……」

「でも入ったんでしょう。入らないと掃除が出来やしないでしょう」

「それはもち入りましたですよ。お嬢さんの兄さんという青い服を召して、背の高い眼鏡をかけた方がいらして、中にお入りになっていました。そして、ちょうど今のように、扉をあけて、わた

しをお呼びとめになって、おばさん、ちょっと部屋の中を掃除してくれ、その代りお礼をするよって、気前よく、はい一円いただきました。どうもありがとうございます」

「あーら、あたしには兄さんなんかないわ」

「ああさよですか。間違えて失礼いたしました。あれはお嬢さんの未来の旦那様とおなり遊ばす方でしたか。どうりで、お頭立《かおだち》がねえ……」

「いやな、おばさん。そんなこと頼まれても、こんどから、断然断ってその雑帛棒《ぞうきん》でぴしゃりと殴ってやってちょうだい」

闖入犯人は、帆村荘六にちがいない。彼は、風間三千子にとっては、先輩の私立探偵であり、また風間三千子は、理学士という肩書のある帆村に、科学的の鑑識のことで、よく世話になるのであったが、それはそれとして、いくら留守中でも、断りなしに他人《ひと》の事務所へ闖入するとは怪《け》しからん男である。

風間三千子は、憤慨して、ビルの交換手に帆村のところへ電話を掛けるように頼んだ。

電話が、帆村のところへ掛った丁度そのとき、事務所の入口で、

「ごめんなさい。女探偵の風間さんをたずねてきよりましたが、おいでですか」

と、訪《おとな》う声がする。

「あら、どうぞこっちへお入りください」

「冗談じゃない。こんな狭くるしい送話口の中へ、どうして入れますかね」

電話の声がいった。帆村荘六の声だ。

「あなた、帆村さんね。まあ、ひどい。誰が入れといいました」

「うわあ、入ったらあきまへんか。えらい失礼しました。へえ、さいなら」

入りかけた老人の客が、あわてて扉をしめた。

「ああ、もしもし、あなたは、どうぞこっちへお入りください」

「なんといっても、こんな狭いところへは入れません。僕は一人前の人間ですからね」

帆村は、まだいっていた。お客さまだと分っているくせに、わざと知らないふりをする帆村だと、三千子はかんかんになる。そして声も尖る。

「帆村さん、あなた、万事行きすぎよ。もう無断で私の部屋へ入るのはお断りよ。それから、私はもうどんなことがあっても、あなたの力なんか借りませんからね。あたしは、りっぱに一本立でやります」

「なるほど、それはまた勇しい——」

がちゃりと三千子が受話器をかけたので、勇しい——から先の帆村の口上は聞えなかった。

「どうぞ、あなた、こちらへ……」

三千子は、廊下へとびだして、そこに、まごまごしていた洋傘に国民服の老爺《ろうや》に声をかけた。老爺は口をぽかんとあけて、そこへとびだしてきた三千子の軽い洋装に注意力を吸いとられていたが、三千子は老爺の後から、送りこむようにして部屋の中へ引入れた。

老爺は、椅子に腰を下ろしても、まだぽかんとしていて、用件を喋ろうとはしなかった。

「あたくしが風間三千子でございますが、どんな御用件ですかしら」

「へえへえ」

と、老爺は、はじめて正気にかえって、声を出した。そしてぺこぺこと頭を下げ、

「あんたはんが、女探偵やいう話を聞いてきましたが、人ちがいらしゅうございますな」

「いいえ、あたくし女探偵ですの。どうぞ御用を」

「へえ、やっぱり女探偵はんでしたか。わしはまた——えへへ、いや、えへへへ」

老爺は、頭をかいた。

「あら、あたしを、何者だとお思いになりましたの」

「いや、それは、よろしゅうございますよ。わしだけの話でございますがな。そこでお願いにあ

がった事件と申しますのは、実は天狗にからまる一大事件でございますが、失礼さんながら、あなたは天狗についてもお詳しいですかな」

「天狗？　まあ、すばらしいですわね」

三千子は、びっくりして、とんちんかんの返事をした。

珍事件

この老爺の話によると、彼は四国の今瀬村という山里にある旧家庄中升兵衛《しょうなかますべえ》方の雇人で、菅野勘造と申す当年とって六十歳の爺であるそうな。

「いや、事件の中心は、今から十五年前に、天狗にさらわれて居なくなった御子息の蛭雄《ひるお》さまのことなんですがな、よろしゅうございますかな」

勘造老人は、三千子が熱のない顔をしたら、この話をすぐ打ち切って、別の探偵のところへ持っていくつもりだった。

「はあ、結構でございます。その先を、どうぞ……」

「よろしいですかな。その十五年前に家出をした蛭雄さまがです。とつぜん数日前に、庄中家へお戻りになりましてな、いやもう、大さわぎでございまするわい」

と、老人の語りだしたところによると、数えてみると、当年とって十八歳のはずの嗣子《しし》蛭雄青年は、十五日の早朝、とつぜん庄中家の門前に現れたのだそうである。彼は、すこぶる異様な風体をしていた。彼の着ていたのは、着物でも洋服でもなく、実に伝説などによくあるとおり、枯れ葉を綴って、あっぱっぱのようなものをこしらえ、それを肩から下へぞろりとかけていたそうで、蛭雄さまが歩くと、がさがさと妙な音が発し、熊という仔犬が、わんわんと吠えたそうである。

「まあ、ふしぎなお話ですわねえ。しかし、よくまあ、自分の生家の前へ帰ってこられましたわねえ」

三千子は、商売そっちのけで、面白がる。

「それには、わけがありますのじゃ。蛭雄さまは別に落下傘で下りてきたというわけではなく、主人升兵衛の従弟にあたる庄中八作という者と易者の星流堂《せいりゅうどう》といえる妙ちきりんな仁《じん》とに連れられ、山の中から下りてきましたのじゃ。聞けば、この二人は、岩切谷の附近で、蛭雄さまを発見したということりました」

「どうしてそのお二人が、山の中に入っていられたのですか」

「いや、話によれば八作様と易者とが、ずいぶん前から、この山中に分け入り、探し廻っていたそうで……。なんでも八作様が星流堂を見込んで易を見させ、そしてその易が見事に当って、蛭雄さまを見付けたそうです」

「まことに結構でしたわねえ」

「あまり結構じゃありません。蛭雄さまは、何でも、その山奥に棲んでいる岩切天狗に仕えておられたそうで、風体から見ましても、することなすことが、いかさま奇抜でしてな、どうやら、ここに狂いが来ておるようでござりますわい。ま、それも忍ぶべしとして、ここに我慢のならないのは、それからこっち、本家における八作様と易者めののさばり加減ですわい。目下中風で御伏せりの主人升兵衛さまは、自由のきかぬ身体で、御心配、また御内儀おぎんさまも、ことの外《ほか》の御心痛で、やつがれも、見ているのがつろうございますて」

「あら、どうして、お子さんがお帰りになったのが、嬉しくないんですか」

「嬉しくないことはないが、その蛭雄さまが、尋常一様のおんふるまいでないのでしてな。それから今一つ、困った問題がありますのじゃ。それは、その岩切天狗のお弟子どのが、果して、本当の蛭雄さまだかどうだか、その判定がつきませんじゃ。四国から、はるばるこの老骨が参上いたしましたのも、実はその判定をお願いのため、つまり果して本当の御子息の蛭雄さまか、または贋者か、お前さまにお見分けねがいたいと御内儀のたってのお願いです。どうか、おひきうけ下はれ」

「なかなか面白い事件ですね。あたし気に入りましたけれど、困りましたね」

「あ、御心配なく、お礼金のことなら、いかほどでも、お前さまのお望み次第。なにぶんにも、わが庄中家の御資産は百万両を越しておりますでなあ。お世継ぎの判定料は、しっかりはずみまするで、その点は御心配なく。ちょっとお待ちを、とりあえずここに、金子《きんす》千両ほど持参いたしましたゆえ、万端の準備費用としてお収めを……」

老人は、身なりには不似合いの紫のふくさを出しその中から、手の切れるような百円紙幣《さつ》を十枚、卓子のうえに、まるで絵葉書を並べたように並べたのであった。

風間三千子は、大きな吐息と共に、その莫大な準備金を、袋の中に収めた。

帆村探偵不在

あのとき断るのは、あまりに自分を卑下しすぎると、三千子は思ったのであった。千円の紙幣をうけとってみればその金の力で勇気が出やすまいかと、漠然たる考えで、万事を引受けてしまった三千子だった。

勘造老人は、気の毒なくらいの喜びようで、三千子のお伴をして、早速四国は今瀬村へ帰りたいというのであったが三千子は、なにも分にも大事件のことゆえ、あらかじめこっちで調べておくこともあるからとて、出発をそれから二十四時間後に延ばすことに、やっと勘造老人を承知させたのであった。

さあ、その二十四時間内に、三千子のすることは、山ほどあった。

まず天狗について、常識的なことでも調べておく必要があった。蛭雄の着ていた枯れ葉のあっぱっぱが、果して、天狗仲間の国民服みたいなものであるかも、調べる必要があった。そういうことについては、帆村荘六が割合い物識りであったから、彼にたずねると早く分るのだが、帆村とはさっき電話で喧嘩をし、ことにこれからはもう世話にならないなどと勇しいことをいってのけたあとであるから、今更そういうわけにもいかず、結局三千子は、不便を忍んで、上野の帝国図書館へ「天狗学」を調べに行った。

ところが、たいへんであった。カードを繰ってみると、天狗に関する文献図書が、あることといったら、何もかも集めると、百冊以上になるのであった。これを一々読んでいると、二十四時間内に、その要領を摑むこともできない。といって彼女は、いい加減な本の読み方はしたくない主義であったので、大いに困ってしまった。第一、どの本が信ずべき本であるか、どの本が最初に読むべき本であるかもわからないのであった。

そこで気はあせるばかりで、収穫は一向に得られなかったので、ついに三千子は決心して、今一度だけ、帆村荘六の助けを借りることとした。

図書館をとびだして、動物園脇の公衆電話で、照れくさくも三千子は、帆村のところへ電話をかけた。

ところが、帆村は留守だという。

どこへいったのか、いつ帰ってくるかと尋ねると、帆村はさっき北海道へ出発したこと、帰京の期日はよく分らないが、多分来月初めだろうという返事だったので、三千子は、がっかりしてしまった。そうなると、さっきの喧嘩の電話が恨めしい。あのときなら、まだ帆村を摑えられたのに。

その翌日、約束どおり、三千子は勘造老人と一緒に、四国への旅に発足をした。大阪までは列車にのり、そこから船で四国へ渡り、三島港で下りてから、その先バスを利用して二里《り》ほど入り、そこからまた一里ほど歩くのだという。なるほど天狗さまの棲んでいるらしい奥地であった。

その道中、勘造老人とは、だんだん親しくなった。この老人は、典型的な忠僕であった。その代り信念が強すぎるところもあった。

「こう申しちゃなんですが、わしの心眼に照らしてみるなれば、こんど帰邸なされた蛭雄さまは、ありゃ贋者ですわい。お前さまが、これと反対の判定をなされば、それはお前さまの目がないのじゃ。わしの目に狂いはありませんぞ」

「本当にそうなら、あたしが行くまでもないじゃありませんか。無駄ですものね。ほほほ」

「いや、御内儀さまは、わしなど、御信用になりません。いつか何とかいう雑誌の座談会に出ていたお前さまを、たいへん信頼なされます。私立探偵座談会でしたか」

「あら、あの座談会の記事をよんで、奥様があたしをお迎えくだすったの。しかし、とにかく、勘造さんの見立てになるほどと頷かれる根拠があれば、あたしから奥様に申上げてもいいですわよ。そんなことが何かありまして」

「あえて、わしは喋りたくないのじゃが、これはこの場かぎりの話として申上げるが、只今御帰邸になっている蛭雄さまには、顔にうすく三つ四つあばたがございまするが、本当の蛭雄さまなら、決してそんな痘瘡《ほうそう》などに罹るわけがないのですわい」

「うすいあばたがあるのですか。なぜ、本当の蛭雄さんなら、それがないんですの」

「それは、蛭雄さまのおちいさいとき、明神さまへ、痘瘡の出ないおまじないをしましたのじゃ。このわしが、ちゃんとやったのでございますよ。じゃによって、本当の蛭雄さまなら、あのように痘瘡の跡があるはずがない」

「まじないぐらいで、天然痘の免疫体になることは出来ませんわ。ちゃんと種痘をしなければねえ」

「種痘も、やってありますじゃ。しかし、これはまじないほどは効かんものじゃ」

「あら、そうじゃないわ。まじないなんか、だめ。種痘をして、始めて安全になるのよ」

「いや、お前さまは他国人じゃから、何もお知りないのじゃ。わしのいうのが本当じゃ」

と、勘造老人は、白髪頭をふりたてて、三千子に反対するのであった。

三千子は、大阪で乗船するときに、思い悩んで、一切のことを帆村の留守事務所宛の手紙に書いて、ポストへ投げこんだ。

旧家庄中家

昼間から、蛙《かわず》の声がしている水田のほとりを、人力車にゆられながら、ようやくにして三千子は、勘造老人の案内で、今瀬村の庄中家に到着した。

何よりも喜び迎えてくれたのは、内儀のおぎんさまであった。早速病室へ案内されたが、中風の当主升兵衛は、蒲団の間から、ただ片手を出して、三千子を拝んだ。三千子の胸に、ぐっと熱いものがつきあげた。彼女は、どこかに面白半分の気持をもっていたのを、この際さらりと捨てずにいられなかった。

それに反して、怒ったのは、従弟の八作であった。

「なに、東京から探偵を呼んだ。しかも女探偵を。ははは、冗談じゃない。なにが探偵などの手を借る必要があろうか。せっかく、この庄中家のことを思ってやった私の好意を汲むこともしらず、私を犯人扱いにするとは、おぎんさんは気が狂ったか」

八作は、国民服の上に、医師がよく着ている白い手術着のようなものをひっかけていたが、医師に見えた。尤も勘造にいわせると、八作は免状なしのもぐり医師だそうだ。彼は、天狗の生活をしていた蛭雄が、今人間の家に入って健康を損うといけないので、いつも蛭雄に附き添っているのだと、大きな顔をしているという。

勘造老人は、八作に向って、

「八作さま。お怒りになることはございませぬ。なにも、あなたさまをお疑り申すわけではなく、旦那様が御安心のために、この女探偵どのをお招きしたのでござります。それとも、何かお気にかかることでも、ござりまするかな」

老人のことばは丁寧だけれど、主人の従弟の八作をかなり圧倒している。

「気にかかることなど、あるものか。調べたければ、何なりと調べるがいい。しかし庄中家に、汚らわしい女探偵などを引入れたのは、これが始めてだ。御先祖さまは、さぞお腹立ちじゃろう」

そういって、八作は席を蹴って、向うへいってしまった。

汚らわしいといわれて、三千子は、心中むっとした。しかし、彼女は商売に来たのだから、と思い、それを怺《こら》えた。

「そんなら、お前さまの連れ込んだいかさま易者は、ありゃなんじゃと申してもええのじゃが、まあここは穏かに」

と、勘造老人は、三千子をなぐさめた。そしていよいよ問題の蛭雄の部屋へ、彼女を案内した。

蛭雄は、表の間に、まるで代官のように大威張りで控えていた。十二畳ばかりの広いこの部屋に、床の間を背にして、大きな卓子と椅子とを置き、あたりをにらみながら、南京豆をぽりぽり喰べていた。

床の間には、蛭雄が岩切天狗のところで着ていた枯葉つづりのあっぱっぱが、うやうやしく懸けてあり、その前には、高い三宝に神酒を供えてあった。その徳利は五合ぐらい入りそうな大きなものだった。

当の蛭雄は、枯葉のあっぱっぱを脱いで、絣の着物を着ていた。つるつるてんの短いもので、これは八作に貰った最初の着物だそうで、たいへん気に入って、いい着物を与えても、どうしても着換えないそうである。

「ほう、妙な動物が入ってきたな。爺や、お前のつれてきたのは何という動物か」

蛭雄が、ぎょろりと目をうごかして、へんなことをいった。

「ああ、坊さま。ここにお連れしたのは、東京の有名な探偵で、風間三千子さまとおっしゃいまする」

「探偵が、なぜ来たのか」

「ええ、それは坊さまから、天狗の世界のことや、仙術などのお話を承り、参考にしたいといわれるので、どうかよろしく」

「ああ、そんなことか。何なりと聞け」

蛭雄は、また南京豆をぼりぼりと嚙みくだき、口中から皮をぷっぷっと吐き出す。

そこへ、どやどやと足音をたてて、八作と易者の星流堂が駈けつけた。

「こら、勘造。蛭雄さまに女探偵をつきあわすなんて、無礼至極じゃないか。蛭雄さまは静養中で、一切面会謝絶だ」

天狗問答

「まあ、そういうなよ。おいらは、ちょうど退屈していたところだ」

と、蛭雄が、八作をおさえた。

八作は、うむと呻《うな》って、目を白黒している。

「では、おうかがいいたしますが……」

と、三千子はこのときとばかり口を開いた。

「……あのう、十五年間も、岩切天狗さまの許においでになったそうですが、その間、一度も、この里へ下りてはいらっしゃらなかったんですか」

「いや、ちょくちょく来たよ。鶏《とり》なんか、貰いに来たこともある。しかしわれわれ天狗は、闇の夜に来るから、人間に姿を見せるようなことはない。人間には、時として、羽ばたきが聞えるくらいのものじゃ」

蛭雄は、途方もないことを喋りだした。

「あ、すると、天狗は飛べるのですかしら」

「飛べますかとは、失礼じゃね。昔から天狗は飛んでいるよ。絵にも描いてあるじゃないか」

「すると、あなたさまもお飛べになるのですね」

「むう」と蛭雄は呻って「と、飛べるよ。今度闇夜になったら、皆を集めて飛んで見せよう。はっはっはっ」

と、彼は急に大きい声で笑った。

「それでは、あなたさまが、誘拐されたときのことをおうかがいいたします。三歳のとき、天狗に攫《さら》われたというお話ですが、当時のことを覚えていらっしゃいますか」

「それは、よく覚えている」

と、蛭雄は、唾をのみこんで、

「つまり、それは今から十五年前のことじゃが、おいらが家の前でひとりで遊んで居った。ちょうど生垣の槙の木に槙の実が珊瑚のような色に熟れていたよ。おいらが、その槙の実を喰って遊んでいると急に陽がかげった。そしてばたばたと羽ばたきがした。おや何だろうと思って、顔をあげると、いつ来たのか、おいらの前に、見なれない旅の人が立っているのだ。顔は、酒に酔ったように赤く、そして眼が大きい人だった」

「それが岩切天狗だったんだね」

と、八作が口をはさんだ。

「そうなんだ。始めのうちは、それとわからなかった。なんしろ汚い着物を着て、足はしょりに、下駄をはいている。この下駄が、めずらしい一本歯の下駄じゃったことを覚えている」

「それから、岩切天狗に連れられて、空へまい上ったんだね」

八作が、また口をはさむ。

「そうだ、そのとおりじゃ。その天狗は、おいらに向ってお前が喰べている槙の実よりもっと美味しいもののあるところを知っている。お前に連れていって喰べさせてやりたいから、おいらと一緒に来ないかというのだ。おいらは、連れていってくれといった。そしたら、じゃ連れていってやる。わしの背中にのれ、しばらく目がまわるかもしれないが我慢するのだという」

「そうだ、そうだ」

八作が、また口を出す。

「おいらは、天狗の背中にのったが、そのまま眼をあけていた。すると奇妙なことに、おいらの家が、急にすーっと小さくなって、箱庭の家のようになった。野も畑も、寄せ木細工の模様みたいになってしまった」

「それはどうしたわけだ」

八作が、また、気合をかけるように云う。

「それはつまり、いつの間にか、おいらは空中高く飛び上った証拠なんだ。ばたばたと強く羽ばたきの音がきこえたよ。おいらはそこで気がついた。お前、天狗さんじゃないかというと、そうだ、そのとおりだという。おいらを連れてどこへいくのかと聞くと、岩切谷へ連れてってやる、お前はかしこい子だから、わしのところで修業しろ。末にはとてもえらい者になるぞというんだ。こんなに、うまく空を飛ぶこともおしえてくれるかときいたら、天狗は、もちろん修業をつめば、おしえてやらんこともない、一生けんめいやれと、はげましてくれた。それから里を越え、野を越え、山を越え、峰を飛び越え、やがて着いたところが岩切谷だった。そこで十五年、おいらは修業を積んだわけさ。ああくたびれた。今日はこのくらいにして、また別の日に聞いてくれ」

そういって蛭雄は、卓子の上へ、ぺったりと身体を伏せた。

「ありがとうございました」

と、三千子は礼をいって、

「それで、あのう、天狗さんは鼻が高いのですか」

と、きいた。

「いや、ちがう。岩切天狗の鼻は、人間の鼻と同じくらいだったよ、鼻が高いのは、人間が勝手に作りあげたことで天狗としては迷惑じゃと、岩切天狗はいっておった。もう今日は、何にも喋らん。向うへ行け」

蛭雄は、卓子のうえにうつ伏したまま、うるさそうにいった。

それ見たかという顔で、八作が、三千子たちを立つようにとせきたてた。

科学的判定

天狗問答は、その後もずっと続いた。

蛭雄は三十分くらい喋ると、もうくたびれた、何にも喋らぬと、卓子の上にうつ伏してしまうのであった。

そのあとは、一体何をしているのかと、或る日三千子がそっと障子の穴から中を窺ってみると、蛭雄は床の間にあぐらをかいて、お神酒徳利の口から、酒をぐびぐび呑んでいた。

それからしばらくして、三千子は、便所へ立った蛭雄とぱったり顔を合わせたが、なるほど蛭雄の顔が天狗のように赤かった。

「やあ、姐《ねえ》さん。これから僕のところへ遊びにこないか。しかし天狗の話は、今日はもう、だ、駄目だよ」

と、三千子の方へ、しなだれかかってきた。折よく——か、折わるくかしらないが、そこへ八作が通りかかり、蛭雄をきめつけたので、それ以上には発展しなかった。

三千子は、今までにもこの種のことは、男性からしばしば仕掛けられたことであったから、後では別になんとも思わなかったが、最初はひどくびっくりした。蛭雄が、まるで子供であると思っていたのが間違いだった。

八作は、蛭雄を奥へ追払うと、三千子を呼びとめ、話があるから、当主升兵衛の寝ている離室《はなれ》へ来てくれといった。

三千子が、何の用かと訊くと、八作は、今日はこれから親族会議を開いて、蛭雄を当家の後継者として認めるか認めないか、それを決定するから、三千子にも立ち合えというのであった。

三千子は承知した旨をこたえて、八作について、離室へいった。

離室では、当主夫妻が不安の面持をして、次に入ってくる人々を見た。

勘造老人は、升兵衛のそばに座を占めた。枕許にはおぎんがいた。その前に、座蒲団が四つ敷いてあって、上座の一つを空けて、星流堂と八作とが座り、三千子は末座に居流れた。

「では始めますが、今日は、蛭雄を後継者とするかどうかをはっきり決めるところまで、御相談したいと思います」

と、八作は議長のような顔をして、能弁をふるい出した。

「そもそも十五年前に失踪した蛭雄の安否については、私は、正直なところ、誰よりも熱心に、それを知りたく思って、ありとあらゆる手段を考え、時と金と身体とをつかって探していたのです。ところが今回、お目出度くも、岩切谷で蛭雄を見つけることが出来て、本家へ連れ戻ったのですが、あまりうまく見つかったので、中には、あれは本当の蛭雄かどうかと疑っている人もあるようです。かくて、一日のばしに、蛭雄の身柄を決めるのを延ばしていくのはよくないことでありまして、既に蛭雄も、また山の中へ帰りたいようなことさえいっていますから、これは一つ、速急に決めてやらねばならぬことです。で、今日はお互いに、肚の中にもっている疑問をさらけ出し合って、白いか黒いかを決めることにしましょう。どなたからでも、問題を出してください。伯父さんから、どうです」

すると、升兵衛は、洟水《はなみず》をすすって、不明瞭な声で、床の中から、

「わしは、別にあの子供に疑いをいだいているわけではないが、もっと腑に落ちるような証拠をそろえてくれれば、いつでもあの子供を蛭雄として認め、失踪届も下げ、後継《あとつぎ》にも登録するつもりじゃ」

八作はうなずいて、

「証拠証拠といいなさるが、この上どんな証拠が要るとおっしゃるのかね。ずいぶん委《くわ》しく話もし、証拠も見せたつもりだ」

おぎんが、三千子は心得て、八作の方へ向き、目配せをした。

三千子は心得て、八作の方に、

「あのう、星流堂さんを前にして申し憎いのですが、易でもって、蛭雄さんの居所をぴったり云いあてたというのですが、そんなことが今時信じられますかしら」

というと、易者は、目を三角にし、髭をたてて、怒り出した。

「そもそも易のことは、古代支那から伝わったもので、これが行われて三千年、今に至って疑うなどとは以ての外、ことにわが星流堂が卦《け》を立てるにおいては……」

「まあ、先生は何もおっしゃらんがようがすよ」

と、八作が押し停め、

「易論は他日やるとして、それでは、あなたに納得できるモダーンな鑑定を行うことにしましょう。一体どんなことをしたら、満足されますかな」

八作は開き直った。

さあそういわれると、三千子もはっきりしたことがいえなかった。今日、親子の鑑識法で、絶対的なものはないのである。

「さあ、どうします」

「さあ、……」

三千子も、つまらざるを得なかった。

「じゃあ、風間さん。血液型を検《しら》べてみようじゃありませんか。私はまだ、この事件につき、一度もそれを検べたことがないのですが、それを一つやってみようじゃありませんか。するとはっきりしますよ」

「それも、悪くはありませんわね」

「いや、考えてみると、血液型をしらべるのが、今のところ、最も科学的な方法であり、最善な鑑定法ですわい。もっと前に、それに気がついてりゃよかった。そうすればこんなにごたごたしないですんだものを」

八作は、ひとりで悦んでいる。

悩《なやま》し血液型

血液型が、O型かA型か、それともB型かAB型か、この四つのどれかをしらべると、血縁関係がはっきりすることがある。

O型の父と、A型の母とからは、決してB型の子供も、AB型の子供も生れない。両親の持っているO型かA型かのどっちかである。

こういう原則によって、血液型による親子鑑定は、むつかしい事件を、はっきり解いたことが少くない。医術を心得ている八作が担ぎだしたのも無理ではない。

その代り、結果は、はっきり決まるときは実にはっきり決るのであって、もしも仮りに、八作の連れて来た蛭雄だという青年がインチキであって血液型が合わないとすると八作は自らいいだして、インチキを曝露することになる。八作が奸智にたけた人物だとすると、そんなことをすすんでするわけがない。

(八作さんを陰謀家だと疑うのは、いけないのかしら)

三千子の心が動揺した。

しかし、なおも気を回してみれば、八作は確信あって、血液型の検定をいいだしたのかもしれない。つまり既に、天狗青年の血液型も、それから升兵衛夫妻の血液型もちゃんと検べてあって、型の関係がちゃんと合っていることを確めてあるのではなかろうか。

「どうです、風間さん。血液型を検べますか、検べませんか」

八作は迫った。

「あ、ちょっと待ってください。御相談してみますから」

三千子は、そういって、升兵衛夫妻のそばへより、相談をかけた。しかし実をいへば、相談よりも、三千子は夫妻に、ぜひ訊きたいことがあったのである。

「あのう、これは八作さんに聞えてはまずいのですけれどこれまでに、八作さんがお二人さまの血を採ったことがございましたかしら」

採ったことがあるとの返事が聞かれると、八作はあらかじめ当主夫妻の血液型を検べて、今日に備えておいた嫌疑を一応かけてもいいわけである。そう考えた三千子だ。だが、夫妻の返事は、

「いいえ、八作などに血を採らせたことなどありません。病気になっても、だれが八作のような者に診てもらうものですか」

という。

そこで三千子は、その嫌疑を解いて、ではここで、親子の血液型試験をやってみるのがよろしい旨、すすめたのであった。

夫妻は、八作づれに、血を採られることをたいへんいやがったが、事ここに至っては仕方がないので、しぶしぶ承知した。

八作は、快心の笑みを洩らし、早速別の部屋へいって、大きな函を持ってきた。その函の中からは、顕微鏡や、ゴム管や、採血器や、比較用の標準血液型の入った壜などを賑かに卓子の上に並べた。

「さあ、やりましょう。伯父さんから先に……」

八作は、升兵衛のそばによると、上膊《じょうはく》をゴム管で縛り、静脈から五グラムほどの血を採った。次にはおぎんの血もとった。夫妻は、脳貧血を起しそうな顔色になったのを見て勘造と三千子とは、懸命に元気をつけた。

それから、当の蛭雄が呼びこまれた。そして同じように採血された。

三人の赤黒い血液の入った試験管は、それぞれレッテルでしるしをつけられ、架台の上にのせられた。

「さあ、始めますから、三千子さんも、よく見ていてください。血液型の試験は、すこぶる簡単ですから、医学の心得のない人にも、よく分りますよ」

絵具をとかす皿のようなものが三枚取り出され、いよいよ升兵衛の血液から検査が始まった。

「あ、伯父さんのはA型です」

「A型?」

升兵衛が、寝床の中から、怪訝な顔で、八作の方を睨んだ。

「おお、伯母さんは、B型ですよ。つまり父がA型、母がB型です。するといよいよこんどは蛭雄の番だ」

わからないながらも、一座の空気は緊張した。

八作は顕微鏡に目をあてたまま、大きな声で叫んだ。

「蛭雄はAB型だ。これではっきりした。だから、蛭雄はA型の父と、B型の母を両親として生れたことが証明された。おい蛭雄、よろこんでいいぞ」

星流堂が一番よろこんだ。蛭雄は、面倒くさそうな笑い方をした。

升兵衛たちは、苦がりきって黙っている。

電撃的来訪者

「さあ、これで伯父さんたちも、風間さんも、すっかり納得されたでしょう。この科学的手段による証明を信じないものは、何を話したって無駄です。ねえ、伯父さん。蛭雄を後継にすることを宣言してください」

八作は、せきたてたが、升兵衛は、口の中でぶつぶついうだけで、何をいっているのか分らなかった。

「伯父さん。これだけ科学的な証明をしても、まだ分らんというのではありますまいね」

「まあお待ちなさい、八作さん」

と、三千子は八作を停めた。

「おや、あなたも、今のが分らないとおっしゃるんですか。まさか、あなたは……」

三千子は困ってしまったが、升兵衛たちの心持を体してここは決定を延期するほかなかった。

「血液型の証明は、一同よく分りましたと思いますが、分った以上は、後継の決定は、なにも今日でなくても、明日でも明後日でもいいのでしょう。それとも何か、今日でなければならないとお急ぎになるわけがありまして」

「お黙りなさい」

と、八作が、怒り出した。

「僕は身内として心配しているのだ。現に蛭雄君は、十五年ぶりになつかしい自分の家に帰りながら、一向待遇もされないので、さびしがって、昨日も今日も、山奥へかえるといってきかないのだ。こんど逃げだしたら、もう二度と引戻すことはできまい。僕は血縁として蛭雄君を見殺しにすることは出来ない。またこの冷酷なる両親の措置を、黙ってみているわけにはいかんのだ」

八作は、熱弁をふるった。おぎんが、袂からハンカチーフを出して、目に当てた。

「な、な、なんといっても、あいつは蛭雄じゃないよ。親にゃ自分の子かどうかが分からなくて、ど、どうするのじゃ」

升兵衛は、今はもう最後と、寝床の中から、まわらぬ舌で叫ぶのであった。

三千子は、間に挟って、もう苦しくてたまらなかった。そしていよいよこの事件を最後として、探偵商売をやめてしまおうと、心に誓ったのであった。

そのとき、障子の外から、訪《と》う声があった。

「ごめんなさい。遅くなりました、やっと只今、東京から駈けつけました」

そういって、障子を明けて入って来たのは、三十歳ばかりのきりりとした長身の紳士であった。

「あ、あなたは……」

三千子は、その紳士の顔を見て、びっくりした。それは北海道へいっているとばかり思った帆村荘六だったのである。

帆村は、升兵衛の方を向き、手をついて、恭々《うやうや》しくお辞儀をしたのち、

「蛭雄さまの指紋は、充分はっきり鑑別することが出来ました。詳細は追って申上げますが、これこれ八作さん、私の顔をお忘れかね」

「あっ」

八作の顔が、俄かに蒼白になった。

帆村は、冷やかに笑い、

「君とこの前、どんな場所で会ったか、それは君の名誉のため云わないこととして、さっきから廊下で血液型の話を聞いていたが、なかなか君は話がうまくなったね」

「いや、どうも」

「しかし、あれは証明をなしておらん。というのは、ＡＢ型の人間もＡ型Ｂ型の人間も、何千万人といるんだから、血液型が合ったとて、親子の場合もあり得るというぐらいの漠然たる判定しか成立しないのだ。それは君も、僕が話をしてきかせたので知っているはずだ」

「……」

「そこで、こっちには、もっとはっきりした証拠があるのだ。これを出すと、君は退却しなければならない。これがその証拠だ」

と、帆村は、持っていた鞄を開いて、中から取出した品物は、意外にも絵馬のようなものであった。但し絵は書いてなく、その上には小さい子供の手に墨をつけた手形が、ぴったりと捺してあった。

「君は、他国で生れたから知るまいが、この今瀬村では、疱瘡が流行するときには、それをよける呪《まじな》いに、こうした手形を捺して、明神さまにあげるのだ」

「なに」

「そしてここにあるのは、当家の御子息蛭雄さんが三つのときの疱瘡よけの手形だ。よろしいか。これには、りっぱに指紋が出ている。指紋は一億人の人の中でも、二人と同じものはない。だから、君たちが、あの山男めいた不良少年をあくまで蛭雄さんだといいはるのなら、ここで両手の指の指紋を、はっきり比べてみようか。さあ、どうするかね」

「さあ、それは……」

と、八作は、赭《あか》くなったり蒼くなったり、その場にもじもじしていたが、やがてぴょこんと立ち上るなり、障子を押したおしてさっと外にとびだした。

それに続いて、よぼよぼ腰の星流堂と贋蛭雄とが、鉄砲玉のようにとび出したから、大笑いであった。

事件は、帆村探偵の電撃的登場で、あっさりと片づいた。そして彼は、三千子と連れ立って、帰京の途についた。

三千子は、照れくささを一生懸命おしかくしながら、帆村にいった。

「よく、あのようなお呪いの絵馬がありましたわねえ」

「いや、あれはとっさにひねりだしたものだよ。絵馬は途中で買ったもの、手形は、庄中家の下男の坊やの手をちょっと借りて、古い紙に捺させたもの。しかし、相手か科学者張りで来ているからびっくりして逃げることは請合いだと思っていたんだよ。うまくいった。いや北海道行きが、上野駅で急に変更になったから、君の応援に来られたわけだが、君は今でも、ずいぶん危い芸当をするねえ」

帆村探偵は、三千子を見て明るく笑った。

恐怖の廊下事件

白夜《はくや》鬼社《きしゃ》事件

　女流探偵風間三千子は、いま彼女の事務机の前にすわって、卓上電話器をとりあげている。彼女のしなやかな腰のあたりが、なまめかしくねじれて、薄いワンピースの下に、はちきれそうな肢態が、ゼリーのように、ぶるぶるとふるえている。「だって……」

　職業を問えば、人もおそれて近づかない探偵商買だが、今この女探偵は、お嬢さんのように鼻にかかった甘ったるい声をだした。

「だってあの場合、引受けるよか仕方がなかったんですもの。今さら、そんなことをいっても無理だわよ。後生ですから、もう一度だけ、あたしをたすけてよ。ねえ、帆村先生」

　電話の相手は、例の有名な科学探偵の帆村理学士らしい。

「あら、どうしてもだめなんですか。そんなゴルフの競技大会なんか、なさるものじゃないわ。この非常時局にけしからん話だわ。あらあ、どうしてもだめなの、どうしても」

　三千子の唇が、送話器の前で、ぶるぶるとふるえた。

「じゃ、ようござんす。あたしは大陸へいって、今度こそ死んで来ます。ええ、もちろんやろうと思えば、あたしひとりの手で出来ることなんですけれど、この事件は、きっと先生にも興味あるものだと思ったもんですから、あたしは……。もうよすわ、そんなお話! 先生、どうもながなが、三千子はお世話になりまして……」

　最後のくだりになると、もう声が出なくなって、ぶるぶると唇だけをうごかしていたが、やがて彼女は、電話器をがちゃりとかけた。それにつづいて机の上にがばと面をふせると、子供のように、おんおん泣きだしたのであった。

折から事務所には、誰もいないからいいようなものの、他人《ひと》に見せられる場面ではなかった。どうもこの女流探偵、事件に慾ばりのところがあり、自分の力量も考えないで、依頼された事件なら何でもかんでも引受けてしまうくせがあった。そのあとで後悔しては、盲腸炎になったような悲痛な声をだして帆村探偵に応援を求めたり、そのとき帆村探偵からはねつけられると、かくの如くおんおん泣きだすという始末であった。商買に熱がありすぎるのも、よしあしだ。

枕許の電話器が、じりじり鳴りだした。

三千子は、はっと顔をあげると、誰が見ているわけでもないのに、ハンドバックをひきよせ、ハンカチーフを出して、眼と鼻とを拭った。それからざんざん待たせてあった電話器をとりあげた。

「はい、さようでございます。それはもうどうぞ、御安心くださいまして、大舟にのったような気持でいらしていただきます。大陸へわたりました上は、早速犯人をさがしだして、引捕えてごらんに入れますでございます。はあ、えっ、すでに身辺が不安だとおっしゃるのでございますか、まだ内地にいらっしゃるのに……」

三千子は、分別くさい顔になって、天井の隅を見上げていたが、

「ええ、よろしゅうございます。そういうことなれば今夜あたりから、部下をひきつれまして、お傍《そば》へまいり、警戒をいたします。どうぞ大舟におのり下すったおつもりで、御安心あそばしてくださいまし。失礼をいたしました」

電話をかけて来たのは、今度の事件の依頼者である桐谷郷右衛門《きりやごうえもん》氏だった。氏は、本年とって七十二歳の高齢ながら、六十そこそこにしか見えない潑剌たる若き老人であり、漢口に輸出入洋行と百貨店とをもっている事業家であった。尤も漢口には、従弟の桐谷治郎《はるお》というのがいて経営にあたっているわけだが、このたびの事件は、漢口の店にとつぜん「白夜鬼社」と名のる秘密結社が脅迫状を寄こし、十万元の資金調達を強制したのに端を発する。

このとんでもない脅迫状に対して、漢口店をあずかる桐谷治郎支配人は、出そうか出すまいかと

迷って郷右衛門氏のところへ問合わせの電報をうったりしているうちに、その引渡し期限が切れた。するとその翌朝には、倉庫の奥にしまってあった五百枚の黒狐の毛皮が、煙のように消え失せてしまったのであった。しかも悪いことに、その日の夕刻には、改めて十五日の期限を切って二十万元の資金調達を申入れ、それを期日までに納めないときには、相当いたいほど財物がなくなるであろうばかりか、幹部の誰かが不慮の災厄を蒙ることがあるかもしれないという一段ときびしい白夜鬼社の脅迫文句であった。

これは大変だというので、店で治郎支配人が信用している貴志田亀次という会計課長が、飛行機にのって、急遽東京の社長郷右衛門氏のところへ注進に来たわけである。

東京本社では、秘密裡にその対策を練った結果、郷右衛門氏は不図、先般一躍大陸で有名となった女流探偵風間三千子女史の名声を思い出したのであった。

そこで氏は、三千子の来援を乞い、いろいろ懇願の結果ついに女史に大陸まで渡ってもらって、別な角度から、この白夜鬼社一味の検挙に骨を折ってもらうこととなったものである。

この依頼をうけて、三千子はいささか得意であった。しかし後になって、例の如くあまりに大きい事件を引受けてしまったことを後悔した。それで思案にあまった揚句、帆村に応援をもとめたわけだが、帆村は三千子からの毎度の無心に呆れたものか、それとも本当にゴルフ競技に出るつもりなのか、とにかくはっきり断ってきたのであった。

三千子は、たいへん悄気《しょげ》ながらも、また今のように電話がかかってくると、またしても依頼主へ対して大きな口を利かずにはいられなかった。それが永年三千子の持っている困った癖であった。

探偵助手急募

今しがたの電話によると、郷右衛門氏のところへ、漢口の消印のある航空郵便がさっき届いたそうである。それには差出人の名前が書いてないので、訝りながら封を切って読んでみると、それは例の白夜鬼社からの脅迫状であった。その手紙は、漢文で認めてあったがその文意は、

〝アレホド警告シタニモ拘ラズ、貴志田亀次ノ馬鹿野郎ガ、ソチラヘイッテ、貴様ニ対シ、余計ナコトヲ云ッテ居ル由。モシ官憲ナドノ力ヲ借リテ、吾ラニ手向ウヨウナ様子ガ見エタラ、マズ第一ニ貴志田ノ馬鹿野郎ヲ殺シソレカラ貴様ヲ殺シ、更ニ開係者一同ヲ鏖殺《ミナゴロ》シニシテ、漢口ヘハ一歩モ近ヅケナイゾ。コレガ最後ノ警告ダ。念ノタメニハルバル、東京ノ貴様ノトコロマデ知ラセテヤル

白夜鬼〟

というのであった。

これを受取った郷右衛門氏は、日頃の落着きもややぐらついた様子であった。事件は、風間三千子探偵に頼みずみの後だったので、早速この旨を電話でしらせて来て、秘かに彼の身辺の警戒を頼んだのであった。

（部下を引き連れて、間もなく駈けつけて、身辺を護衛する！）

と、三千子は、そのとき直ちにはっきりと応えた次第であるが、電話器をかけてしまうと、また早速困った表情の中にすくんでしまった。

「部下を連れていくとまでは、いわない方がよかった。でも、それをいった上は、ぜひとも連れていかないと、こっちの信用に拘る」

帆村がいってくれるなら、申分はないのであるが、さっきあれほどはっきり断られてしまったし、彼女も、もう帆村の力を借りないと云い放ったのであった。だからこの方は、どうにもならない。

すると、どこかに探偵助手はいないであろうか。彼女はいろいろ考えた末、私立探偵協会へ駈けつけて、助手の有無を聞き合わせた。

「さあ、御承知のとおり、今人手が足りませんので、どうにもなりませんですがなあ」

主事は、かぶりをふるのであった。

「どうかならないでしょうか。一体協会があるというのも、こういうときに役に立つためじゃありませんか。それにも拘らず、何にもしてくれないで、ただ高い会費ばかりきちんきちんと取り立てるなんて、あまりひどいじゃありませんか」

「さあ、御尤な話ですが……」

といっているとき、電話が協会へかかってきた。主事が電話口に出て、気のない返事で応待していたが、そのうちに彼の態度に活気が出て来て、はあはあと返事をしながらしきりに三千子の方を見るのであった。

三千子は、この主事が、彼女に何か気でもあるのかと思ったほどであるが、それはやがて早合点だと分った。主事は、話なかばに電話器を口から放して、

「あのう、少々年をとりすぎていますが、助手に使われてもいいという求職者が今現われたんですがどうしますか。契約が成立すれば、貴女の運がよかったということになりますがねえ」

「あら、そう。今その電話に出ている人ですか。老人だというと、一体いくつなんですの」

「それがどうも、六十一だというんですよ。十年ばかり前までは、やはり探偵事務所に雇われて仕事をやっていたそうですが、お気に入らなければ、断ってしまってもいいのですよ」

「待ってください。老人だからいやだなんで贅沢はいってられませんわ。とにかく雇うことにしてください。そしてすぐ、あたしのところへ来てもらいたいんです」

「ああ、それがそうはいかないのです。私が申しおとしましたが、今夜の九時からなら来てもいいというのです。そして、明朝の九時まで働くというのです」

「あら、朝の九時になると、もう帰ってしまうんですの」

「そうです。初日にかぎらず、この調子で、毎日つとめるというのです。寝ず番でも何でもやるといっています。しかし、昼間は、必ずひまをくれといっています。どうも変なことをいう老人で

すが、いやなら断ってください。なあに構いませんから」

「まあ、待って。それでようごさんすから、雇いますわ。何といわれても、贅沢の出来ない今日のことですからねえ」

三千子は、不満であったがそう諦めるより外、仕方がなかった。

三千子は、主事から電話器を借りて、その老人――安部川作太と話をした。その安部川老人は、関西訛りのある不明瞭な弁で、ねちねちと応えた。三千子は、今夜彼に来てもらうべき郷右衛門氏邸を教えるのに、幾度となく、癇癪玉を破裂させせられた。この助手は、どうやら手助けになるどころか、まかりちがえば荷厄介になるかも知れぬと、三千子は、電話をかけている間に、憂鬱になってしまったことである。

二度目の脅迫状

その日の夕刻になって、三千子は、郷右衛門氏邸へはいった。

郷右衛門氏は、邸内の離れの間にいた。三千子は案内されて、途中庭の石灯籠などを眺めながら、その離れにいった。

「やあ、ずいぶん遅かったねえ」

と、太刀山を髣髴させる六尺何寸かの長身の郷右衛門氏は、縁端まで立ち出でて、三千子を迎えた。

「その後、変ったことはございませんでしたでしょうか」

「まあまあ、やっと今まで、生きのびていますよ。はっはっはっ」

と、郷右衛門氏は、日頃の豪放な声で笑いながら、机の上の手文庫から、例の怪しい航空郵便の封書を出して、三千子の方につきやった。

「この手紙なんですがな、何か手がかりになるものはありませんか」

三千子は、すでに文面は承知のこの手紙を、ひろげたり畳んだりして考えていたが、

「別に特徴というものがありませんが、これから漢口に居るあたくしの出張員へ電報をうって、どんな人物がこの航空郵便を窓口へもってきたか、聞き合わせてみましょう」

といえば、郷右衛門氏は大きく肯き、

「なるほど、それはいい思い付だ。さすがに商買人だなあ、早速やってもらいましょう。が、さっきもいったように、わしたちの身辺護衛のことは頼みましたよ。そして極力、秘密裡にやってください。白夜鬼社の人たちに、無益に短気を起させることは、わしは好まんのだから」

と、助けを三千子に求めた。

「大丈夫です。やがて、あたくしの部下で、安部川という老人――いえ、安部川という老練者が、寝ず番の警戒に伺います」

「そうかね。しっかり頼みますよ。ついでに貴志田も保護してやってもらおう。あいつは第一番に殺されるというので、向うの応接室に入って、内側から錠をかけて出てこんそうじゃ。ああ、それから、大陸へ向けての東京出発は、明後日の朝とするから、そのつもりで用意をしておくんだよ」

「わかりました」

郷右衛門氏は、滑稽なほど、三千子の出て行くのを不安がったが、三千子は漢口へ電信をうつために出ていかないではいられなかった。漢口に彼女の事務所の出張員がいるなどと大言したが、実は漢口にいっている三千子の伯母に電信をうって、例のことを調べてもらおうというのであった。

電信をうって、またもや郷右衛門氏の邸に引返した。離れの間には、郷右衛門氏と、貴志田課長とが対座して、ひそひそと何ごとかを語りあっていた。

「どうかしましたか。何かまた、かわったことでも、ございまして」

と、三千子が声をかけながら入っていくと、貴志田はとび上って下座にすわり、三千子を招じ入

れた。

郷右衛門氏の大きな膝の前には、一通の電信がひろげてあった。

「また、こんな電信が来たよ。ちょいとよんでみなさい。白夜鬼は、お前さんなんか全く無視して、勝手なことをいっとるね」

「また、白夜鬼社から、いって来たんですか。今度は電信で……」

三千子が、その電報をとりあげて読んでみると、次のような文意のことが書いてあった。

〝大陸へ渡ルコトハ思イトマレ。シカラズンバ、先ニ警告セルコトガ近ク事実トナッテ現ワレン。イヨイヨ、コレガ最終ノ警告ダ。白夜鬼〟

三千子は、思わず溜息をついた。

「どうじゃな。今夜のうちにも、わしは刺客に襲われそうじゃ。大丈夫かね、風間さん」

郷右衛門氏は、すこし不安そうに云った。

「あたくしの目の玉が黒いうちは、どうぞ御安心くだすって……」

といいながら三千子は、何気なく眼を庭の方へやった。そのとき、もうすこしであっと声をたてるところだった。

ぼんやりと灯の入った石灯籠のかげに、一つの首が、じっとこっちを窺っているのであった。三千子の視線が、その首にぶつかるが早いか、その首がぺこりと頭を下げ、灯籠のかげから手を出して、塀の向うを指したので、三千子はほっと安堵の息をついたのであった。それはどうやら、彼女が協会を通じて雇い入れた急造の助手安部川老人らしかったからであった。

温泉「茸《たけ》の坊」

三千子が、一旦邸の門を出て、裏塀のところまで行ってみると、果してそこには、顔中鬚だらけに黒眼鏡をかけたじじむさい背広姿の安部川老人が佇んでいた。

「あ、先生。このたびは大きにすんまへん。私が、安部川だんね」

老人は、三千子の前に、ぺこりと頭を下げた。

「それで、もう午後九時以後になりましたさかい、先生は休んでもろうて、後の警戒は、私が責任をもってやりますさかい、どうぞご安心を」

と、安部川老は、ぬるぬるしたことばつきでいって、

「それから先生。これは余計な差し出口ですけれど、大陸へいくんやったら、早《はよ》う出掛けた方がよろしまっせ。つまり、すでに発表したところとは違うて、電撃的に行動しやはった方が、白夜鬼は面くらいまっせ。明後日といわず、明日出発がよろしおます」

「そうでしょうか」

「もちろん、それがよろしおます。さっきよんでなはった電報な、あれ、ちと怪しおまっせ。一ぺん中央郵便局へ照会してみたら、どないだすねん」

「怪しいとは、どこが……」

「いや、私ははっきりしたことは知りまへんねん。しかしなあ、私は電報配達が来たこと知りまへんのにあのとおり電報が大将の手に入って居りますねん。ちと臭《くそ》うまんな」

「そうかしら。あとでよく考えとくわ」

三千子は、この老人の生意気な口のきき方に対し、あまり好感がもてなかった。一本ぽかりと打ちこんでやりたいのを我慢して、この老助手と別れ、再び座敷へ上ったのであった。

郷右衛門氏と顔を合わせたとき、三千子はなんとなく間のわるさを覚えて、一日早めて明日電撃的に出発してはといった。すると郷右衛門氏は、意外なほど悦んで、それに同意した。

「これは賛成だ。しかし風間さん、このことは電撃的である以上、わしら二人以外には、誰にもいわないで決行しようや。ほら、この金で、九時の急行の乗車券を買っといてもらいましょう」

郷右衛門氏は、三千子に百円紙幣を手渡した。

その翌朝、ついに郷右衛門氏一行九名は、電撃的出発をした。一行九名というのは、郷右衛門氏に貴志田課長に三千子の三名と、そのほかに、郷右衛門氏を衛るための用心棒の壮漢たちが六名つき従った。

三千子は、安部川老人も当然乗車する勘定にしていたが、朝になると老人は首をふって、

「お約束だっせ。午前九時以後、午後九時までは、私が勝手に休ませてもらいます」

「じゃ、一緒にいって、休んでいればいいのに」

「そらあきまへん。見えないところで休まんことには、何にもなりまへん。また今夜の九時になったら、お目にかかりまっさ」

そういう言葉をのこして、安部川老人は姿を消してしまった。変った老人ではある。

そういうわけで、一行九名は、午前九時の急行で東京を出発した。その日の夕刻、神戸についたが、貴志田課長が反対するにも拘らず、郷右衛門氏は神戸で一泊する予定を急に変更するといいだして、一行は神戸から四十分ほどの山奥にある有馬温泉へ向ったのであった。

「茸の坊」という近ごろできた莫迦に広々とした幽邃《ゆうすい》な旅館に、一行は落ちついた。その家は、岩窟内にある自然風呂を自慢にしていた。

一行は、部屋がきまると、そこで浴衣を重ねたどてらに着かえ、銘々手拭をぶら下げて、本屋《ほんおく》からかなり離れた岩窟のいで湯へいった。その間に、約二丁ばかりの廊下がつづいているのは、むしろ壮観だった。その廊下は、ところどころで折れ曲っていた。武者窓のような小窓をもった板ばりの壁のところがあるかと思うと、まるで海底隧道《トンネル》の中を歩いているような気のする自然石が壁になっているところもあった。ところどころ天井から電灯が下っているが、電球は燭力がおちていて、足許が暗かった。

そういう廊下のはてに、ひろびろとした岩窟温泉の湯舟が、すこし黄色い色のついた湯を、ちょ

ろちょろと溢れさせながら、一行を待っていたのである。一風呂つかっているうちに、一行は、東京を出るときの緊張感からしばらく解放されたのを感じた。それは全く温泉の力であった。

中でも郷右衛門氏は、一等機嫌がよかった。

「おい貴志田。お前は、さっき、ここで泊ることに反対していたじゃないか。今も反対かね」

貴志田は、あわてたように、手拭で顔をなで、

「こういう寂しい場所に泊るのは、いやですねえ。まさかの時には助けを呼んでも、だれもすぐ駈けつけてはくれますまい」

「腕っぷしのいいところが六人もいるから大丈夫だよ」

「それは、社長さんは大丈夫でしょうけれど、私は心配です。私には護衛もないし、それに私は第一番にやっつけるぞと白夜鬼から引導を渡されているのですからねえ」

「はははは。お前は若いときとちがってこのごろは、からきし元気がなくなったね。それじゃ駄目だよ。第一、神戸ではお前は反対したが、東京を出発するときは、有馬の茸の坊がいいといって、ほめていたじゃないか。なぜ神戸へついてから、反対になったんだい」

郷右衛門氏の質問に、貴志田はどぎまぎした風を見せ、

「それは分っていますよ。普通の養生の場合なら、この家はいいからほめたんですが、今度のような怪しい影におびやかされているときは、ここは寂しすぎていけませんや。私は、この家の門をくぐってからこっち、なんだか寒気がして、気持がわるいですよ」

「あんなことをいっているよ。風邪でもも引いたんだろう。ゆっくり湯につかっていれば、なおってしまうよ。……ああいい気持になった」

郷右衛門氏は、湯舟から出た。

「わしは、先に部屋へいくよ」

どてらを着ると、彼は先へ歩きだした。濡れた手拭を四つに折って、てかてかの頭にのせて、ぶ

らりぶらりと歩いていく彼の姿が、廊下の向うに消えた。

変人助手飛来

電気時計が、かっきり午後九時を指すと、三千子の部屋へ女中が入ってきて、彼女に何か耳うちをした。

「あ、そう。今いきますわ」

三千子は、どてら姿で、ちょっと鏡をのぞいてから、廊下へ出た。

階下《した》の、玄関脇の行灯部屋みたいな中に、果して、安部川老人が待っていた。

「どうしてここに泊ったと分ったの」

「途方にくれましたけれど、神戸駅で、タクシーの運転手に聞いてまわった末、皆さんが有馬へいかれたということが分りましてん。男八人に女一人の大ぜいさんやさかい、だれの目にもたちますわいな」なるほど、そんなことかと、三千子は安部川の話を聞いて、始め感心して損をしたように思った。だが、この老人助手も、さすがは古強者《ふるつわもの》だけあって、ちょっとやるわいと小癪に思った。

「いよいよこれから明朝の九時まで、私の勤務時間でおますけれど、一行さんの中《うち》に、なにか変ったことはおまへんでしたか」

安部川老人は、三千子の方へ顔をよせた。いつの間に用いたのか、ぷーんとアルコールの匂いが、鼻をうった。三千子は、眉をひそめて後へのいた。

「臭いわねえ、あんた。どこでやって来たの、お酒なんか」

「これはさっき、飛行場へついたとき、そこの食堂へかけこんで、安着祝に一ぱいやったんですわ。大阪の酒は、やっぱりよろしまんな」

「あら、あんた、飛行機で来たの」

「午後九時には、配置につくお約束だすよってに、飛行機でないと間に合いませんのや。しかしそんなこと、こっちの勝手の話ですがな、一行さんのうちに、変ったことはおまへんかいな」

安部川老人は、どうも風変りな人物である。

「さあ、こっちの変ったことをいうと、そうそう、とうとう貴志田さんが病気になって、部屋にとじこもってしまったわ。湯からあがって、しばらくすると顔色が青くなって卒倒したのよ。早速医者をよんで見せたんだけれど、医者は大したことはないといって、注射をしてかえってしまったの。その後で、貴志田さんは、気持がわるいからしずかに寝たいといって、別間に引取って、今も寝ているわ」

「はあ、そうですか。いや、そうでしょう」

「え、なんですって」

「いや、なんでもありまへん。その外《ほか》に、変ったことはおまへんか。郷右衛門氏は、格別おかわりおまへんか」

「ちっとも変りなしだわ」

「あの方は、温泉がすきやと見えて、なんべんもお入りになるようですなあ。今も廊下で見うけましたがな、濡れた手拭を、禿け頭のうえに、こんな具合にのせてな、こういう具合に手をやって……」

「あんたも一風呂お入りなさいな」

「へえ、これから入れてもらいますわ。では、あとの時間は引受けましたさかい、先生はどうぞ、おらくになあ」

「頼みましたよ。変ったことがあれば、すぐあたしを起してちょうだい」

「今夜は一二度は必ず起さねばなりまへんやろ。どうもいやな殺気が感じられてなりまへんな」

「まあ、本当。気のせいでしょう。迷信の一種じゃない」

「迷信やおまへん。科学的にも根拠があるのやが、あとで詳しくいいます」

「あら、なぜ今いわないの、報告なさい」

「いや、大したことやおまへん。大体、今先生から伺ったことが土台ですねえ。まあ、とにかく、私に委せて、先生は私が起こすまで、寝といでやす」

「いやに勿体ぶるのねえ。じゃ、あたしはやすみますから変ったことがあったら、すぐ知らせるのよ」

「へい、承知しました」

安部川老人は、廊下に面した襖をさらりとあけ、あたりを見まわした上で、三千子の方を見て、今廊下に出て差支えないことを手真似で知らせた。

怪しき電気工具

三千子は、一部屋を貰って、そこに敷いてある寝床にもぐりこんだ。しかし彼女は、仲々ねむれそうにもなかった。これから郷右衛門氏の身の上に、どんな間違いがふってくるであろうか。内地はまだいいとして、大陸において事件がおこったときには、活動するのにずいぶん骨が折れることであろう。幸いにも、あの安部川老人が思いがけない腕利きらしく見えるので、そういうときには相当役立つであろうことが、目下の頼みの綱であった。

そんなことを思いつづけているうちに、やはり昼間の疲れや、温泉の効目で、三千子はとろとろと睡りにおちてしまったらしい。

「先生、先生！」そういう声に、三千子は、はっと睡りから目覚めた。枕許のスタンドのうす明りに、安部川老人の顔が見えた。三千子は、何だか腹立たしくなった。

「今頃、何の用なの」三千子の語気がつよかったので、安部川老人は、しばらく目を白黒して、声を咽喉《のど》の奥につまらせていたが、やがておそるおそるいった。

「ええ、あの貴志田さんですが、あの人が、どうもそわそわしとりまっせ」

「それが、どうしたというの」

「つまり、そのさっき——というと午後十時半に、貴志田さんの部屋へ入ってみますとなあ、枕許のスタンドに照らされて、こっちから見ると、貴志田さんは寝ているような蒲団の恰好だすが、寝床の中を改めてみると、藻ぬけの殻や。おかしゅうおまっせ」

「あの方、さっきは腹が痛い、毒をのまされたのじゃないかなどとさわいでいたが、便所へいらしったんじゃない」

「便所を探しましたが、行ってやおまへん。それから私は貴志田さんの持ち物を調べました。別に怪しいものは持って居りまへん。しかしあの人は、何となく怪しゅうおまっせ」

「報告することは、それだけのこと」

「ええ、まあこれだけですわ」

「それだけじゃ、あたしを起こすほどのことはないわ。でも、一層よく気をつけていてね」そういって三千子は、また蒲団の中にもぐりこんでしまった。

しばらくすると、また三千子は、ゆすぶり起された。

「先生、先生」目をさましてみると、また枕許に、安部川助手が座っている。

「先生、こんどは大変でっせ。貴志田さんが、のこのこ起きて、皆のところへ来て、徹夜碁をやろういうて、碁をうちだしましたがな」

「あら、そんなこと、ちっとも大変じゃないじゃないの。貴志田さん、元気になったんでしょう」

「そうかもしれしまへんけれど、貴志田さんの行動は、すこし不自然なところがおまっせ。宵のうちは、毒のまされた、腹が痛いいうて青なっていたのに、夜更けになって、徹夜碁をうとうかなどといいだすのはえらい変りようや」

「病気がなおったので、急に嬉しくなって、寝ていられないんだわ」

「へえ、先生は本当に、そう思ってだすか。いやでっせ、探偵はんのくせに、何でも楽観的に考えるのは」

「あたしは、実は、郷右衛門氏の身の上に間違いがおこるようなことがあれば、それは大陸へわたって直後のことだと思うのよ。たとえば上海へ上陸第一歩に、どーんとピストルで撃たれるとか……」

「そら、あかん。先生のいうのは、科学的根拠の上に立たない単なる臆測や。一種の迷信に過ぎまへんがな。私は、もっと科学的根拠を握っています。それはな、こういう事実がありますのや」

と、安部川が更に一段と声をひそめて語りだしたところによると、さっきから貴志田の所在を求めて、この旅館の内外を、あっちこっちと探しまわっているうちに、図らずも貴志田が廻廊から身体をのりだして、そこを下りていく姿を見かけたのであった。あんなところから下りて、何をするのであろうかと、安部川は物かげにかくれて待っていた。するとそれから、五分ほどして貴志田は、また廻廊の同じ所から、あたりにきょろきょろ気を配りながら、猿のように上ってきたのであった。

あまりに様子が変であったので、貴志田が岩窟の温泉の方へ姿を消したあとで、安部川は同じところから廻廊を下りてみた。下は砂地とか、でなければ岩礁であった。彼は苦心して懐中電灯を頼りに、貴志田の足跡を探しまわったが結局彼の足跡は流れの音を下に聞く崖淵に停っていた。

貴志田はそのあたりで、何か用達をしたのに相違なかった。何か手懸りになるようなものがそのあたりに落ちていないかとしらべていくうちに、ちくりと足の裏を刺したものがある。おどろいて、その場に飛び上ったが、さて下を調べてみると、それは細い銅の針金であった。その銅線は切れ端らしく、まるめて捨ててあったのだ。いや、捨てられたのではなく、偶然そこに落ちていたのかもしれない。

というわけは、安部川が崖から下へ降りて川床を洗っている流れを仔細にのぞきこんでみると、捨てるには勿体ないほどの立派な、針金を切るペンチとネジ廻しとが砂に半ばうずもれて水中に落ちていた。そのペンチを拾いあげたが、ペンチの刃の間に、さっきの銅線と同じものが挟まっていた。こういう電気用の工具を、一体だれが捨てたのであろうか。安部川の判断では、貴志田が今これを捨てたとしか思えなかった。もしそうだとしたら、貴志田は勿体なくも、なぜこんな工具類を、流れに投げこんだのであろうか。その後の貴志田の不自然な挙動と共に、これはぜひとも先生に報告の価値があると思ったと、安部川老人は、いつになく明快に、この怪事実を述べたてたのである。

三千子にも、貴志田の行為の怪しいことがはっきり分った。しかしなぜ貴志田が、そんなことをやったのか、そのわけまでは分りかねた。そのことを正直に、安部川にいうと、彼は額へ手をあてて頭をふって、

「どうもよく分らしまへんが、ひょっとしたら、貴志田の奴、悪い奴で、郷右衛門氏を電気仕掛で殺そうと思っとるのやおまへんやろか」

といった。

「えっ、電気仕掛で殺す。そ、そんな……」

三千子は、信じられない面持だった。

「その外《ほか》に、ちょっと考えつくことは、おまへんぜ。とにかく私は、これから郷右衛門氏の身のまわりに、感電装置でもあらへんか、よく調べてみます」

「そう。あたしも起きて、一緒に調べるわ」

「ああ、それはやめなはれ。先生が活動をはじめると、皆の目にたっていかんがな。私なら、目にたちまへん。まあもうすこし、私に委せておいとくなはれ。しかし何事が起ろうと、先生腰ぬかしたらあきまへんぜ」

そういって安部川は、三千子の部屋を出ていった。

三千子は、ますます目は冴えてしまい、耄碌《もうろく》していない安部川老人の探偵実力を思いめぐって、だんだんと気味のわるさを覚えてくるのであった。

現れた名探偵

三度目に、三千子が安部川に飛びこまれたのは、午後十一時半だった。

「先生。おどろいたら、あきまへんぜ。郷右衛門氏が、とうとう感電して死にましたがな」

「ええ、郷右衛門氏が！」三千子は、寝床からとびあがると、全身がぶるぶる慄えて、停らなかった。

「ど、どうしたんですの」

「あの岩窟風呂へいく途中に、岩の中を通るような感じのするうすぐらい廊下がありましたやろ。あそこで郷右衛門氏が、天井から下っている生きた電線に触れて、ぴりぴりどすんといきなはったんですがな」天井から下っている生きた電線？　そんなものがどうしてそんなところに在ったのであろう。そのことを三千子がたずねると、安部川は、

「今、そのことを云うてる遑《いとま》はあれえへん。今は、郷右衛門氏がひっくりかえった御注進だけや。尤も私が犯人と睨んだ貴志田は、向うの部屋に取押えてありますさかい、これからいって、泥をはかせたら、一切合財、わかりますがな」三千子は、安部川老人に急がされて、一行のいる部屋へやってきた。そこには、貴志田が、三人の荒武者のために引据えられていた。

「あら、そして郷右衛門氏は」

「郷右衛門氏の死体は、向うの廊下にそのままになってあります。警官が来るまで、そのままにして置くのです」

と、安部川がいった。

「さあそこで貴志田さん。あなたの犯行は明瞭だから、あまり手数をかけないで白状したらどうですか。あなたは、あの廊下の天井を匐《は》っている電灯線から裸の電線を垂らしておいた。その高さは、下をちょうど六尺の大男が通りかかると電線の先が頭に触れ、その結果、電気はあっという間にその人の頭から全身を下りて足から大地へぬけ、無慚《むざん》な感電死をさせるように手配をして置いたんだ。そうでしょうがな、白状なさい」いつの間にか、安部川老人の関西弁が、歯ぎれのいい東京弁に代って、錐のように鋭い言葉を貴志田の胸になげつけた。

「とんでもない邪推だ。どうして大事な御主人を、会計課長ともあろうものが殺すだろうか。非常識なことをいうな」

「非常識か否かは、いずれ後ではっきり分るから、それまで待とう。君は、おそろしい奴だ。郷右衛門氏が、湯から上ると、頭の上に濡れ手拭をのせて歩くくせがあるのに目をつけ、天井から生きた電線を垂らしておいたんだ。人間の皮膚は、乾いていれば、一万オーム近い高抵抗をもっていて、感電に対抗するが、郷右衛門氏のように、濡れ手拭で頭のてっぺんをわざわざ湿めらせておいたのでは、そのところの皮膚は、電気抵抗がほとんど零《ゼロ》に近いから、百ボルトやそこそこの低い電気に触れても、ひどい感電傷害を受けるのだ。そういう学理を知っていて、それを悪用した君は、許し難い罪人だ。そうじゃないか」と、安部川が極《き》めつければ、貴志田はじろりと視線をそらせた。

「白をきっても駄目ですよ。貴志田さん。あなたがやったということは、あなたの部屋にあった小刀にも証拠が残っている、絹捲銅線を裸にけずったけずり屑がついていましたよ。また岩天井を匐う第四種被覆電線をけずった痕もついている、光明丹《こうみょうたん》がね。そこまでは知られていたと思わなかったでしょうがな」

「うーむ」

「まだその上にあるのですよ。あなたは、川の中にペンチやネジ廻しや銅線まで捨てた。それも私が拾って、ちゃんとここに持って来てありますよ。これでも犯人でないといいはりますか」

「いいがかりだ。誰がそんな……」

「ははあ、まだ強情を張りますね。それでは、これから亡き郷右衛門氏の死骸の側《そば》へいって、君はその死骸に面と向って、自分は犯人でないと釈明してください。さあ、一緒に行こう」

「ま、待ってくれ」それまで虚勢を張っていた貴志田が、さっと面色を土色にかえた。そしておこりに罹ったように全身をぶるぶると震わせ、

「誤った。私がやったのです。御主人に大陸へ渡られると、とたんに私の悪事を見破られると思ったんで、白夜鬼の名などを使って、出発を停めたんですが、どうも効目がないので、遂に最後の手段に訴えたんです。ああ私が悪かった」

「ああ、やっと白状しましたね。悪い事を悪いと白状されたので、これで御主人も、あなたにすこしは同情されるでしょう。御主人、どうぞこっちへお入り下さい」

「ええっ」貴志田の愕《おどろ》く前に、襖がさっと開いて、どてら姿の郷右衛門氏が、頭に例の如く濡れ手拭をのせてぬっと現れた。さあ、貴志田は愕くまいことか、ぺたりと畳に頭をすりつけて、南無阿弥陀仏と念仏をくりかえした。彼の頭の上では、郷右衛門氏のからからと笑う声がきこえた。

「どうもお前が臭いと思ってな、お前が来ると間もなく、名探偵帆村荘六先生に万事をお願いしておいたのじゃ。すると先生は、自分が表面に出るよりは、女流探偵風間女史を立てておいた方が、悪人が油断するじゃろうということで、帆村先生は、安部川という仮名で、風間女史の助手という触れ込みで、東京以来ずっと、おのれ等のまわりに目を配っておられたのだ。自分の罪を隠さんがために、苟《かりそ》めにも主人を殺そうなどとは不届き至極。わしの老先《おいさき》も短いが、まだ鼠のような真似をして電気に引懸って死ぬなんてことは真平だ」と、郷右衛門氏は、貴志田を極めつけ、安部川ならぬ帆村探偵の方を見て、

「ああしかし、思いだしても、ぞっとするよ。もうすこし——もうあと二間か三間かというところで、わしは頭の上から、ぴりぴりどたりとやられるところだった。やっとのことで帆村探偵の目

に、天井から垂れ下っているあの細い針金が見付かったんだ。ああ、あぶないあぶない。あれを見て寿命が二三年縮まったよ」

郷右衛門氏は、わざと亀の子のように首を縮めてみせ、

「それからわしは、仮りに死んだものとなって、物置に隠されるやら、今また襖の蔭へ引張り出されるやらしたが、今はお前の白状で、わしは霽《は》れて元の生きている郷右衛門に立ち戻ったのだ。あの電線の真下にあたる廊下一体に、水をまきちらしてあったのも、わしの足の裏から電気がよく抜けるようにというお前の仕掛だったというが、御念の入ったことだ。帆村探偵は、これに懲りて、どうか禿頭に濡れ手拭をのせることはよせと忠告してくれたが、これはわしの若いときからの癖で、どうにもやめられんわい。そのかわり、頭の先でちくちくと電気をうけても、足の裏で電気を喰い止めて、身体の中を電気を通さないようにと、これからは絶縁力の高いゴムの裏の上草履をはくことにした。ほら、これだよ。だから、もう今度、わしを電気で殺そうと思っても駄目だから、諦めるがいい」

そういって郷右衛門氏はからからと笑いながら、貴志田の前に足を出した。なるほど氏の足には、厚いゴム裏のスリッパがはめられてあった。

帆村探偵は、郷右衛門氏のこの台辞《せりふ》に聞き惚れて、部屋の隅にぼんやり佇んでいた。するととつぜん、彼の耳許で、

「先生、東京へかえってから、必ずかたきを打ちますから要慎《ようじん》なさい！」と、疳高い女の声がしたと思ったら、彼のかぶっていた老人の鬘《かつら》が、ごそりと上へ引張りあげられた。帆村がふりかえると、そこには風間女史のただならぬ顔があった。

探偵西へ飛ぶ！

荒鷲出陣

草の匂いが、つよく流れる。

暗い灯影の中に、風間女流探偵と帆村探偵との横顔が浮き彫の面のように、ぼーっと浮んでいる。

二人とも、飛行帽をかぶっているのだ。

場内には、轟々たる飛行機のエンジンと、プロペラの風を切る音とが、暗い夜空を圧している。

二人は、不動の姿勢をいつまでも崩さないで直立している。

「総員機乗！」

大きな声が、高いところから響いた。

と同時に、同じ号令が分隊の名前と共に、あっちでもこっちでも、復唱された。

「おい帆村、風間。駈け足で、こっちへ来い」

「は」

あれは機長西一空曹の声だ。

二人は、夜光服をまとった機長の姿を見失うまいとして、一生けんめいについて走った。

二人は間もなく、飛行機の林の中に踏みこんだ。さすがは機長であった。道を踏みまよいもせず、愛機百七号機の前に出た。

機は大きな音をたてて、エンジンを廻転している。

「おおい、整備兵」

機長が声をかけると、機上から白い服を着た整備兵が二人、すべるように下りてきた。

「どうだ、調子はいいか」

「はい、異状ありません」

整備兵の声は、頼母《たのも》しくひびいた。

「じゃあ帆村に風間、先へのれ。梯子は、ここだ」

機長は、地上から機胴にかけた梯子を、かんかんと叩いた。整備員が、手提灯をさっと照らした。銀色にかがやいた梯子が、はげしくゆらいでいる草原の上に足をおろしていた。帆村は、風間を先に梯子にのぼらせ、うしろから押しあげてやった。風間三千子は、大きな袋のような身体をゆりうごかしながら、機胴にもぐりこんだ。そのあとから、帆村は身もかるがると梯子をのぼった。

「機長」

操縦席の方から、整備兵が声をかけながら、立ってきた。しかし彼は、機長の姿の代りに、飛行服に身をかためた帆村と風間女史とを見たので、

「あ、ちがった。失礼」

と、あわてて元の席に戻った。

ぴいッ、ぴいィ、ぴいィ。高い笛の音がする。

機長をはじめ、搭乗員たちが、どやどやと機上にのぼってきた。帆村と風間女史がいる爆撃室から通路越しに、操縦室のこの有様が、手にとるように見えた。不燃セルロイドにはさんだ航空地図が、時々きらりと光る。操縦員は、二人とも操縦席についた。腰から下が見えるのは、機長の西一空曹らしい。

「よかよか。それ以上、することはない」

機長がでかい声で、さけんでいる。

「そうだ、帰還は六時か七時だろう。やあ、ご苦労じゃった。では、いってくるぞ」声の下に、ばんざーいの声があった。地上で立っている三人の整備兵が、声をあわせて叫んだものらしい。

「ありがとう、ありがとう」

機内では、皆がさけんだ。

「ありがとう、ありがとう」

帆村と風間三千子も、自然に声を合わせて叫んだ。

ぴいィ、ぴいィ。ぴいィ、ぴいィ。

連続的に、笛が鳴った。

エンジンの音が、また一段と大きくなった。

操縦席の方から、腰をかがめて通路を通り、爆撃室へ兵員がはいってきた。

松田二空曹と、山岡一空兵とであった。

二人は、帆村と風間女史に向い、

「いよいよ出発ですよ」と、声をかけた。

帆村と風間とは、うなずいた。

〝出発！〟

号令は出た。ごとんと機はゆれた。風間女史が、帆村につかまった。

ごとんごとん。機は上下にはげしく揺れる。

「しっかりしなくちゃ、まだ始まったばかりだのに」

帆村がいった。

「いいえ、とつぜんだから、ちょっとおどろいただけよ。なんでもないわ」

と、風間女史は起き直った。

そのうちに、震動が急に消えた。機の車輪が地上を放れ、機はふわりと夜空に浮きあがったのである。

操縦員は、操縦桿をしっかり握りながら、前を重るようにして飛んでいく一番機、三番機、五番機までをたえず注視している。西機は、七番機であった。

大きく翼《よく》を張った爆撃機が、あとからあとへと続く。全機〇〇〇機より成る奥地爆撃隊であった。

蓮城上空

わが爆撃隊は、暁雲をついて、敵の首都を空襲した。

地軸も裂けるような炸裂音が、三十分あまり、ひっきりなしにつづいた。数百の火柱が立つと、そのあとから黒い爆煙がむくむくとあがる。と、それはいつしか火災と変り、黒い煙の下から紅蓮《ぐれん》の焔がめらめらと燃えあがるのだった。

地上砲火は、時間と共に熾烈となった。高角砲弾は、わが編隊群の間近かで、賑かに炸裂し、硝煙は綿の如くに、あたりに浮動した。

弾片はしきりに、わが爆撃機に命中し、そのたびに、今にも機体がばらばらになりそうな音をたてた。しかしわが編隊は、終始その鉄の如き堅固な偉容を崩さなかった。

敵の射撃は、照準がくるっているばかりではなく、我れには常に天の加護があった。

首都は、今や全くものすごい黒焔と赤焔とに包まれてしまった。東の地平線に、ほのかに赤味がさしてきた。やがて太陽が、何事も知らぬげにのぼってくるのであろうが、そのとき、どこからか風を切って飛翔し来たった敵の戦闘機の一群が、俄かに反転して、また来た方角へどんどんと逃げていった。夜明けとともにわが爆撃隊の偉容が明瞭になったため、腰をぬかさんばかりに愕《おどろ》いて、飛び去ったのであろう。

空襲は完了した。

全弾命中、そして全機異状なし！

大編隊は、なおも翼を張って、炎上する首都の上を悠々と旋回した。首都は全く煙の底にあった。

やがて、七個の弾痕を抱いた司令機は、機首を東に向けた。基地へ向け帰還飛行の途についたのであった。

太陽が地平線からするするとのぼって、夜は全く明け放れた。足下はるかに、峩々たる山脈が伏起しているのが、どぎつい陰影に浮き彫のようになって見える。

と、隊の前方左より、とつぜん飛行機の機影が現われた。それは一機であった。形は、相当に大きいもので、わが攻撃機によく似ていた。

(敵機？)

緊張したわが勇士もあった。

しかし、それは敵機ではなかった。司令機に宛て無電報告を打ってきたので、その一機が、本日まだ暁闇の頃、本隊を放れて、ひとり特別任務についた百七号機であると分った。

〝……任務完了せり、報告終り、百七機長……〟

機長の西一空曹は、簡単なる報告を、司令機へ打電してきた。

百七号機の任務とは？

この百七号機は、はじめから爆弾を半量しか積んでいなかった。その代りに、油はうんと積んでいた。必要に応じて、速度がうんと出せるよう用意されてあったのだ。

二人の乗員とは、誰であろうか。外《ほか》でもない、帆村探偵と風間女史の二人であった。

百七号機は、出発のときに比べて、乗員が二人減っていた。

二人は、どうしたのであろうか。

正しくいえば午前四時二十分、蓮城を去る南方五キロの上空において、二人は一つの落下傘に身を託して、百七号機をとびおりたのであった。

風が、二人を、巧みに蓮城郊外へ搬《はこ》んでくれた。

丁度そのころ、そこから十数キロ先の首都は、俄かにわが爆撃をうけ、地軸が裂けとぶような地獄変の中にあったこととて、この蓮城は、闇の中に死んだようになって、戦いていた。結局、首都の爆撃音に首を縮めて小さくなっていたため、一つの落下傘が、ふらふらと郊外に着陸したことなどには気がつかなかったのである。

すべては予測どおりであった。西機のすぐれた測量と、巧みな操縦によって、二人は至極安全に、蓮城郊外の草原にどうと投げ出され、無事地上の人となったのである。

なぜ二人は、別々の落下傘を使わなかったのか。

それは、二つの落下傘では、このような遠距離から下りる場合、地上に達するまでには、どうしても二つの落下傘が放れ放れになって、時には一キロ以上も着陸地点が放れてしまうため、その後の連絡にも困難があり、また行動にも支障が起るのは当然の不便であった。

だから二人は、同じ落下傘に身を託したのであった。尤も風間三千子が、落下傘で空中に投げ出されて、失心しないで、規定どおりに、開傘の紐を引くことが出来るかどうか、それが多少帆村の心配の種であったことも、その動機の中に交っていたであろう。

二人は、積藁のかげに、しばらく息をやすめた。

「どうだい、風間君、気分は……」

と、帆村が尋ねた。

「もう大丈夫よ。心配しないで……」

女史は、案外しっかりした言葉で応えた。

「しかし、とうとうここまで来てしまったねえ。天祐だ。そして夢のような気がする」

「本当ね。この上、うまくいってくれればいいけれど……。うまく見付かるでしょうか」

「取越苦労はしないがいいよ。どうしても見付けなければならないのだ。そうしなければ、敵は、猛威をふるうことになるだろう」

帆村は、そういって、唇をかんだ。

落下傘の始末

この蓮城の地に、二人が落下傘で下りたのは、もちろん偵察任務であった。

蔣政権は、さんざんにわが荒鷲のため空中から爆撃をくったが、なおも英米の支援をうけ、こんどは爆弾の威力がとどかない地下街をこの蓮城の地に建設し、官衙《かんが》はもちろんのこと、発電所や飛行機の格納庫まで、すっかり地中に入れてしまう秘密計画をたてたのだった。

その計画をしらべる必要があって、帆村と風間女史とはこの特別任務に、自ら志願をしてやっと許されたのであるが、この計画を知るには危険はこの上ないが、地上に下りてしらべるのが一等手っとりばやく、そしてたしかであった。

地下街がここに完成した暁には、蔣政権の首都が、この蓮城にうつされるのは確実であった。しかし蔣は、遷都計画のことを、極秘にしてあったので、幕僚とても、そのような相談をうけた者はなく、何事もしらなかった。ただ、わが荒鷲は、炯眼《けいがん》にも前々からこの土地に目をつけていたのであった。

地下街建設の材料は、夜間にかぎり、トラックでこの土地へ搬びこまれた。もちろんそれは、英米からビルマ・ルートを通じておくりこまれた機械類や、マレー或いは香港経由で飛行機で搬びこまれたものもあったが、飛行機はすべて首都へ着陸し、蓮城の空へは、未《いま》だかつて飛行機をとばしたことがなかった。飛行機をとばせば、空中から監視の目を光らせているわが荒鷲のため直ちに見つけられるおそれがあったからのことだった。

蔣政権が、そのような細心の注意のもとに建設している蓮城地下街は、一体どのような程度に、軍事施設を備えていたのであろうか。それは、帆村と風間女史との狙うところの獲物であった。しかし二人は、果して無事に、蓮城の中に忍び入ることができるであろうか。

「風間君、落下傘を処分してから出掛けよう。ここをこうして、しっかり持ちあげていてくれたまえ」

「落下傘を始末するって、どうするの」

「火をつけて焼きすてるのだ」

「焼けば、燃え上るから、土地の人に怪しまれるじゃありませんか」

「いや、その間に、僕達は遠くへ逃げてしまえばいいのだ」

「そんなこと出来て。あたし、そんなに早く走れないわ」

「なあに、時限装置をつけておくから、僕たちがここを出発して一時間のちでないと燃えないよ。今、その時限装置をつけているのだ。これは簡単な一種の時計だがね」

懐中時計ほどの小型の器械が、正確に時間をまもって、火をつけるのであった。こうした精密器械は工業国日本のいささか得意とする産物であった。

「さあ、もう落下傘を下ろしていい。時限装置は働きだした。さあ出発だ。夜の明け切らぬうちに、城外の門の近くまでいっていなければならない」

「はい」風間女史は、帆村の声に、立ち上った。

「北はこっちだから、この見当にいけばいいんだな」

帆村は、夜光磁石の面を見て、自分たちのすすむべき方角を決定した。二人は、手をつなぎあって、暗闇の道を匐《は》うようにして前進をはじめた。二人はときどきうしろをふりかえった。もしや時限装置が間違って働いて、落下傘が早目に燃え上りはしないかと心配になったからである。

だが、心配の火の手は見えなかった。二人は、いくたびかぬかるみの中へ足を踏みこんだり、木の根につまずいたりしながら、助けあって、困難な前進をつづけた。

そうこうするうちに、東の空が、うっすら白みはじめた。暁の微光の中に、二人の姿がぼんやりと浮び上った。帆村も風間女史も、ひどく汚れた支那服に身体を包んでいた。一見して、難民だと見える。帆村は、西瓜を一まわり大きくした位の大きさの甕を抱えていたし、風間女史は、長いつるのついた籠を肩からかけていた。籠の中には、数点の衣類と、そのほかに乾しかためた果物などがつめこんであった。

俄医師

城門の外についた。

そこには、二人と同じような服装をした難民たちが、群をなしてひしめいていた。いずれも首都の付近からにげだして、ここへ集ってきたものであった。

あまり若い男の姿はなく、女子供が多かった。男も交っていたが、いずれも病人か老人であった。彼等もめいめいに、背中や小脇に、ぼろにまいた荷物を、大切そうに持っていた。そして城門に一歩なりと近づこうとして、前にいる仲間を押しのけようと大汗をかいていた。

開門されたのは、午前八時ごろであった。

そのころ大陸の太陽は高くのぼって、汗と汚物にまみれた難民たちを、じりじりと焦がしていた。鼻もちならぬ臭気が、いくたびか風間女史の胃袋を逆につきあげた。

門扉が開かれると、難民は雪崩をうって、中へ駈けこんだ。しかし門の中には、厳重な柵が作られてあって、一人一人調べないと通さない仕組になっていた。そして難民の多くは、役人に身体検査をうけると、そのまま元の城外に摘み出されるのであった。

摘み出されても、難民は別に悲しそうな顔をしなかった。(明日を待つんだ。明日になれば、役人がかわるだろう)と難民は、あてにならぬことに希望をつなぐ。明日になればまた、その明日を待つのであろう。

「お前は、どこから来た……」

帆村が調べられる番になった。

「首都の近郊から逃げてきました。わしはこれでも医師をしていましたが、日本の飛行機の爆弾は、妊娠しているわしの女房の身体によろしくないようで……」

「医師商売？　本当か」

「本当ですとも。これがその証明書です」そういって帆村は、法幣五百元を、役人の手にそっと握らせた。

「ふむ。その後の女は、きさまの女房だな」

「そうです」

「よろしい。この札を二枚下附する。通ってよろしい。おい、ちょっと待った。その甕の中には何が入っている」

役人の目が、帆村が大切そうに抱えている甕にうつった。

「あ、これですか。羊の肉の塩づけです。ごらんに入れましょうか」蓋をとると、腐ったような悪臭がぷーんと役人の鼻を刺戟した。

「あ、よろしい。早く蓋をせよ。早く行け」

役人は、そばをすりぬける風間女史の頸のあたりに、ちらりと灼けるような視線を送ったが、その時次の順番の難民の老人が、取調べを催促して四辺《あたり》憚らぬ奇声を放った。

帆村は風間女史をいたわりながら、初めて見る城内の光景に、俊敏な目を働かせて、とりあえず二人が落ちつける場所を探したのであった。

「お前さんたち、腹を減らしているのじゃないかね」

不意にうしろから声をかける者があった。ふりかえってみると、そこには、目のぎょろぎょろした、渋紙を貼ったような胸には筋骨が一本一本見えている老人が、へんな作り笑いをして立っていた。

「そうです。何か喰べたいと思っている」

「じゃ、わしがいいところを案内していい。その代り、わしにも喰べさせてくれるんだよ」

「よろしい。約束した」

宋という姓のその老人は、先に立って、細い道を裏町通りへ入っていった。やがて彼が案内したところは、店先につるした豚の頭に、蠅がぶんぶんたかっている下等な飯屋であった。土間は割合にひろく、こわれかかった卓子《テーブル》や椅子には、風体のよくない客がまるで、蠅の山そっくりの恰好でたかっていた。

老人は、遠慮なく中へ入って、そこにまだ食事中の少年をどなりつけると、その椅子を奪って腰をかけた。それが済むと、老人は目を光らせて、附近で食事中の同じような少年をどなりつけて、風間女史のために席をつくってやった。

帆村は、こうして立っている方がいいのだと、老人に挨拶をした。老人は、それでも無理やりに、自分の隣りに席を作った、こわれかかった箱を隅から持ってきて……。

「お前さん、医師だというが本当かね」

「えっ」

帆村は、老人の問いにあっとおどろいた。

「ははは、愕かなくともいい。さっき門のところでお前の話を聞いてしまったのさ。愕くことはないよ。そこでものは相談だが、わしの娘の病気をなおしてくれないかね」

「ああ、そういうことなら、私に出来ることはしますよ」

「そうかい。じゃ、明日の今ごろ、またここで会うことにしよう。わしは飯をくったら、娘のところへいって様子をみてくるからね」

「約束しましょう。明日の今ごろ、ここで会いましょう」

換衣

二人は、老人に分れると、またもや町を彷徨《さまよ》いに出た。

だれが見ても、気の毒な難民夫婦が、落ちつく所をさがしているのだとしか見えない。しかし帆村の心眼は、油断なくあたりに動いていた。ときに帆村の挙動があやしまれることがあると、いたいけな女房ぶりの風間女史が帆村のそばにとりすがり、人々の警戒心を弛めるのであった。

その日一日、歩きまわったが、目当ての地下街の入口はもちろん、その施設についての噂も、聞くことができなかった。ただ一つ、城の北門に近く、夥しい石炭の籠の山があって、その上は莚で蔽われ、空からは発見が困難のようになされてあるのを見つけたのが、唯一の獲物であった。

その夜、帆村は、風間女史にあたりを警戒させ、自分は甕を抱いて電柱の上にのぼった。それは〇〇基地へ向けて、その日の報告を無電によって知らせるためだった。例の腐ったような塩漬けの羊肉が入っている甕をひっくりかえすと、その底は蓋がはめこんであり、その蓋を取ると、中には小さい携帯用超短波の無電機が隠されてあった。

幸いに、基地との連絡は、楽についた。帆村の報告を、基地ではたいへんよろこんだが、この上調査に時日の遷延はゆるされない事情にあったので、今明日のうちには、何とかして、地下街の所在をつきとめるようにと、命令があった。帆村は、石炭の山のある附近を、もっとくわしく調べることにしようと思った。

その夜、二人は、空地の隅っこに野宿した。野宿しているのは、彼等二人だけではなかった。

夜が明け放れた。二人は、例の老人宋氏との約束により、例の飯屋へ出かけた。

老人は、先に来て待っていた。そして、彼の傍《そば》には、顔の黒い若い女が、下をさしむいて小さくなっていた。

「これがわしの娘さ。診察を頼むよ」

老人は、娘の腕をつかんで、衣服をゆるめるように命じた。まさかこの人中で診察でもあるまいと帆村は思ったので、老人にそういうと、構わないからやってくれという。ただし娘は隅の方へ向かせ、自分が後から、多勢の目の障壁になるといった。帆村は元来医師ではなかった。しかしこうなっては医師の形をしてみせなければ、この場をのがれることは出来なかった。

娘は、恥かしそうに、衣服を開いて胸を出した。胸のあたりはぬけるように白かった。娘は、わざと顔に墨をぬって、ここへやってきたのであった。彼女は、帆村が何をきいても、唖《おし》のように黙っていた。唖かもしれない。

診断の結果、この娘の心臓に異状があることが分った。脈がひどく結滞しているのを発見したので、帆村は医師の役目を果すことができた。そこで万一の場合の用意に持参していた強心剤を一本、注射してやった。娘は、心持ち明るい顔になって、帆村に謝意を表した。

老人は、娘を促して、席をたった。そして帆村に、話があるから、あと二時間たったら、再びここで会いたいといい置いて、そそこに店を出ていった。

後で帆村は風間女史と顔を見合わせた。老人は、一体どんな話を持ってくるというのであろう。

それから二時間たって、帆村たちは、約束どおり、同じ店に現れた。果して老人は、隅の席を占めて、待っていた。

「おお娘がたいへんよろこんでいるよ。とても元気になってね」

老人は、今までの中《うち》で、最もはればれした顔で笑った。

「あの娘さんは……」

と、帆村がいいかけると、老人は周章《あわ》ててそれを制した。そして何もいうなと、目顔でしらせて、それから急に低い声になり、

「……実は、お前さんがたに見せるものがあるのさ」

そういって老人は、服の胸を開くと、中から白い帛《きれ》を引張りだした。

「これに見覚えがあるだろう。ねえ」

帆村はぎくりとした。ふりかえると、風間女史の顔色を失っていた。たしかに焼き捨てたはずの落下傘の一部であることは、縫目や紐の結び方で分った。

「……すると、あなたは……」

「周章ててはいけない。わしは、お前さんがたをどうするつもりもない。娘の恩人じゃからなあ。しかし警告しておくよ。こういう物がある人の手に入って、詮議がきびしくなっているんだということをね。落下傘で下りたのは、お前がたのどっちかね」

「それは……」といいかけて、帆村は先の言葉を呑みこんだ。「……で、私は、あなたにどの程度にお礼をすればいいのでしょう」

帆村は、そっと服の下から紙幣を出した。

「そんなものは不要だ」老人は首を左右に振った。

「むしろわしは、お前さんたちを危険から救いたい。とにかく、その難民姿では危い。わしはお前さんがたに、いい服を進上しよう。危険をさけるには、まず姿を変えることだ」

老人は椅子のうしろから、あまり大きくない紙包を出して、帆村の方に押しやった。

「ありがとう」

帆村は、心から礼をいった。

老人は席から立ち上った。

そのときであった。風間女史が、周章てて帆村の袖をひいた。

「え、なに、甕が……」

たいへんである。帆村が、そこの床の上にそって置いてあった甕が、いつの間にか見えなくなっている。三人が話をしているうちに、何者かが盗んでしまったのだ。

「危険が近づいたしらせだ。甕なんかにかまっているときじゃない。お前さんがたは、一刻も早くここを立ち去ることだ」

老人は、わが事のように蒼くなって、二人をせきたてた。

電信所

無電の仕掛けのある甕を盗まれてしまって、帆村と風間女史は、がっかりもし、そして身に迫る危険をひしひしと感じた。

一体だれが盗んでいったのだろうか。まさかあの宋老人の仕業ではあるまい。甕の中に、黄金でも入っているように思って、掻払われたのではなかろうか。それにしても、あの無電器械は早晩発見されてしまうだろう。そして彼等二人は、明瞭なお尋ね者となるであろう。

無電器械がなくなれば、今夜から基地との間を連絡する術がなくなったわけだ。これこそ一等困った出来事だ。生命《いのち》を懸けながら、何のために、この土地へやって来たか、その目的は全く達せられないわけだ。

店を飛び出した二人は、足に委せて、約三十分間というものを、人通りの稀な路次を択《よ》って駆けるようにして歩き廻った。

その揚句に、まだ追手につけられていないことが、やっと分った。

とある崩れた塀のかげで、二人は交る交る急いで衣服を改めた。二人とも、中流以上の立派な姿に変った。

そのとき、風間女史は、

「あら、こんな書付みたいものが入っているわ」

と、一枚の紙を包紙の中から見つけた。

「どれ」

帆村が手にとってみると、それはなんと地下街の見取図であったではないか。それは蓮城の北門外に、後になだらかな丘陵を控えて飛行場があるが、その丘陵の下が、地下格納庫の入口になって居り、その中に米国から贈られた最新式の爆撃機などが沢山入っているように記されていた。その外《ほか》、地下街の入口は、城内にも五ケ所ほど設けられてあることが分った。

「ふーん。あの老人の好意なんだ。心臓病の娘を助けてやったことが、たいへん嬉しかったに違いない」

帆村は、見取図の上を指しながら、そっと風間女史に耳うちした。

「もう二三本、注射してあげればよかったのにねえ」

「ああ、それもそうだが、初めての注射は、随分効くものだから、あの一本で、案外あの娘さんの生命を取止めたかもしれない」

帆村は、そうあるべきことを心中に祈りながら、いったのであった。

それから二人は、崩れた塀の奥に、持っていた荷物や衣類の殆んど全部を押しこんで、すっかり軽装になって、腕をくんで歩きだした。

広い通りに出たとき、意地わるく、捜索隊らしい兵士の群に鉢合わせをした。

風間女史は、はっと身を縮めた。

「恐れてはいけない。殺されるその直前まで、平気な顔をして……」

と、帆村は早口に注意を与えた。

帆村は悠々迫らぬ態度で、女史の手を執り、殊更道の真中を兵士たちの方へ歩いていった。

兵士たちは、怪訝な顔で二人を眺めていたが、帆村がいよいよ近づくと、周章て左右にとびのき、道をあけた。要人夫妻の通行だと思ったのであろう。

二人は、宋老人のおかげで、早速危い瀬戸際を助かったのであった。

日は暮れた。

宵にちょっと顔を出した新月は、間もなく西の地平線に落ちて、あとはすがすがしい星月夜と変った。

時刻はだんだんうつって、午前四時をすこし過ぎた。

丘陵の上に、監視所の建物が建っているが、消し忘れたように、窓の灯が黄色い。

その屋上に、電信所があった。

すると裏梯子伝いに、とつぜん二つの黒影が、この屋上に現れた。

云わずと知れた帆村と風間女史の二人であった。

電信所では、当直員が詰めていたが、暁近い睡魔にたまりかね、こっくりこっくり舟を漕いでいた。

そのとき、ことんと物音がしたので、はっと目をさましてみると、目の前に、一人の美人が立ってにやにや笑っているではないか。彼は夢を見ているのだと思って、しきりに目をこすった。

その妖艶なる美人は、無言のまま、表の方を指《ゆびさ》すのであった。当直員は、なんと思ったものか肯いて席を立つと、操り人形のように、女のあとから部屋を出ていった。そして外へ出るが早いか、彼は一声変な声をたてて、静かになった。

空虚になった電信所には、入れ代って、支那服の男が外から入って来た。もちろんこれは帆村であった。妖艶なる美人が、その後について入ってきたが、これはいわずと知れた風間女史であった。

奥の部屋には、宿直員が三名、ぐっすり寝込んでいた。帆村は、よく寝入っている先生方を簡単に静かな寝《ねむ》りの中へ送り込んだ。電信所は、完全に帆村の手に落ちた。

入口には、内部から鍵がかけられた。風間女史は、壁にかかっていたピストルを両手に持って、窓の傍《そば》によった。

帆村は、早いところ開閉器を倒して、わが基地に通ずるように波長を調整した。それが済むと、机の前に腰を下ろして、受話器をかけ、電鍵を叩きだした。

基地は、何事も知らぬ気に、応答してきた。

帆村は、折りかえし、すぐ用件を打電した。〃……地下街格納庫ノ入口ヲ発見ス。電信所アル丘陵ノ下東西ニ亘リ五百メートルノ地点ヲ爆撃セヨ、地下街ハソレヨリ北方ニ展ガルコト約一キロ……〃

この貴重なる報告は、折柄すでにこの地蓮城に向けて出発し今暁雲の上を飛翔中のわが爆撃隊に通報せられた。

間もなくわが荒鷲隊は、この上空に近づいて、巧みなる低空飛行で、地下格納庫の入口を爆砕し去るであろう。

〃……吾ラハ生存ヲ期セズ……〃

帆村は、最後に、悲壮なる決意を基地の司令官宛打電した。

今こそ生命を捧ぐべき秋《とき》である。皇国のためになることならば、二人とも、この上の生存には全く執着はなかったのだ。

今、遠くの空から、たしかにわが荒鷲隊の爆音と思われる底力のある音響が、愛国の熱情をたぎらせている帆村と風間女史の鼓膜に入ってきた。

蜂矢風子探偵簿

海野十三

沈香事件

蜂矢風子が私立探偵事務所の看板を掲げてから、もうかれこれ一年になる。わずかに二十歳の若冠で、こんな職業を一本立でやり通そうという彼女の決意には、非壮な感がしないでもないが、当人の方はそれほどにも思っていないらしく、かなり大きな夢を持ち、元気にやりつづけているところは遉《さすが》に新時代の日本女性だと拍手を送りたくもなる。

「悲観しますわ。一向魅力に富んだ大事件にぶつからないんですものね。女性の探偵だというと、ひとが莫迦になさるのね。おまけにこんな年端もゆかないちんぴらなものだから……」

彼女は、臙脂の手ざわりのよさそうな羅紗のワンピースに、丸々肥った身体を包み、やや赤いパーマネントの髪を、蠟細工のような白い指でかきあげる。絹のストッキングが二ケ所もついであるのが御愛嬌だが、それは野菊の刺繡がして誤魔化してあるところが蜂矢風子女史らしくていい。

「あ、そんなものごらんになっちゃ厭よ。失敗記録の展覧会みたいなもんですものねえ。でもそれが当り前ね。まだほんの駆け出しなんですから……」

口じゃそんなにさわぐが、その「探偵簿」をひったくって隠すわけでもなし、何もかも開け放しで成行に委せるところが、彼女の素直さを語って、好感が持てるともいえるが、探偵商売が果してそんなやり方がいいのかどうか、疑問である。

さて次に御紹介する「沈香事件」は、蜂矢風子探偵すべり出し第一の事件であるが、もちろん生首が飛んだり血の海に漂よったりするような大事件ではない。が、何か彼女らしい風格が窺われるので、これを第一話に選ぶこととする。

その朝午前十時、帝都周辺地区の或る邸町にある蜂矢風子探偵事務所へ、始めて事件依頼人が訪れた。

何の気なしに風子の母親が玄関に出たが、あわてて奥へ駆けこんだ。

「風子。あなたのお客さま。事件の依頼ですって。目のお悪い御婦人の方よ」

風子は胸をどぎどきさせながら玄関へ出た。土間に、大島のもんぺをつけた三十歳ばかりの婦人が立っていたが、両眼は黒眼鏡で蔽われ、手には太い籐のステッキを持っていた。

「わたくし峰矢風子でございます。さ、どうぞお上りあそばして……」

「はい。では、ちょっとお邪魔を致します。目が不自由でございますので、どうぞ」

その婦人は全く視力を失っているらしく、すり足で式台の方へ近づいた。風子は母親の手まで借りて、その婦人を応接室の腕掛椅子まで導いた。

「探偵をしていただけましょうか」

「はい。おっしゃって下さいまし」

「失礼でございますが、たいへんお若くていらっしゃるようでございますが、遠慮なくお願いいたしてよろしいでしょうか」

誰も聞いていないところだったら、風子は彼女の口癖の「あ痛!」と叫んで赭くなるところだった。

「さ、どうぞ御遠慮なく……」

「それでは申上げますが」と婦人は観念の胆を決めたらしく「実は私の夫の品行についてお調べねがいたいのでございます。しかも当人や関係者には絶対知れませんように」

「よろしゅうございます。そしてどんな御事情でございますかしら」

「夫は寺本新と申しまして、栄光無尽会社へ五年この方勤めて居ります。わたくしはその妻の秋子と申します。夫は活動家ではございませんが、地道なやり方のいい人なのでございます。心づかいも細かく、子供っぽいところさえございまして……わたくしも信頼していたのでございますが、それが近頃になりましてどうも心配になってまいりました。率直に申しますと、近頃夫には誰か愛人が出来たように思われますので、こんな不自由な身体を持って居りますわたくしといたしまして、気が気でないのでございます」

婦人は黒眼鏡の下へ、そっと指を持っていった。

「それには何か証拠でもございますかしら」

「はあ、そのことでございますの。実はわたくしはこんな不自由な身体になりましても、夫への勤めは出来るだけ果したいと存じまして、身のまわりのこともなるべくわたくしの手を通すことといたしまして、その上で女中に渡して居るのでございますが、その一例を申上げますと、夫の持っていますハンカチーフでございます。夫が汚しますと、私が受取まして、女中に洗濯させます。洗濯したものはアイロンを懸けさせた上で私が受取まして、それをわたくしの部屋で沈香を焚きこめるのでございます。沈香と申しますと、ご承知でもございましょうが、昔から名のあります高価な薫木でございまして、日本国中焼土と化しました今日、より一層の貴重の品となりました。幸いにわたくしは、前からそれを秘蔵して居りましたもので、それを桐の箱の中で焚いて夫のハンカチーフへ匂いを籠めることにして居ります。これは身体の不自由で、十分の勤めの出来ない妻としてのせめてもの奉仕のつもりでございます」

「おゆかしいことでございますわ」と風子は感激してつい言葉を洩した。

「ところが何といたしたことか、一昨日になりまして、夫はその妻の情けの籠ったハンカチーフをなくしてしまったのでございます」婦人依頼客秋子の声は俄かに異調を帯びた。「たかが一枚のハンカチーフのことで騒ぐはしたない女よと、あなたさまはお嗤いになるかもしれませんが、当のわたくしにいたしましては、生命に関する問題でございます。いえヒステリーなどを起しているのではございません。生れもつかぬ盲目となり、全く視力を失い暗黒の中に心細く生きている哀れな人妻にとって、これは全く生か死の問題なのでございます。夫は始めは落したのだといっていましたが、やがて会社へ置き忘れたものに違いないと言い換えましたが、昨夜戻って来たときもそのハンカチーフは持って居りませんでした。わたくしはどこまでも事実を知ろうと存じまして、ハンカチーフの行方をたずねましたが、夫ははっきりしたことをいわず、会社の小使さんが拾ったらしいから明日あたり取戻せるだろう、決して筋の悪いところへ置いて来たわけではないと言訳をいたしましたが、わたくしの耳には、夫の言葉にたしかに弱い響のあるのが分りましてございます。こうなれば何もかも申上てしまいますが、わたくしの夫は、夫の姪にあたります川部ユカリと申す者と、どうも怪しいのではないかと思われるのでございます」

「川部ユカリさんとおっしゃいますか」

「はい、さようで。ユカリは前からよく宅へ遊びに来、何日も泊って行くという風でありましたが、ユカリはわたくしの夫が大好きでございます。それに近年すっかり成熟して立派な女となりました。わたくしは目こそ見えね、ユカリの身体から発散する匂いや、情熱の籠った声の調子でそれと分るのでございます、伯父姪の間といっても、二人の場合は血が続いているわけでもなく、怪しい間柄になっても毫も不自然ではないのです。そのユカリも近頃ぱったり宅へ来なくなりましただけに、余計に怪しまれるのでございます。もっともわたくしが一度それとなく注意いたしましたことが、ユカリの自尊心をいくらか傷つけたようで、それ以来訪ねてこなくなったわけではありますが……」

「それで、ユカリさんをお疑いになる直接の証拠がございましょうかしら。そしてそれがハンカチーフと一体どういう関係に……」

「ええ、ですからその点をあなたさまにお取調べ願いたいと思いまして、こうして参りました次第でございます。よく調べていただくと、その間の関係もわかり、夫の品行もはっきりするだろうと存じます。どうぞお願いいたします。そして初めに申しましたように、夫に対しては勿論のこと、ユカリにも、その両親などにも絶対に勘付かれないようにご注意願いたいのでございます。もし左様なことが分ってしまいますと、わたくしはとても生きていることは叶いません」

秋子の声はここで全く曇ってしまった。新米探偵の風子も、一緒に泣きたいような深刻な顔付になったが、強いて勇気をふるい起し、

「失礼でございますが、あなたさまはいつ頃からお目が悪いのですか。そしてその原因は……」

「不運にも外出先で焼夷弾に見舞われ、それが眼に入ってこんなことになってしまいました。昨年の四月のことでございました」

「それはご不便のことでしょうね。それから沈香というものは、どんな匂いのものでございましょうか」

「はい。それはご参考になるかと存じまして、ここに持参いたしました」

そういって秋子は、ハンドバックの中から白い紙包を取出し、ちょっと自分の鼻にあててから風子へ差出した。

「この紙包の中に、沈香を焚きこめた綿が入って居ります」

風子はそれを取って、そっと嗅いでみた。なるほどすばらしい匂いである。すこし支那くさいところはあるが、永く嗅いでいると頭が変になるような媚香であった。

その名香の包は、風子が当分預ることにした。そのあとで川部家の所在やら何やら細々としたことを訊いたあとで、客は杖を頼りに帰っていった。

風子は書斎に籠って、ひとりとなった。どういう訳か、涙がぽろぽろ出て来て、留めようがなかった。あの哀れな俄か盲目の秋子のために泣きたくなったのか、それともこんなむずかしい事件を押しつけられたわが身の当惑の故に涙が出て来たのか、そこはどうも判然しなかった。

気分を転換するために、風子はピアノの蓋を開いて、軽くミヌエットを弾いた。

やがて元の椅子に帰ったときの颪子は、元のようなぴちぴちした若者に戻っていた。

彼女はしずかに、この事件の全貌を頭の中に復習してみた。

一体、沈香を焚きこめたハンカチーフを、秋子の夫はどこへ持って行ったのだろうか。失ったのではないと、彼は言直したらしいが、なぜそんなことをいったんだろうか。失ったことにしておけば、自然でいいし、問題もこう波瀾を起さずに済むのに。

そのハンカチーフが、川部ユカリと一体どうした関係があるのだろうか。ハンカチーフが演ずる役割は、どんなことであろうか。

「要するに……」と颪子は呟いた。「この事件依頼者の要求を満足させるためには、秋子の夫とユカリの関係をつきとめればそれでいいのだ。ハンカチーフの問題は、その附帯物なのだ」

こう考えた颪子は、秋子の夫とユカリの行動やその行状を調べることに決心した。

そしてまずこの場合、秋子の夫の方を先に調べることにして、昼食がすむと、すぐ家を出掛けて、かの栄光無尽会社へ行った。すると寺本氏は外出していて留守だと分った。

そこで颪子は、えたり賢しと、女の事務員を摑えて、調子のいい雑談を始め、その中に寺本氏のことに及ぼして、いろいろさぐりの糸を垂らした。

その結果は、寺本氏が温和しい人物で、女事務員たちの誰もが悪い感情を持っていないこと、さりとて彼に特別の人気があるというわけではなく、平々凡々の社員であることが分った。もちろん他に艶っぽい噂もなく、婦人から電話のかかって来るのは、その夫人以外にないと思われることまで聞き出した。

それはいいが、結局これだけを聞き出して、一向事件に直接の関係ある事柄はなく、更にハンカチーフの件を颪子が提出しても、彼女たちは誰もそんなことは知らなかった。

この次には、ルベー製のバニッシング・クリームを、途方もない安い値段で持って来てあげますわよということで彼女たちを悦ばせておいて、颪子はその会社を出た。《颪子註。わたくしは後日

間違いなく女たちにこの約束を果しました。あえて書き添えて置きます》

せっかくの会社訪問が、すこしもプラスにはならないので、風子は稍々残念であったが、それは諦めることとし、次は川部ユカリに対する調査へ取懸った。

風子は、川部家の門の前まで行ったが、そこで気が変った。初めは近所でユカリの行状を聞くつもりだったが、よく考えてみると、それはどうも核心を衝くものではない。ぜひとも川部家の中へ入ってみなければ、ユカリと寺本の関係などは容易に分らないであろう。

さて川部家へ踏みこむとなると、ユカリが在宅していたのではうまく行きそうにない。何とかしてユカリの不在に乗じて入りこまねばならない。

そうなると困ったことがいくつも出来た。このへんでユカリの外出を見張ってうろうろしていれば、必然的に隣組の人々に怪しまれたり、川部家の人々の目につくかもしれない。その上で中へ入りこんで何を聞こうと、そうなってはもう相手にもされず、大警戒の憂目に遭うことは極めて明白だ。それでは全てが駄目になる。――風子は考えこんだ。

「助手だわ。どうしても助手が一人居なくてはやって行けない」

風子は、そこに気がついた。が、ことここに至っては少々手遅れの感じである。といってぐずぐずしているのは厭だった。その結果、彼女は遂に一つの決心をして、公衆電話へとびこむと、某所へ電話をかけた。

公衆電話の函から姿を現した風子は、さっきより明るい顔になっていた。彼女は、さっさと通へ出て、バスに乗って自分の家へ帰った。

それから一時間半ばかり経った後のこと、蜂矢風子のところへ電話がかかってきた。

「はいはい、わたくし風子です」

と出てみれば、相手は男の声で、

「先生のおっしゃるとおり、家の前で張込んで居りますとな、あのお嬢さんは今から三十分前に外出しやはりましたで」

「まあ」

「そこでわしは尾行しましてな、澤木高謙さんという方の邸へ入ったところを見届けました。今入ったばかりですさかい、あと一時間ぐらいは大丈夫、お嬢さんは家へ戻らはらしまへんやろ思いまんね。早いところ、おやりになったら、よろしまんな」

「まあ。それはどうも……」

風子がもっと何かいおうとしたところ、相手は電話を切ってしまった。風子は大急ぎで家をとび出した。

「ごめん遊ばせ」

蜂矢風子は川部家に案内を乞うた。

「どちらからでいらっしゃいますか」

「こういう者でございますが、お嬢さまの御縁談について調査を頼まれて居る者でございますが、奥様がいらっしゃいましたら、ほんとのちょっとだけお目に懸りたいのでございますが……」

風子は、まんまと応接間へあがりこんだ。ユカリの母堂は昔風の柔和な婦人で、風子に対して厚い礼儀を持って応待した。

風子は、全身を神経にし、汗をかきながらいろいろと訊ねた。もちろん焦点を胡魔化すために、別に知りたくもないことの方をたくさん尋ねた。母堂はそれに対し、一々丁寧に応えた。

「で、失礼でございますが、その先方さまは一体どなたさまでいらっしゃいますので……」

と、母堂から訊かれたときは、さすがの風子も顔色が変って、冷汗をだらだらと流した。

「どうもそれがわたくしの口からは申上げかねますので……こう申せば、奥様の方にお心当りがございましょうと存じますが……」

と、辛うじて応えれば、母堂はうなずいて、

「ああ、左様でございましょうとも、実は只今三つほど話がございますのですが、肝腎の娘がてんで話を受けつけませんで困って居りますようなわけで、何とか早く娘が本気になってくれませんと、親の身として落着きませんのでございますよ、あなた」

風子は、やれやれと密かに胸をなで下ろした。そしてもういうことも種切れとなったので、辞去することとした。

応接間を廊下へ出たとき、

「あらッ」

という声と共に、廊下で一人若い洋装の女と、風子は鉢合わせをした。その女性は、廊下に立ってハンドバックを開け中から何か白いものを出して見ていたところだった。

風子はすぐ謝って、その婦人とすれちがったが、そのとき風子は「おや！」と心の中で叫んだ。それはぷうんと沈香の匂いがしたからである。

「どうも失礼を……」

「こちらが娘のユカリでございます。只今帰宅いたしましたので……」

と母堂が紹介した。風子は硬くなって挨拶をするとそそこに川部家をとび出した。

風子は、憂鬱この上なしという顔で、自分の書斎の電灯の下にいる。

さっき川部邸で、とつぜん帰宅したユカリと廊下ですれちがったとき、ぷうんと沈香の匂いを嗅いだが、そのことが風子をこのような憂目へ追いこんでしまったのだ。

あの媚香のするユカリ、その事実こそ、ユカリが秋子の夫寺本と深い関係がある証拠だと思ったからである。この残念な結果を、哀れな秋子に報告したら、あの女はどうするであろうか。きっとわれとわが生命を縮めてしまうに相違ない。——といっても、この事実を、事件依頼人たる秋子に報告しないでは済むまい。探偵商売の辛さよ。こんなことならこんな仕事を始めなければよかった。

憂鬱の一夜は明けて、朝を迎えた。それは一層憂鬱を加えた朝だった。風子は、今日は朝からとび出して、丸の内で映画でも見てこよう、そして気を紛らせるのだと、自分にいいきかせた。

そのときであった。風子の母親が入って来て、玄関に昨日の事件依頼人の目の悪い方が来て居られると伝えた。風子は不意をつかれて吃驚《びっくり》、椅子からとび上った。逃げたいが、もう逃げられない。

「まあ、お母さま……」

お母さま、どうしましょうと口に出かけたとき、母親はいった。

「何だかしらないがね、昨日お見えになったときよりも明るいお顔で、そしてもじもじしていらしゃるわよ」

秋子を応接間へ導き入れると、彼女は待ちかねたように息をはずませて、

「あのう、夫のハンカチーフが戻って参りました。昨日会社から帰りますと、ほらここにあったじゃないかと、鼻の先へ突付けられました。やっぱり小使さんが持って帰っていましたので……。どんなにか安心いたしましました。こんなことならこちらさまをお騒がせしなくてもよかったのでございます。もうすっかり安心いたしました」

と、盲目秋子は報告してから、風子の断るのを聞かず、押しつけるようにして謝金の一封を差出した。

「もうそれで、お心はおすみになったんですか」

風子はあまりふしぎだから、そう訊いてみた。なるほどハンカチーフは戻ったかもしれないが、彼女の夫と川部ユカリの問題は一向解決していないではないか。

「はい。もうもうこれで安心いたしましてございます」

秋子は本当にそう思うらしく、いそいそとして杖をついて帰っていった。あとに風子はぽかんとしていた。なんというふしぎな盲目婦人の気持だろう。沈香の匂いのするハンカチーフただ一つに、生命を捨てることを考えたり、大幸福者と変ったりするとは。

それから二三日後の午後、玄関に太い男の声がして、出ていった母も朗かに笑いながら風子の書斎の扉を開いた。

「風子や。南洞先生がお見えですよ」

「まあ、先生が……。いつもお電話してもお留守でしたのにねえ」

「やあ、今日は。蜂矢風子先生大活躍の一幕は終ったそうですな。もう一人前や。おめでとう」

「あら先生。先生まで引張り出しまして、申訳ありません」

「いや、なんの、お安い御用ですがな。一体どないに解決しました」

風子は南洞に、幕切れの話を詳しくした上で、なお彼女の疑問に思う件についても述べた。

「なるほどな。しかしその盲目夫人が大安堵せられたということはハピー・エンドや。風子さん、そのお蔭で、いずれあんさんにも神様からご褒美が下りまっせ」

「はあ、そんなこともございませんでしょうが、しかしわたくしは、まだハピー・エンドだとして安心していられませんの。いつあの方の御主人寺本さんとユカリさんの関係が、あの方に知れるか分りませんわ。そのときは……」

「心配いりまへん。風子さんの知らん話もおますがな、順序からいうちゅうと、ユカリさんは風子さんと鉢合わせしたとき、ハンドバックの中に、沈香の匂いのしみこんだハンカチを持っていましたんや。それであんさんの鼻へぷーんと来ましてん」

「それはまたどういうわけで……」

「ユカリさんは、そのハンカチを夕方寄った寺本氏へあげました。そのわけは、温和しい寺本氏がハンカチをないようにしたため、えらいことと困ってることに同情しましたさかいに。その寺本氏は、ヒス性の細君ゆえに、あれを失うたとは義理にもいえん立場にあったんや。もしいうたら、えらいヒスが起ってしもうて、ごっつい目にあわんならん」

「まあ……でもどうしてそのハンカチーフをユカリさんが手に入れたんでしょうか」

「そこがなかなかおもろいとこや。なあ、覚えてだっしゃろ。わしが風子さんの命令でユカリさんを尾行して、澤木高謙氏の邸へ入ったことを見届けたことを。ユカリさんはあのとき、澤木子爵からあのハンカチを貰うつもりで行って、まんまとせしめよったのや」

「どうしてまあ、そんなことが……」

「澤木子爵は、昔から香の方の大家で、沈香を愛して居られました。このことは一度何かの会で逢ったユカリさんが覚えていたんや。そこで大胆にもユカリさん単身で訪問し、子爵とお話中、わざとお茶碗をひっくりかし、自分のハンカチを濡らしたものや。子爵は気の毒がって、ハンカチはこの次までに洗うときますさかい、これを間に合わせにお使いと、一枚白いハンカチをくれはったんや。それがちゃんと沈香を焚き籠めてあるやった。ユカリさんの計略大成功で、その夜、多分夕方やろうが、川部家へ寄った寺本氏へそのハンカチを譲ったんや。ちょっとややこしいけれど、筋はわかりますやろな」

「まあ、そうでしたか。ユカリさんを見直しますわねえ」と風子は感歎し「しかしそれにしても、ユカリさんと寺本さんの関係は、やっぱり疑われますのね。そしてそれはまだ隠されたる火事として、将来へ危険信号を出しているのですわねえ」

「いや、心配なしや」

「でも先生、ユカリさんの同情は一通りじゃありませんもの」

「とにかく心配おまへん。わしがうまいこと治めて来ました。ははは、愕いてやな。今日でその話がうまく治ったわけやが、ユカリさんは澤木子爵と婚約が出来ました。ははは、愕いてやな。あの子爵さん、実はわしと前から知合いやが、変り者で永いこと独身や。身体もあまり丈夫やないが、主に神経のせいやったんやな。そこでわしは今度行って、もう嫁はん貰いなはれというたところ、実は僕もすこし妙な気持なんやという。そこでどういうわけですと掘り下げて聞いてみたら、昨日うちへ突然来訪した川部ユカリというお嬢はんに、ホの字にレの字やいうんや」

「まあ、いやな先生」

「そうか、そんならよし来た、わしに委しときなはれと、今度はとってかえし川部さんのお宅へ推参や。そしてわしのいつもの調子で短刀直入で、願います願います願いますや。ところがやっぱり縁があったと見え、当人のユカリさんはもちろん、御両親も乗り気になってくれはってな、そこで早いことしまひょうというんで、実はさっき両家の結納をすませて来たとこや、わしが両家を往復してな。めでたしめでたしや」

風子は呆気にとられて、南洞先生の白髪を戴いた童顔を眺めた。

「そやさかい、ユカリさんと寺本氏に関しては、今後もう絶対に事件は起らへん。このことはまだあの盲目夫人は知らへんやろと思うが、夫人の知らん領域まで安心行くようにしてあげておくとは、せめて気の毒な方への、わしたちの当然の奉仕や思いまんな」

風子は、ハンカチーフを出して、いつからか泣いていた。

南洞雷夢先生は、蜂矢風子のこの道における恩師であって、かつて先生の私立探偵事務所に風子は三ケ年間在籍していた。

妻の艶書

一

婦人探偵の蜂矢風子の事務所へ、ある朝一人の若い紳士が訪れた。

風子の事務所は、例の如く建物難のため自宅の一部を利用しているため、取次に出たのも例によって風子の母親だった。

「ねえ風ちゃん。お客様は気品のあるりっぱな紳士よ。でもたいへんお顔の色が悪くて、あの御様子ではひどく悩んでいらっしゃるようよ。ああ、これがそのお名刺……」

と母親の出したのを風子が見ると、「東京蜂蜜合名会社取締役、木名瀬士郎」とあった。

風子は軽いセルの和服を脱ぐと、臙脂色のワンピースに着換え、それから鏡台を覗いてちょっと髪をなでつけると、客の待っている応接間へ行った。なるほど、そこには濃いグリーンの形のいい合着に、同じ色のネクタイを固く結んだ長身の若い紳士が待っていた。顔の色は非常に蒼く、風子が入って行くと、椅子からよろよろと立上り、卓子についた彼の手はぶるぶると慄えていた。

「折入ってお願いがありまして……」

と、木名瀬氏は真剣な語調で口を切った。風子は今までの事件依頼人の誰よりも自分を信頼していてくれるらしい木名瀬氏の態度に好感を持った。

挨拶が済むと、氏はすぐ事件の話に入った。

「実は私の生命に関する……いや、私一家の破局にかかわる困った事件が起ったのです。しかもこの事件は重大であると共に非常にデリケートな問題でして、絶対に秘密裡に取扱っていただかねばなりませんのですが、それをおまもり願えましょうか」

「それは誓って秘密をおまもりいたします。ご安心下さいませ」

「大丈夫ですね。私と貴女以外には絶対に知られてはならず、悟られてもならないんですがいいでしょうな」

風子は前言を以て、この要慎深い事件依頼人に酬いた。木名瀬氏はほっと溜息をついて、

「では、事件の内容を申上げますが、実は甚だいいにくいことなんですが、私の妻が仇し男と艶書を交換しているらしいのです」

「まあ、……」

風子はつい女性の感情を言葉に出してしまった。

「ここにその艶書を持って参ったのですが、どうぞごらん下さい。もっともこれは仇し男から妻へ来た艶書です」

木名瀬氏は服の内ポケットの釦を外し、その中から大型の皮製の書翰入を出して開き、一通の封の切ってある書状を取出して、風子の方へ差出した。氏の手は、以前にもましてぶるぶると書状と共に慄えていた。

風子は、その書状を受取って、まず表書を見た。

「その木名瀬絹代というのが私の妻なんです」

「はあ、なるほど」

封筒を裏をかえしてみると、差出人は高知県安芸郡××町九六番地、吉野恒吉とある。

「四国の方でございますね、相手は……」

「そうなんです」

封筒から引出した書簡箋をひろげて風子が文面を読んでみると、これはまた猛烈な熱情の籠った甘ったるい手紙であって、風子は自分の頬の熱くなるのを極りわるくもどうすることも出来なかった。それもただの艶書ではない。人妻に与えられた艶書である。誰だってこういう種類の艶書は読むに耐えないであろう。しかも風子はそれをその妖しい人妻の夫である人の前で読んでいるので、

その辛さというものは一通りや二通りでなかった。風子の全身は赤く焼けたストーブのように熱くなって、遂に途中で艶書から目を外してしまった。

「ずいぶん濃厚でございますわねえ」

風子は何かいわなければならないと思ったものだから、ついこんなことをいった。そしていった途端に失敗ったと思った。およそ探偵らしからぬ言葉である。

「全く困ったことになりました」と木名瀬氏は沈痛な顔をした。「これで見ますと、妻と吉野という男とが、もうかなり以前から相許していると思われます。先生のお考えは如何でしょうか」

「ええ、それは……ちょっとお待ち下さい」

と風子ははっとして吾れに返り、再度目を艶書の上に押戻した。

〝――こんなに熱烈に愛し合っている二人。ああそれなのに、うるわしの君は東京に、そして焼けつくような胸をおさえかねている僕は四国の涯に。ああなんという遥かなる距離でしょう。われらのエンゼルはなんという悪戯者なんでしょう。愛し合う二人をこんなに東と西とに離しておいて、ひとりで大きなえくぼを浮べているのですからねえ。僕は今も机の上に愛する貴女――僕の絹ちゃん（こう呼ばせて下さい。いいでしょう）――僕の絹ちゃんの写真をじっとみつめながら、慄える手にペンをとっています。ああ僕の絹ちゃんを、この逞しい両腕の中にしっかり抱けるときは一体何時のことでしょうか。絹ちゃんは、「結婚はもうすこし先まで待って」とおっしゃる。しかし僕は、僕はもう待てないのです！　察して下さい、僕のこの胸の中にたぎり立つ血潮の高鳴りを……。いや、ごめんなさい。僕はあまりに利己主義なことをいいました。絹ちゃんはこの頃すこし健康がすぐれないんですってね。健康は大切です。結婚生活は健康の上に立っていないと、更にひどい消耗の起ることは僕もよく知っています。だから僕はもうすこし辛抱しなければならないのです。それは分っていますけれど……ああ、僕はどうしたらいいでしょう。……〟

風子は、それから先を、木名瀬氏の前で読むことを断念した。もし読み方をつづけるなら彼女は遂に事件依頼人の前で卒倒するかもしれないと思った。及《し》かず、この良人に帰ってもらった上で、自分ひとりになって読みつづけん。

「で、どういう思召でいらっしゃいますか、貴郎さまは……」

と風子は、まだゴム毬のように弾んでいる胸をそっとおさえて相手にいった。

「それなんですが」と木名瀬氏は力を籠めていった。「私は一度は火の玉のようにかっとしました。結婚以来五年。子供こそなけれあのように貞淑で愛らしき妻——いや失礼しました。それが私を裏切ってこんな大それた艶書を交換し、しかもこの仇し男の文面から見ればやがて結婚する約束までもしているんです。八ツ裂にしても足りない——と思ったのではありますが、いや待て、この手紙一本では十分の証拠にならない。だからもっと詳しく事実を調べた上でした方がよい。とそう思いまして、こっちへお願いに上ったわけであります。で、先生にお願いしまして、すぐに仇し男の住んでいる高知県へ出張していただきまして、何かの方法により、相手に届いている私の妻からの艶書を奪って来ていただきたいのです。しかも私から頼まれたことが知れてはまずいですから、そこは十分ご注意の上目的を達していただきたいのですが、いかがでしょう」

そういった木名瀬氏の顔は、前よりも一層蒼味を加えていた。

むずかしい仕事だ。はるばる高知県へ出張するのはまあいいとしても、仇し男の手から艶書を奪ってくるというのはたいへんである。どうせ艶書のことだから大切にして奥に収ってあるのだろう。それをかよわい女の手でうまく盗み出せるものだろうか。

いや、しかしそれはぜひとも決行しなければならない。そんなことで尻ごみしていたら探偵商売は一つとして勤まらないのだ。

「よろしゅうございます」

風子はそう応えるより外なかった。

「じゃあお願いいたします。むずかしい事かもしれませんが、私にどうぞご同情下さった上で何とかやっていただきましょう。ああ、その費用ですが、いくらでもご遠慮なくおっしゃって下さい。幸い金の方は……」

「ああ、それは後でよろしゅうございます。その前にもうすこしお伺いいたしたいんですが、この手紙はどうして貴郎さまのお手に入りましたのでしょうか」

「それはですね、昨日私が出がけに、廊下で拾ったのです。実はこういうわけで……」

と木名瀬氏の語り出したところによると、昨日の朝、氏が出勤時刻になり洋服を着かえると茶の間をぬけて廊下に出、それから洋間の書斎に入った。そして折鞄をあけてその中へ書翰や本やらを入れていた。すると明放してあった部屋の戸口越しに誰だか廊下を玄関の方へ通過ぎた者がある。氏はその方を注意してみた訳ではないが、それが女中のお花だと思った。折鞄の掛金をかけて部屋を出た氏は時計を茶の間に忘れて来たことを思出したので、廊下を奥へ引返した。そのとき廊下にその手紙が二つ折になって落ちていた。氏はこれを拾って、見ながら歩いていった。妻宛の手紙である。誰から来たのかと裏を返してみると知らない男名前である。一体誰だろうこの人はと訝りながら、中から書簡箋をちょっと引出してみたところ、すぐさま変な文句が目についた。氏ははっと愕いて、その手紙をポケットに突込んだ。時計をチャブ台の上からつかむと、一生懸命気を鎮めながら氏は廊下を逆行して玄関に出て、靴をはいて外に出た。と廊下に夫人の足音がして、「いってらっしゃい」と声が送られた。氏はそのまま門の外へ出た。それから一町ばかり行った後、道を歩きながら、仇し男の艶書を読んだという。

「そうしますと、その艶書は、女中さんが廊下へ落としたわけでございますか」

と風子は尋ねた。

「いや、そうではなく、妻が落としたに違いありません」

「でも、貴郎さまが奥から書斎にお入りになって、次に奥へお引返しになる間に、その廊下を通ったのは女中さんだけではございません?」

「それはそうです。しかし、女中がこんな手紙を持っているわけはありません。ですから私が、女中が通ったと思ったのは誤りで、やっぱり妻が通ったのに違いありません。妻がエプロンのポケットから落したのだと思います」

「なるほど」

二

高知までの出張に、風子は往復十二日を費した。

この十二日こそ、風子が独立して探偵事務所を持って以来の最もきびしい活動の記録であった。風子は秋場旅館に根拠地を定めると仇し男吉野恒吉の家を探しに懸ったが、それはすぐに分った。風子はそれからその家を中心にして、遠巻きに吉野を偵察すると共に、附近の家へ入りこんではそれとなく吉野の行状を調べた。

ところが風子の愕いたことに、吉野の評判はどこでもたいへんに良かった。実直な青年で、無類の堅造で、今までには浮いた話一つなく、町の模範青年だということだった。これには風子は唖然とした。

その問題の吉野青年を遠くからも近くからも見たが、腹の立つほどきちんとした逞しい男で、人と立話をして笑うところなどは全く風子でさえ魅力を覚えるほどだった。これが稀代の色魔であろうとは見えなかったが、およそ稀代の色魔なればこそそのように猫を被って堅実に見せているのであろうと風子は強いて解釈をつけた。

吉野青年は、町の漁業組合の書記のようなことをしていることが分った。

それはそれとして、次は無類のむずかしい仕事である。例の艶書をこの青年の机の引出から奪うことである。風子は高知への旅の途中でもさんざんにその方法を考え通して来た。がこれならばという妙案を一向に思いつかないうちにこの町へ着いてしまったのだった。焦燥と苦悩とに丸三日間を費した結果、彼女は遂に一案を得た。それは吉野家へよく出入りしている十五六歳の少年を利用することだった。彼女はその少年と仲よしになることが出来たが、それから数日後、もういい潮時だと思ってその少年に対し或る程度の真実を打明け、そして吉野恒吉の秘蔵する木名瀬絹代からの手紙を机から盗み出してくれるように懇願した。ところがその少年は、風子の自信にも拘らず、それを聞くと強くかぶりを振って断った。風子がそれまでに投資したあらゆる種類のものは無駄だったことが明かとなった。繰返し少年に訴え願ったが、それは悉く無駄だった。そして少年の方では気味わるく思ったものか遂に席を立ってその場から逃げ出した。風子は絶望の極ハンカチーフを顔にあてるとわっとその場に泣き伏した。彼女は、自分が力もないのに女性探偵になったことを大いに恥じ、そして悔いた。そんな柄にもないことをしたために、こんな大失態を演じ、しかもその結果、あの気の毒な木名瀬氏に破滅を与え、ひき起さなくてもいい不愉快な夫婦別れの場面を演ぜしめることについて重大責任を痛感し、そしていよいよ畳に喰いつくようにして泣いた。

泣きつづけていると、彼女の肩に、やわらかな手が触れた。風子は愕いて上体を起こしとびじさった。誰かと見ると、さっき逃げかえったはずの少年が、いつの間にか戻って来て風子の肩に手を触れたのだと分った。少年は感激の面に、これも涙さえ浮べて、風子のために危険な仕事をすることを引受けた。

その結果、風子のもう諦め切っていたものが手に入った。だがそれはただ一通の艶書であった。そのとき風子は、前に泣いたことを忘れて、なぜ全部の手紙を持ち出してはくれなかったのと少年に恨みをいった。しかし少年は応えた。いかなる理由に基くにしろ、人の物を盗むことは良心に重荷を感ずる。多くの手紙の中から、ただの一通だけを盗んだことは、自分の良心に対しせめてもの申訳だといった。風子はそれを聞いて、もはや返す言葉もなかった。

風子は、全身血みどろともいうべき投資によって辛うじて摑み取った絹代発の艶書一通を収獲の全部として、早々その宿を引払って帰途についたのだった。

三

その艶書は、木名瀬氏を事務所に呼んで、風子から手渡した。

木名瀬氏は、慄える手でその用箋をひろげて見たが、途端に大きな溜息をついた。

「どうか人違いであってくれと祈っていましたが、やっぱり駄目でした。これは間違いなく妻の筆蹟です」

そう聞くと、風子も悲しかった。

「ああ、これは妻からあの仇し男へ送った最初の求愛の手紙です。――〝ひそかに貴方さまの凛々しいお姿を垣間見ましたわたくしは、その瞬間にあわれ胸にエンゼルの矢を受けてしまったのでございます。ああなんということでございましょう。こんなことを申上げてしまいまして、でもどうぞお見のがし下さいませ。絹代の心はそれ以来完全に貴方さまのお姿でいっぱいになってしまったのでございます……〟畜生！」

木名瀬氏は、艶書の上を拳で叩きつけながら、ぎりぎりと歯がみした。

風子は胸を強く衝かれたように気を失いながらも、ふと思付いたことについて木名瀬氏に質問の矢を放った。

「奥様が吉野をお見染めになったのはいつなんでしょうか。そして一体その場所はどこなんでございましょうか」

「私には分っています。この春、私たちは義父の葬儀のために高知市へ帰ったのです。その葬儀の後、私たちはうさ晴らしに或る日汽車と馬車にゆられて室戸岬の方へ遊びに出かけたのです。そのとき××町に二泊しましたが、ああそのときに魔がさしたのです」

「では、吉野という男もご存じですか」

「いいえ、何も知りません。私はそのとき全然気がつきませんでした、妻が他の男を見染めたなどとは……。今になって思当るだけです」

「奥様とは終始ごいっしょでしたか」

「私たち二人——いや三人は、いつもいっしょに行動していたのですがねえ」

「三人とは、貴郎さまご夫婦の外に、どなたかお連れになっていたのですか」

「ええ、女中のお花を連れていました。いろいろ女中に持たせるものもあったからです」

「ああそうでございますか。とにかく、私の持って参ったただ一通の手紙だけでは何としても証拠が不十分でございますからして、もうすこし証拠を手に入れますまでは、貴郎さまも早まったことをなさいませんように、ぜひお願いしたいのでございます」

「先生が待てとおっしゃれば、更に証拠が集るまで待ちます。が、それといっても、そういつまでも待ってはいられません」

風子は、近いうちに有力なる証拠をつかむから、それまではぜひに待ってくれるようにといった。しかし本当は風子に何の自信もあるのではなかった。でも風子は、嫉妬に狂う良人に惨虐な斧をふるわせるに忍びなかったので、そういわないではいられなかった。

木名瀬氏が帰ってしまうと、風子の心は新しい重荷で悩み出した。もう探偵というよりも、何とかしてこの破局を救いたいものと、自分のことのように焦燥を感ずるのであった。

それから三日のちのことであった。午前九時頃であったが、木名瀬氏が顔色をかえて風子の事務所へ飛込んで来た。

取次に出たのは、やはり風子の母親だったが、母親のしらせを聞いた風子は、さては木名瀬氏がとうとう約束を破って、自ら血みどろの結果をうけてしまったのだと直感した。彼女は眩暈がして倒れそうになるのを強いて怺えながら、玄関へ出た。

「さあ、お上り下さいまし」

「いや、そうしてはいられません」と木名瀬は昂奮の色を見せ、強く首を振った。それが風子の期待したほど陰惨なものではなく、むしろ明るい影のさしているのを彼女はふしぎに思った。

「そうしてはいられないのです。実は今朝、思懸けなくも、例の仇し男の吉野恒吉が、うちへやって来ました」

「まあ、それは……」

風子の胸は早鐘のように鳴出した。

「運よく——というべきでしょうか、とにかく私が出勤しようとして丁度門を出たところで、門前に佇んでいた吉野から声をかけられたのです」

「まあ。それでどうなさいました」

「ところがねえ、変なんですよ、彼のいうことが……」と木名瀬はここで顔を妙に歪ませて「絹代さんはお亡くなりになったそうで、まことに御愁傷さまです。私の胸は張り裂けそうです。ぜひ一度お線香をあげさせて頂きたいと思って、はるばる高知県から出て参りました——と、こういうんです」

「奥様はお亡くなりになったんですの」

「いや、そんなことはありません。ぴんぴんしていますよ」といいながら木名瀬は戸外の方の様子を窺い「実は、吉野を門の外に待たせてあるのですがねえ。話は前後しますが、いや実は私も気が顛倒しているのでしてね、とにかく私はじゃあ、貴君は吉野さんですねと訊くと、彼は素直に〝そうです。吉野恒吉です、貴方は失礼ながら絹代さんのお兄上ですか〟といいましたよ。そこで私は〝まあそんな者で、たしかに身内の者ですが、実は絹代のことについては少し事情があるので、ここではお話出来かねますから、私についてそこまでいらして下さい〟といって、御門の前まで引張って来たわけなんですがね。先生一つぜひお願いします。彼奴をうまくあしらって、調べていただきたいんです。絶好のチャンスですからねえ」

「どうして奥様――絹代さんが死なれたとその方は思っているのでしょうか」

「さあ、そこがさっぱり分らないのです。でも当人は見たところ気違いでもなさそうですがね。とにかくそこに深い事情があるらしいのです。一つよく調べていただきたいものです」

風子には何が何やらさっぱり訳が分らなかった。非常に面倒になったことだけは分る。こうなれば吉野に会って事情を訊くしかない。そこで風子は、決意のほどを木名瀬氏に表明すると、氏は悦んだ。

「じゃお願いします。それで、私は先生のことを絹代の友人ということにして彼に話してあるのですから、そのところをよろしく。そして私は一時、絹代の義兄だということにしておいて下さい」

この諒解の下に、吉野は風子の応接間へ引上げられた。木名瀬氏も同席して聞くこととなった。

風子は吉野と向き会うと、どきんとした。しかし吉野の方では別に愕きを見せるでもなく、物柔かに初対面の挨拶をした。

「突然やって参りまして、絹代さんの義兄さんを愕かせました。しかし僕はどうしてもそうしないでいられなかったのです。亡くなった絹代さんの魂は、きっと僕のこの行動を理解していて下さるでしょう。貴女のお力によりまして、どうか僕をその霊前に参拝できるようおはからい願います」

「これには色々と事情がございましてね、どうか落着いてお話をいたしたいのでございますが……」

風子がいった。

「はい。僕は落着いているつもりです。しかし絹代さんのことを思出すと、顔が熱くなって涙が出て仕方がありません」

と、青年は本当に涙をほろりと膝の上に落とし、あわてて手拭をあてた。木名瀬はそれを見ていて、一段と蒼くなり唇を嚙んだ。

「甚だ勝手でございますが、貴郎さまはどうして絹代さんの亡くなったことをお知りになったのでございますか」

と風子が訊いた。

「はい。それは先日絹代さんの従妹に当られる久米子さんからお手紙をいただいたのです」

「久米子?」

木名瀬氏は怪訝な面持で叫んだ。それを風子は目で制して、

「そのお手紙はお持ちでいらっしゃいますか」

「はい。ここに、持って居ります」

そういって吉野は、洋服の内ポケットから帛紗に包んだものを出して、机の上で拡げた。

「あ、絹代の写真……」

木名瀬がまたもや叫んだ。手紙と一緒に、一枚の写真が入っていたが、それは紛れもなく彼の妻の写真だった。洋装をしてにっこり笑っている引伸し写真だった。

「これがそうでございます」

吉野の取出した手紙を風子が受取って開いてみると、差出人は下塚久米子とあり、吉野宛のものだった。文面は、遂に絹代があの世へ旅立ったこと、そして今わの際に、

〃わたくしの最後のお願いです。恒吉さん。わたくしの代りに、従妹の久米子と結婚して下さいませ。わたくしの魂はきっと久米子の身体にのりうつって、今まで果たすことの出来なかった愛の奉仕をいたします。どうぞどうぞお約束して下さい。もしそうして下さらねば、私は成仏しきれなくて、草葉の蔭で永遠に泣きつづけるでしょう。きっとですよ。ではさらば、愛する恒吉様〃

といって、妾の手を握りしめながら絹代さんは天国へ昇ってしまわれたのでございます——と、久米子は絹代の言葉を伝達しているのだった。

(久米子さんて誰だろう)

と風子はそれを知りたかったが、吉野の前だから木名瀬に問い糺すことは出来なかった。

「これが最近の手紙でございましたか」

と風子は尋ねた。

「いや、もう一通あります。こっちがそうです」

吉野が差出したもう一通の手紙は、やはり下塚久米子からの手紙だった。それには、従姉の死を悼むと共に、従姉の遺志を叶えさせてその冥福を祈りたいと思うこと、そしてぜひに会いたいから東京へ来てくれるようにとあって、六月六日の午前十一時に、上野公園の西郷さんの銅像の前に待っています。すべてはそのときに申上げます、実は前々から妾が胸に秘めていた熱い想いについても恥かしながら告白いたすつもりでございますとて終りの半分は、いつしか、熱烈なる艶書となっていたのである。

「六月六日といえば今日じゃございませんの」

「はい、今日です」

「あと一時間ばかりの後ですね。あまりここにお引留めも出来ませんのね」

「はあ」

「それで、上野公園へお出でになっても、その久米子さんがすぐお分りになりますか」

「はい。それは前に久米子さんの写真を貰って居りますから」

「なるほど。そのお写真、見せていただけませんでしょうか」

風子がそういうと、木名瀬氏は顔をあげて緊張した。

「ここには持って居りません。が、東京駅にあずけて来たトランクの中に入って居りますのです」

横合から耳をそばたてていた木名瀬氏は、がっくりと背を椅子に押しつけた。

「それはぜひ拝見したいものでございますねえ。いえ、ちょっと事情がございまして。それじゃもうお出掛けにならなければなりませんのね」

「いや、僕は久米子さんには会わないことにしました」

「まあ、それはどういうお考えで……」

「会うつもりでやって来ましたが、途中で自分の考えがはっきりついたので、会わないことにしました。というわけは、僕は久米子さんのような顔の婦人は好きになれないんです。いや、久米子さんはたしかに世間でいう美人ですが、僕には合わないのです。で、絹代さんの御霊前に参拝しましたら、僕はもうそのまま郷里へ引返そうと思います」

吉野は意外なことを、きっぱりといった。いや、意外ではない。この青年は依然として木名瀬の細君のことをはげしく想い詰めているのである。風子は困ってしまった。

そのときであった。木名瀬氏は風子に話があるから、ちょっと室外まで顔を貸してくれるようにといった。風子はそれに従った。

「先生、私はすぐ家へ引返します」と木名瀬氏は声を落としていった。「ひょっとしたら妻の奴、こんどは久米子という人物になって上野公園へ出懸けるつもりかも知れません。下塚久米子なんて従妹があるなんて全く嘘っ八ですからね。私にはちゃんと分っているのですよ、妻の計画が……。ともかくも私はこれから家へ帰って、それとなく妻が十一時に間に合うように出懸けるかどうか監視しています。後刻その決定的な報告をここへ持ってまいりますから……」

そういって木名瀬氏は、そそくさと風子の事務所を出ていった。風子はひそかに大きな吐息をついた。忌わしいカタストロフィーがやがて起ろうとしているのだ。だが今の風子には、それを押し停める勇気を持ち合わせなかった。

四

応接間へ戻って来ると、風子はまたつらい応待に苦しまなければならなかった。吉野はなぜ絹代の霊前へ案内してもらうことが円滑に行かないのか、絹代の死について、一体どんな事情があるのかと、それを追及してやまなかった。風子は、吉野に今しばらくの忍耐を懇請するのに大汗をかかねばならなかった。

「万事を申上げます前に、その久米子さんのお写真を拝見できますと、たいへん好都合なのでございますが」

と風子がいうと、吉野は素直に肯いて、それではこれから東京駅へ行ってトランクを取って来ましょうといって立上った。風子は、一時でも吉野の前から解放されることの嬉しさに、ぜひそうお願いいたしますと頼んだのであった。

こうして木名瀬も吉野も、風子の前から姿を消した。風子は一人きりになると、何だか嬉しいような悲しいような変な気分になって、応接間の椅子に身体を埋めて、しばらく泣いていた。

それから一時間ほど経った後、玄関のベルが鳴った。二人の男の、どっちかが帰って来たのだ。さあまた苦悩の第三幕の幕明きだ。

玄関を開いてみると、帰って来たのは吉野だった。トランクを一つ携えている。

風子は、再び吉野と、応接間で相対した。彼がトランクを開けて出した下塚久米子の写真には細長の、ややおでこは広いが、かなりの美人がうつっていた。しかし風子の記憶にはない若い娘だった。

それからの話に、風子は意外なことを吉野から聞かされた。尤も、吉野はそれを大して意外とは思わず、平気で物語った。

というのは、絹代との恋愛が始まって以来吉野に送られた手紙が三度変ったということだった。最初は絹代が書いた。それからしばらくして絹代は病気になって臥ったため、女中のお花の代筆となった。お花は丹念に絹代の言葉を金釘流の文字に移して吉野へ送った。それが絹代の死のすこし前から久米子の代筆となった。久米子は非常な達筆で、絹代の筆蹟とは比べものにならず、もちろんお花の金釘流などは傍へもよれず、その麗筆には吉野もかなり動かされたと告白した。

艶書が三度も筆蹟が変ったことは、絹代の病気になったことや、絹代が久米子を推薦する決心をしたことを考え合わせると、別に不自然な出来事ではなかった。だから吉野は毫もその点について疑惑を挟んではいなかった。だが風子にとっては、それが何となく奇妙に感じられたことだった。

(なぜだろう。なぜだろう。何かそこにあるのではないか)

吉野は知る由もないが、風子はこの事件を最初から「妻の艶書」事件であることを承知しているだけに、そのような疑惑をさし挟まないでいられなかったのであろう。

風子が、三通りの筆蹟の代書を大体読み終ったとき、玄関のベルが鳴った。出てみると果して木名瀬氏が引返して来たのだった。

「先生。どうも変ですよ」

と囁くようにいう木名瀬氏の語調に、今までにない明るさがあった。

「どうなさいましたの」

「妻の奴、出かけさうもありませんよ。ほらもう十二時になりますが、ちゃんと家に居ますよ」

「あら、そうですか」

「私は今日は家で仕事をするから帰って来たといって、書斎へ入ると、それとなし監視していました。妻はですね、すこしもそれを怪しむ風もしませんでした。しかし私は油断しませんでした。というのは、妻は秘密裡に外出してもいい準備を整えていたのです。それはです、私を出勤させた後で、女中にも暇をやって外出させていたのです。ですから家には妻ひとりしかいません。そうなれば、妻は鍵をかけて外出すれば、秘密裡にそれがやれるというわけです」

「なるほど」

「ですがねえ先生、その先がどうも変なんです。つまり私の予想通りに行かなかったんです。というのは、それからしばらくすると妻の友達が三人やって来ましてね、家で麻雀を始めたのです」

「麻雀を……」

「そうです。現に今も四人の女で卓を囲んでやっていますがね、落着いて麻雀会ですよ。この調子では、妻は今日は大丈夫夕方まで外出しないでしょう」

十一時に上野公園へ駈けつけるだろうという木名瀬の予想は、かくしてすっかり外れてしまったというのである。

「まあ、どうしたということでしょう」

木名瀬の話を聞くと、風子は何か思い当ったように思ったが、それは何事であるか、具体的に考え出せなかった。風子は、自分の頭脳の悪さ加減に対し、大声で罵りたいような衝動に駆られた。

応接間は、再び絹代をめぐる二人の男性と風子によって占められた。

が、このとき木名瀬は、吉野が持っていた下塚久米子の写真を見つけると、頓狂な声で叫んだものである。

「おや、これはお花の写真だ。どうしてこんなところに、うちの女中の写真が?」

彼は不審にたえないという顔付で、風子と吉野の顔を見較べたのであった。――これが謎を解決する鍵――いや、忌わしい妻の艶書事件を、快刀乱麻を断つ――とまでは行かないとしても一挙に事件を解決する鍵となった。

ここまで来れば、風子といえども、すっかり種を見破り得た。応接間の三名が、こもごも自分の知識を惜しみなくさらけ出すことによって、女中お花、実は下塚久米子の陰謀の輪廓がほぼ明瞭となった。お花は、この前××町へ行ったとき吉野を垣間見て、すっかり惚れこんだのであった。しかしとても正面から行ったのでは相手にされそうもないと悟った彼女は、ついにこのけばけばしい劇を思付いたのだった。始めは木名瀬の妻君の娘っぽい写真を吉野へ送って愛を誘い、それから吉野が熱をあげた頃を見計って、手紙の上で絹代を亡き者としてしまい、そして臨終の頼みごととして絹代の代りにお花と結婚するよう吉野へ遺言させたのだった。そしてお花はその日上野公園で吉野に会い妖腕をふるって吉野をうまく自己の術中に入れてしまうつもりだったのである。そのお花は自分から申出て、絹代から暇をもらって出掛けたので、その行先はもちろん上野公園の西郷さんの銅像の前であったに違いない。

後で分ったことであるが、艶書の筆蹟が三種あったうち、始めの二通は、たしかに木名瀬の細君がお花の頼みにより、これに同情して書いてやったものである。但し名前は書かなかった。後でお花が自分の名前を書かずに予定の計画に従って絹代の名前をその筆蹟に似せて書込んだものである。

第二の筆蹟はもちろんお花自身の金釘流のものだった。これは絹代の代筆として、一番多く艶書を書いていた。

第三の達筆なる艶書は、お花が某所の書道の先生に頼んで代筆してもらい、相当の報酬を支払ったものだった。

この事件が暴露して、お花は勿論木名瀬家を出でいったが、それがまた見物で、お花は顔を赧めるどころか洒々とし、どこからかハイヤーを呼び、それに山の如き荷物を積んで憎らしいほど落着いて出ていったそうである。

天風子に味方して、風子は辛うじて婦人探偵の面目を保つことが出来たのだった。

幽霊妻

深夜の客

一九五〇年の夏。

蜂矢探偵は、深更に目がさめた。ベッドの枕の下に取付けてある警報ブザーが、彼女の睡りをほどよくさましたのであった。

探偵は左の乳房の下へ手をすべりこませた。鼓動はゆっくりとうっていた。探偵はくらがりの中でにっこりと笑んだ。この一年、心臓の調子が悪くて思うほどの活躍もできなかったのが、たいへん調子が落付いて来たのはよろこばしい。

探偵は元気になって、枕許の押釦《おしぼたん》の一つをさぐって、それを軽く押した。と、向い側の壁にぽっかりと緑の四角な窓が二つ出来た——と思ったのは、窓ではなくて、四角な蛍光板を持ったテレビジョンの映写幕が二つ、そこにあらわれたのである。

果して、その映写幕には、一人の人物の上半身がうつっていた。一つは正面を向き、もう一つは側面を向いている。そしてどっちの人物も外套の襟を立て、その中から瘦せた顔をのぞかせていらいらしていた。

いや、その幕上の二人の人物は、実は同一人物だった。その人物は今、蜂矢探偵事務所の玄関に立っているのだ。その人物を、テレビジョンで正面と側面との二方向からこっそり撮影して、いま向い側の壁にうつし出しているわけだった。こうすれば、どんな人物が来訪者だか、扉を開いてみなくとも分る。来訪者の方は、自分がこっそりテレビジョンに吸取られていることに気がつかない。

——なんという窶《やつ》れ切った男だろう。おお、あの目付のただならぬ光は！　よほど思いつめているらしい。それにしてもこの夜更けに訪れるとは、一体何事だろうか。

蜂矢女史は、そんなことを考えながら、次の段取をベッドの中でしずかに待っていた。それは間もなく来た。廊下の外の足音、それから扉を軽くノックする音。その返事のかわりに、探偵はスイッチをひねって部屋を明るくし、それから別の押釦を押して入口の扉を機械力で開いた。

躰のがっちりした丸顔の血色のいい青年が、軽い服で身体を包んで入って来た。そしてベッドの上の蜂矢女史と視線を合わした。

「いいわ。面会しましょう。あたしもすぐ起きますから、あのお客さまを＝鶯の間＝へお通しして下さい」

「はい」青年はそのまま引返していった。なんという無駄のないビジネスだろう。

それから五分の後、鶯色のしぶい色調の壁を持った鶯の間で三人は初対面の挨拶を取交した。

「どうもたいへんお待たせしました。僕が探偵の蜂矢です。こっちは僕の助手で、風子といいます。僕らの前では、何をお話下すっても、他へ秘密の洩れるようなことはございませんからどうぞ」

そういったのは、さっき蜂矢女史の寝室へとびこんだぴちぴちした青年だったが、さっきと違い、鼻下と頤にはひげを蓄え、目にはうすい色のついた眼鏡をかけていた。一方女史の方はすこし脳の足りないオフィス・ガールのような面つきをし、白絹のワンピースを裾短かに着こなして、男の蜂矢探偵のうしろからていねいに頭を下げた。

「ああ、貴下が有名な蜂矢探偵どのですか。お目にかかって嬉しいです。先生、自分は発狂しそうです。先生、自分を助けて下さい。ああ、恐ろしいことだ。恐ろしい……」

痩せすぎの窶れはてたその客は、本当に恐ろしそうに肩をぶるぶると慄わせた。そして目ばかりは、普通の人の二倍も大きく見開いて、二人の探偵の同情に取縋ったのであった。

「一体どうなされたのですか。事情を詳しくお話下さい。僕たちは全力をあげて、あなたのお力になりましょうから……」

「ありがとう。本当にありがとうございます」

と客はぺこぺこと頭を下げたが、それを急に途中でとめると、不安な面持いっぱいで首をかしげた。

「……だが、これはあんまり奇怪な話なので、貴下がたはとても信じて下さらないでしょう。お話はしたいが、自分は失望するのはもう懲々《こりごり》です」

客は悩ましげに、瞼の中に大きな眼を動かした。

「われわれは誰よりもあなたのお話を信じますゆえ、どうぞ御心配なく。で、一体どういう話なんでございましょうか、そのお話というのは……」

頤髯《あごひげ》の探偵は、頼母しい声音でいった。

と、窶れた客は、きっと顔をあげて、嚙みつくように探偵を見た。

「信じて下さいますか、これから自分の述べる話を。きっとですね。もし信じないといったり笑ったりすると、そのときは……そのときは、自分は貴下がたを一撃の下に殴り倒しますぞ」

「それは御随意に。してその話というのは……」

「自分の亡妻が生きているんです。分りますか自分の亡妻は心臓病で死んだのです。その苦しい臨終にも、自分は枕許にいて終りまで看病しました。亡くなってからは葬式もしました。そうして永遠にこの世の中から去った亡妻が……」

といったとき、客は口を大きくあいてわれとわが手で自分の頸をしめつけ、激しい恐怖を懸命に怺え、

「一旦息を引取って腐れてしまった妻が、ちゃんとこの世に生きて歩いているんです。なんという不思議でしょう。さあどうですか。信じてくれますか、それとも信じませぬか。ははは、信じられないというんでしょう。はははは」

客は顔をゆがめてものすごい形相になって笑った。

生きている幽霊

その客保狩巻太郎《ほがりまきたろう》の昂奮を鎮めるためにその後十五分ばかりを要した。その間、頤髯の変装探偵と風子助手とはさんざん手を焼きながらも遂に保狩をなだめることに成功したのだった。

ちょっとここで断っておく必要があるかと思うが、頤髯の変装探偵と風子助手との関係は、客を前にしての場合と、彼ら二人だけの場合とでは主従関係が逆転するのであった。本当は蜂矢風子女史が、この探偵事務所の所長さんであり、頤髯の変装探偵は、かの青年であり、そして女史の寝室において明かにせられたように、この青年春川は女史の助手に過ぎない。しかし一度客を前にすると、春川青年は名探偵蜂矢なりと名乗り、女史は小さくなって助手の風子さんになっちゃうのであった。どういう必要あってそんなことをするのかよく分らないが、とにかくそれは女流探偵蜂矢女史の趣味なのであろう。

それはさて置き――前代未聞の怪事件が、窶れ果てたる客保狩氏によって、二人の探偵の前に述べられたのであった。その怪事件に保狩氏が出逢ったのは、実に今夜のこと。その生々しい現場から、かれ保狩氏はこの事務所へかけつけて来たという。さてその次第は次のとおり……。

保狩氏はかねて北方の緯度の低い土地において雑貨商を営んでいたが、一昨年美しき花嫁チトセさんを迎えて、楽しい夫婦生活が始まった。花嫁は肢体のすくすく伸びた肉づきの豊かな、真にはちきれるほどの青春を軀に盛りあげた女性だったので、保狩氏は来る日来る日をどんなに幸福に感じたかしれないのであった。花嫁になる前のチトセさんは、石炭商人の釜谷氏の姪であって、はるばるこの極寒の土地にあこがれて東京からやって来ていたものだった。なかなか才走った明朗な娘さんで、この土地にも類が少い色の白い美少女でもあったので、保狩青年はすっかり魅了されてしまい、とうとう結婚申入れにまで発展したわけだった。しかもチトセ女は、保狩氏のこの申入れを快く受けたので、この縁結びは至極順調に新家庭を作り上げてしまったのである。

「あまり幸福すぎるというのはいけないものなのですね。きっと悪魔が物陰から覗いていて、嫉妬するからなんでしょうね。実はとつぜん悪いことが降って来たのです……」

と、保狩氏は痩せた肩をがたがたさせながら、この話をつづける。

とつぜん降って来た悪いことというのは、愛妻チトセが病に倒れたことだった。急に心臓が苦しくなったのである。坂東医師を始め両三人の医師の手をかけたが、チトセは遂に快方に向わず、あらゆる注射も効がなくて二ケ月後には息を引取ってしまったのである。

哀れなるやもめの保狩氏は呆然自失、すっかり気力も体力もなくなって、亡妻のお葬式さえ友人知己の手ばかりを借り、彼は生ける屍のようであった——と、当人が告白するのだから、よほど気を落したものらしい。

本年の春になって、氏はようやく吾に戻ったような有様だった。吾に戻ると同時に妻を喪《うしな》った町に居ることにもう耐えられなくなり、商売の方も友人に委せて、この東京へ戻って来たのだった。因に氏は東京は深川の生れで、生家は今はそこに存在しないが、材木商であった。

保狩氏は、一時身を寄せる宿を、木場の幼友達の望月という男の家に得て、ぶらぶらと日を暮していた。世の中にやもめ男の生活ほど寂莫《せきばく》たるものは他になかろう。氏にとっては亡妻チトセが古今東西に亘って奇蹟的な美女であり艶妻であったことを信ずるが故に、それだけにやもめ男の寂莫さが一段と身にしみわたるのだった。したがって氏が、毎夜の如く盛り場をうろつきまわったとて、これを咎むべきではないであろう——と、これも当人が自ら信念を持って言い放ったことだった。

そこで或る夜——いや、それは今夜のことであったが、氏は都心の盛り場である銀座の雑沓《ざっとう》の中において、とつぜん亡妻に行き逢ったというのである。

たしかにそれは亡妻チトセに違いなかったのである。他人の空似という人違いもないではないが、今夜の場合にあっては断然そんな人違いではない。氏は、亡妻に行逢って、心臓の停るほど愕いたが、同時に氏はその意外な愕きゆえに自分が今千載一遇の機会を摑んで居り、しかも至極機微なる状況に在ることを神感した。それで氏は、雑沓の鋪道の上で向きあった懐し恋しの亡妻に抱きつくようなはしたないことを全身全霊の勇をふるって取りやめた。そして他人が注目してみれば至極自然と見られる態度でもって、亡妻とすれ違ったのであった。

だが、氏はそのまま亡妻との間隔を算術的に大きくして行こうとは思わなかった。氏の肩が亡妻の肩とすれ違うや否や、氏は一旦足をぴったりと停め、それから鮮かに廻れ右をしたのであった。それから追跡が始まった。前後四時間半にわたる辛抱づよい追跡が……。

氏が鋪道の上で廻れ右をした瞬間、もしやそこで後をふりかえった亡妻チトセとぱったり顔を合わすのではないかと、氏は冷水を浴びたような悪寒に襲われたそうであるが、しかし実際にはそのことはなかった。というのはチトセは後をふりかえりもせず、静かに向うへ歩み去って行ったから。

氏はそのときの亡妻の心境が知りたくてならなかった。だがそれよりも、完全なる秘密追跡を遂行する必要に迫られていたので、氏はそのプラクチスに専念した。

氏は、まもなく一層心臓を弾ませねばならなかった。後から亡妻を追う氏の目に、亡妻の水色のワンピースの襟元に、かつて氏がさんざん愛玩した小さな鳶色のほくろが氏の方へ挨拶をしていることを発見したからである。

氏は、胸元をつきあげてくる激情に、辛うじて耐えることができた。

それからまた追跡が続けられた。

それから間もなく気がついたことは、前を行く亡妻には連れがあるということだった。亡妻に行逢ってから後のかなり永い間、氏がそのことに気がつかなかったというのはどうしたことだろう——と、氏もいぶかった。それはとにかく、彼女の連れはその右側に並んで歩いていた。一体その連れは何者であろうか。憎むべき痴《し》れ者め！　背後から一撃の下に……と、氏は理性を失いかけて危く踏み停った由。

さあこうなると、憎むべき亡妻と連れだつ仇し男が何者であるか、その面を見定めてやらねばならない。そこで氏は精密なる計算と敏捷な動作とによって、それから七分後にはもう一度亡妻に行き逢うことが出来た。つまり電車道を走りぬけてお先廻りをし、それから何くわぬ顔で引返したのである。

氏の心臓は今にも破裂しそうに動悸をうった。氏は昂奮と緊張とにふらふらになりながらも、二度目のすれ違いに成功した。間違いなくその女は亡妻であると確認し、同時に彼女の右側に肩を並べて歩いているその連れの男が、どっかで見たような男であるが、その名前も何も思い出せないことを結論したのだった。

その仇し男は、隙間もなくくりゅうとした夏服を身につけ、赤と黒との太い縞ネクタイに、ワイシャツはうす青、そして黄金のネクタイピンをさしていた。四角な頤、顔は一面に髭のあとが青艶に輝き、狐のような細い鼻の下には、短かく刈りこんだ口髭と、そして紙巻煙草を呷《おさ》えた小さな薄い口唇とがあった。背丈は五尺二寸ぐらいだが、頑丈な骨の太い身体を持っていた。帽子はパナマを深く被り、その蔭に白魚を横にしたような特徴のある細長い眼があった。その眼は、氏に気がついたのかつかないのか、なにしろあまり眼が細すぎるのでよく分らなかった。――がこれだけの特徴から氏はたしかに以前どこかで見かけた男だわいと感じたそうである。

それから先の辛抱づよいかつ詳細を極めた追跡報告をここに逐一書きつらねるのは退屈に過ぎる。で、氏には気の毒だが、大部分を端折って、要点のみを一二追記するならば、その両人は終始しとやかに、仲睦じく散歩をつづけたこと、女の声は幾度と盗聴《ぬすみぎき》の機会があったがそれは正に氏の耳に深く刻みつけられている思出の声だったこと、そして両人は最後に至ってホテル・センに入ったことなどであった。それから最後の氏の活躍により、その両人の部屋番号は九階の九〇九号であり、止宿の姓名は、関蝶吉、同じく花子となっていたことを突留めた。それから氏は、この怪事件がとてもこれ以上自分の手におえないことをさとり、そこで深夜の街を急いで、こうして有名なる蜂矢探偵事務所へ飛びこんだというわけであった。

強盗事件

「探偵どの。自分は気が気でないです。今夜のうちにも、亡妻をあの四角頤の関蝶吉から奪いかえして頂きたいんですが、そうお願いできないでしょうか」

保狩氏は、急に十年も年をとったほどの窶れを見せて、変装の春川助手と、変格の蜂矢風子探偵とに訴えるのだった。

「じつに面白い事件ですなあ」

と、蜂矢名探偵に扮している春川が歎じた。

「なんと仰有る。なにが面白いというのですか自分はちっとも面白くない。自分がこんなに苦しんでいるのに……」

「いや、これは失礼を。そういう嘲笑の意味でなく、面白いといったのは、事件があまりに奇怪で、こみ入っているから、それでそう申したのですが」

と春川はしどろもどろで弁解して、

「この事件の鍵になるような出来事が今までにありませんでしたか」

「え？　何と仰有います」

「あのう、うちの先生の仰有いますのには……」

と、今まで我慢をしていた風子が横から口を出した。

「……つまり、あなたさまがチトセさまをお知りになり、それから結婚なすって、最後にお葬式をお出しになるまでの期間中、何か腑におちない事件とか事柄とかがなかったでしょうかと尋ねていらっしゃるのです」

「ああそうですか。それは、大してありませんですがね。いや一つ有るには有るが、これはこの事件と関係がないように思うんだが……チトセのお通夜の夜に、五人組の強盗団に押込まれまして、私はもちろん友人や近所の方までもが全部一室へ監禁されちまって、持っていた現金はもちろん一切の目星しいものをそっくり持っていかれてしまったんです。強盗が帰ってから後で分ったんですが、祭壇に供えてあった莫大な香奠《こうでん》もすっかり強盗どもが攫っていってしまったんです。その後始末に自分はたいへんな苦労をしました。泣面に蜂とは、正にあのことです」

このとき頤髯の春川の横腹を、こつんとついた者があった。もちろんそれは風子女史がきっかけを渡したのだった。春川は身ぶるいして頤髯面をたて直した。

「なるほど、なるほど。……して、その強盗はつかまりましたか」

「いいえ、どういたしまして。そのままなんです」

「そのままですか。――その強盗に心当りはありませんでしたか」

「ありません」

「人相は見ましたか」

「いいえ。五人とも黒い羅紗で目かくしをして居まして、どんな顔だか分りません。――あ、そうだ。今思出しました。その中に首領と見えて、強盗たちから尊敬を受けていることの分る温和しい人物がいました。彼は殆んど実際には手を下さず、ただ時々かんたんな指図をするだけでした。その首領と思われる人物を出来るだけよく見てやりましたが、顔はマスクで分らないが、唇は女の子のように可愛らしく、マスクの下から覗いている鼻は鼠の尻尾のようにいやに貧弱で紫がかっていました。ああ、それからマスクから覗いている眼が、糸のように細かったこと。そうだ、まだ覚えていた。横を向いたとき、彼の頤がいやに四角ばっていたこと。口惜しいから、やっとこれだけのことを記憶しています」

それを聞くと、春川ははっと胸をとどろかせて、風子女史の方をふりかえったそこには風子女史の灼けつくような視線が待っていて何事かを春川に警告した。

「保狩さん。あなたはその首領に似た人物を他の場合において見たことはありませんか」

「え、なんですって……」

「つまりその首領と同じように小さな唇、貧弱な鼻、四角ばった顋を持っている他の人に出逢ったことはなかったかと、うちの先生はお聞きしているのです」

と、風子が助け舟を出した。

「ああそうですか。さあ、思出しませんね」

保狩は、そう応えた。

「さっき仰有った坂東医師のお顔には似ていません?」

「いいえ、お嬢さん――」

と保狩は首を横に振った。

「その他二三人お医者さまが、奥様をごらんになったそうですが、そのお医者さまの中に首領と似た方はなかったんですか」

「そうですね」

保狩はしばらく考えていたが、

「みんな違っていますね。似た顔の人はありません」

「では、奥さまのお亡くなる前後に、お宅へ出入りしている人々の中に、首領に似た人は居ませんでした?」

「さあ、どうですかな。はっきり覚えてはいませんが……」

と保狩は腕をくんだりほどいたりした揚句、

「ちょっと思出しませんね。で、何ですか、その強盗の首領と、こんどの事件との間になんかつながりがあるというお見込みなんですか」

保狩がそういって尋ねた時どすんと春川の横腹へ風子の肘があたった。

「ああ、それは、……つまりそれは、われわれは何事についても一応探査の目をそそいでみなくてはならないんです」

と、春川は風子に代って釈明した。

それから探偵は、今までに保狩が語った事柄に関係のある地名や人名や時日などについて詳しく控えを作った。

このへんで訴えるべき事柄をいいつくしたと思った保狩は、この事務所へ駈込んできたときに比べて、はるかに落着をとり戻したように見えた。それを待っていたように、風子が質問の一矢を放った。

「ちょっと御意見を伺いたいんですけれど。一般にいいまして、一旦死亡して埋葬した人間が後になって生き返って、町を歩いているというようなことが、一体有り得るものでございましょうかしら」

この質問の矢は、保狩の心臓のあたりに突き刺さったらしく、氏は俄かに顔色をかえ、荒き呼吸《いき》づかいとなった。

「一般的にいって、自分はそんな奇蹟というか怪事というか、そういうことを信じません。しかしです。自分は事実この目で今夜亡妻を見かけ、この耳で亡妻の声を聴いたんです。これは厳然たる事実です。事実は常識よりもずっと確かなんです。そうじゃありませんか」

と、保狩は顔を赧《あか》くして叫んだ。大きな侮辱を感じたといわんばかりの語勢だった。

「ああ、よく分りました。あなたさまの実見なすったことは確かな事実だということが分りました。得心しました」

風子がそういったので、客は機嫌を取直した。

それから二人の探偵の間に打合わせがあった末、翌日の午前十一時に、再び保狩氏がこの事務所を訪問せられるように頼んだ。

氏はそれを承知した。そして事件の謎は明日のうちに解けるかと訊いた。それは明日中にはむつかしかろうが、とにかく近き将来必ず解決してみせるからと探偵たちは客を安心させて、玄関へ送り出した。

客が去ると、春川と風子とは顔を見合わせた。春川は、黙って、割り切れない面持を持ち扱いかねていた。

風子がいった。

「今の保狩氏は、ずいぶん取乱していらっしゃるのね」

「はあ。なぜですか、先生」

「だって、お通夜の晩に押入った賊の首領の人相と、今ホテル・センに泊っている仇し男の人相とは完全に一致しているじゃありませんか」

「ああそうでしたね。僕も聞いていて気がつきました。賊の首領と仇し男が同一人だとすればそれはどういうことを意味するのでしょうか」

「その謎をこれから解くのです。それを解くについて、明日のプログラムをこれから決めましょう」

劇的再会

その段取によって、翌日正午過ぎ、ホテル・センにおいて、一つの劇が演じられた。

大食堂につづいた広間があった。食事をすませた客たちは、食堂の出入口からぞろぞろとつづいて現われ、広間のほどよき席を探しあてて、煙草に火をつけたり、食後のカフェを註文したりしていた。

そのとき大食堂から姿を現わした一組の男女があった。女の方はすてきな美人、男の方は服装は派手だがずんぐりした男だった。いわずと知れた関蝶吉、同じく花子の二人だった。

二人はしずかに足をはこんで、広間の片隅の席へ近づいていった。

そのときである、柱のかげから一人の若い背の高い男がとび出し、つかつかと花子の前へ歩み寄った。そして口を開いた。

「おや、お前はチトセじゃないか。よく無事に生きていたねえ」

そういったのは余人ならず、保狩巻太郎であった。

と、女の顔に当惑の色が見えた。次につんと鼻柱を聳やかし、保狩を睨みつけると、歩を移して横に避けた。

「チトセ。待ってくれ。どうしてお前は生きていたのか、聞かせてくれ。自分は……自分は……」

「もしもし、礼儀のないことをしてくれては困りますね。何か用があるなら、僕にまず云って頂こう」

女の前に楯のように立って、保狩を押しかえしたのは、関蝶吉だった。関の指には、葉巻がしずかに紫の煙をたちのぼらせていた。

「何だ、きさまは。自分は、自分の女房に用があるんだ。きさまなんぞに用はない」

「君は気がどうかしているな。僕の家内をとらえて、君の女房だなんて、間違えている。ははは、そうか。東京には色気ちがいが多いと聞いたが、それだな」

「ばか。なにを失敬な。なにが色気ちがいだ。自分の女房を盗んだきさまは、憎むべき大泥棒だ。きさまを……」

「待て。僕は百歩をゆずって、君に一つの機会を与えよう。しずかに心を落着けて僕の家内と話をしてみたまえ。果して君の女房なら、きっと話があうだろう。話があわなければ、君は間違いであることを悟るだろう」

それは自信にみちた関の提言だった。

保狩は、意外な提議にちょっと気を呑まれた形であったが、間もなく元気になって女の前に進み、いろいろと話しかけた。

女はそれに対し、短いながら、いちいちはっきりした返事をした。

関は横にいて、葉巻の煙をあたりへまきちらしながら、にやにや笑っている。

保狩の言葉の調子がだんだん乱れてきた。女の方はいよいよ冷やかに、そして気高かく見えた。——男の方は、質問のことごとについて、女から否定の言葉を投げかえされたばかりか、時と共に、相手が最初考えていたように亡妻チトセではなく、顔や姿は似ているが心持も思想も精神も嗜好もみんな違っている別箇の人物であるように、だんだん思われて来たからであった。そして遂に保狩は絨毯の上へべったり尻餅をつき声をあげて子供のように泣き出した。

対決は終ったのだ。

後方からその場の様子を見護っていた春川は、そのとき飛び出していって、保狩を抱え起こしてやった。関蝶吉と花子の両人は、平然たる顔付で広間を出ていった。

あとで、保狩の気が大分落着いてから彼は風子と春川との前で、しきりに首をかしげて独言をくりかえした。

「ふしぎだ。顔や姿や声は、たしかに死んだチトセに違いないんだが、話してみれば、まるで違った女だ。こんなふしぎなことが一体あるだろうか」

春川もがっかりした顔になって居り、風子も機嫌がよくなさそうであった。

が、その中へ電話がかかって来たために、風子は俄かに元気を取戻した。その電話は、ホテル・センからであったが、ボーイ某の知らせて来たことに、関蝶吉夫妻は午後一時半東京空港から愛機を操縦して北方に飛び去ったということだった。

「えっ、逃げられちゃったか」

と、春川は目を丸くして叫んだ。保狩はそれを聞いても、少し唇を曲げただけであった。

「逃げてくれるようなら、脈があるんだわ。さあそれではあたくしたち三人もいっしょに北へ飛びましょう」

「追跡?」

「とにかく保狩さんが亡くなった奥さまを葬った土地へ行ってみましょう。そこに何かなければならないのです。ねえ、蜂矢先生」

「そうです」春川は苦しい返事をした。

「行くですか、それはいい。自分が案内を致しましょう」

保狩も目に見えて元気になった。

極寒の都

現地との無電連絡に一時間ばかりかかったがその結果風子は現地へ赴くべき必要を更に強く感じたようであった。彼女は、無電に出た相手に、二三のことを依頼した。それから待っていた春川と出かけ、途中で保狩を連れだして、三人一緒に空港へついた。

それから二時間半ののちに、一同は飛行を終って、搭乗機を出、現地の土を踏んだ。昼間だというのにすごい吹雪で、十メートルと視界がきかなかった。十年前なら、こんな荒天に飛行は全く不可能だったのだ。

混血人の四毛氏というのが迎いに来ていた。それに案内されて三人は地下街に入り、それからしばらく乗物の力を借りて走り、遂に旅宿へ辿りついた。

さすがに保狩氏は昂奮していた。氏の傍を、春川は放れないように命ぜられていた。

風子は別室で四毛氏としばらく密談して、打合わせを遂げた。

「当時の葬儀屋の鶴田亀九郎という者が、人相の上からいって、お問合わせの人物に該当して居ます。これがその葬儀屋の肖像写真です。ごらん下さい」

四毛氏が風子に手渡した写真には、唇の小さい、鼻の貧弱な、眼の細い、頤の四角な人物がうつっていた。風子は、その人物が、かのホテル・センで念入りに観察した関蝶吉と同一人物乃至は頗るよく似た人物であることを認めた。

「それから関蝶吉と同じく花子の件ですが、まず関蝶吉なる姓名を持った人物は、この市ではパウロ生理学研究所のドクトル関の外にないのです。しかし関博士は非常に嫌人癖があって社交界へはもちろん訪問者にも絶対に会わないという変った人物でして、博士の肖像写真をお目にかけることが出来ないのが遺憾であります。しかし伝えられていることは、博士は大きな黒眼鏡をかけ、顔は深い髭に包まれ、そして背は低く、肩幅は広いとのことであります。その点では、どことなく葬儀屋の鶴田と共通な特徴があるように感ぜられますが、その判定は貴女にお委せすべきでしょう」

風子は、無言のまま肯いた。

「このドクトル関の研究命題ですが、それも噂話なんですが、高圧電気を駆使する生理学だとのことです。そしてドクトルの研究室は絶対に他から窺うことを許されません。部員すら、ほんの一部の部屋にしか足を踏み入れることが出来ないんだそうです」

「ドクトル関の下にいる部員は何人ぐらいでしょうか」

「二十四、五名ですね」

「その中でドクトルが特に信頼している部下というのがありませんでしょうか」

「それは五、六名あるそうです」

「いや、どうもありがとうございました。ああそれから、この土地では、人が死ぬと火葬にしないで土葬にするんですってね」

「はあ。これは大昔からの慣習ですからね。もっとも土葬といっても、今のように氷雪の深いときには土のあるところまで掘り下げられません。だから実際は氷の中に棺桶を埋めておくしかないのです」

風子はこの話にいたく満足の面持だった。

三十分の休息をとった後、一行四名は手筈をきめて旅宿から出動した。風子は最早あからさまに指揮をとった。そういうときは、探偵事件が最終階程に来た場合に限るのだった。

一行は、四毛氏の案内によって、ドクトル関の研究室区画へ向った。そこはやはり地下に在ったが、都心を離れた淋しい坑内であった。

時刻は午後二時だが、地下のこととて、坑道には交通灯が行儀よく一定間隔をおいて照らして居り、部屋のあるところは、点灯しているとこはいやに明るく、消してあるところは漆をぬりこめたように暗黒であった。

研究室の入口を開扉させることは非常にむずかしいことではあったが、四毛氏が先登にたって交渉したので難なく開かれた。実は氏は、この土地の検察官だったから。

戸口を飛びこんだ四人は、みんな顔全部を蔽うマスクをつけていた。これを見た研究部員たちは、呀っと愕いて騒ぎだしたが、しかし次の瞬間にみんなへたへたと腰を抜かして床の上に伸びた。検察官四毛氏の放つ昏睡瓦斯《ガス》弾が、一時彼らの知覚を奪ったのだ。こういう手段は能率よく効果多い捜査には、よく用いられる。

同じような手段をくりかえして、一行はずんずん奥へ進んでいった。

そして遂に、ドクトル関が立籠る部屋の扉も開かれてしまった。しかしこのときに限り昏睡弾は発射せられなかった。そして憤激の形相ものすごきドクトルと蜂矢風子とは面と向き合ったのである。風子を認めたドクトルの面上にはさっと不安の色が流れ、そしてそれは一瞬にして消え、そのあとではドクトルの顔は一段と赤く燃えた。

「ドクトル。あなたの犯した二つの罪悪が明白となりました。検察官の執行により、あなたはまず第一に、ここに居る保狩氏のためにチトセ夫人を返却しなければなりません。第二に、あなたはチトセ夫人のお通夜のとき強盗に押入り居合わせたる一同より金品を奪い、そしてチトセ夫人の遺骸までを盗み去ったことを告白しなければなりません」

風子は、検察官に代って、ドクトル関に告げた。ドクトルは、にがにがしい顔になって床に唾を吐いたが、

「わしは悪いことをした覚えはない。あの夜闖入したかもしれないが、お預りした金品はすべてあの部屋の天井裏にあるから、探してみられよ。チトセ夫人の遺骸は頂戴していったが、これは死と共に保狩氏には用がなくなったものだから、わしが貰っていったのだ。不用のものを拾うのは犯罪ではない」

「ほざいたな、恥知らず奴。チトセは今も生きている。銀座でもホテル・センでも見かけた。きさまが盗んだのは死体ではなく、生きているわが愛妻の身体だ」

たまらなくなった保狩が、前へとび出して来て叫んだ。しかしドクトルは平然たる顔付で、気の毒そうに保狩を眺めた。

「あのときは死んでいた。医師が死亡を証明したではないか。――分っている。君の聞きたいのは、亡くなった妻と同じ姿形をした女が、なぜぴんぴんしているかということであろう。君には信ぜられないかもしれないが、わしが編みだした高圧電気による神経電撃術で、心臓麻痺で死んだ人間の心臓を再び動き出させるのだ。わしはその方法によって、チトセのみならず数十名の男女に、死後の生命を与えている。嘘だと思ったら、あとで彼らを収容している地階へ案内しよう。どうだ、愕いたか」

聴き手の四名は、返す言葉を知らなかった。ドクトルは悠々と椅子に腰をかけ、パイプをくわえた。

「ただ一つのわしの不満は、そうして生き返らせた人間が、死亡前の記憶をすっかり失ってしま

うことだ。だからわしの手術は、まだ完全なる域に達していないのだ。大いに恥かしく思う」

そういってドクトルは、パイプを口から放し額をおさえてさしうつむいた。

検察官は連れを促してドクトルの部屋を出た。彼はドクトルの告白によって、ドクトルを逮捕するか否かについて大きな疑義を生じたからであった。

蜂矢風子と春川とは、東京へ引取ったが、今もこの事件について語るときには割切れない顔になる。

保狩氏はどうしたろうか。氏はドクトルにねだって、無理に花子——すなわち再生のチトセを引取り同棲生活を復活したのであるが、一ケ月あまり後に、花子を解放してドクトルへ返還した。どこか工合の悪いところがあるらしい。文明が生んだ悲劇の一つというべきであろう。

都市のなかの女性探偵たち

横井 司

明治から現代にいたる女性作家・女性文学をめぐる考察を前提として、「都市のなかの女性探偵たち」というテーマで書くことが求められているわけだが、本題に入る前に一言お断りしておきたい。女性探偵について考えようとしたとき、女性作家・女性文学に現われるキャラクターに限っていえば、日本におけるその創出は第二次世界大戦後まで待たなければならない。いまだ考証の余地があるとはいえ、管見に入った限りでは、女性作家による女性探偵キャラクターが、戦前には書かれていないといってよい。探偵小説＝推理小説＝ミステリというジャンル自体が、ほとんど男性の創作主体によって担われていたためである。

そうした状況のなかで、男性作家の手になる女性探偵について無視することは、女性探偵のありようを考えていく上で、重要な視点を欠くことになるように思えてならない。そこで本文では、ことに戦前の記述に関しては、男性作家の手になる女性探偵（それとても稀少なのだが）を紹介することに紙幅を費やしていることを、ご了承いただきたい。

1

日本の探偵小説史における女性探偵の系譜を考えるとき、その第一号として指を屈せられるべきは、久山秀子が創造した女性犯罪者の「隼お秀」であろう。『新青年』一九二五（大正一四）年四月号に掲載された「浮れてゐる『隼』」で初登場した「隼」は、同じく『新青年』一九三七（昭和一二）年一二月号に掲載された「隼銃後の巻」で退場するまで、同誌を中心に二〇編ほどの作品で活躍している。

「隼お秀」こと久山秀子は二〇代前半の女性で、女学校を出た後、津山仏語塾に入り、その後、T大学文学部の第一回女子聴講生となった。その聴講生時代から不良少女を従えて、犯罪に手を染めていた。聴講生修了後は、どのような背景を持つのかは紹介されないが、富田達観が所長を務める秘密探偵事務所預かりとなる。こうして、象潟署の高山刑事の目をかいくぐってスリ稼業に精出す傍ら、時には富田所長の助手として探偵調査に努めることもあるという設定である。当時『新青年』に訳されて好評を博していたジョンストン・マッカレー Johnston McCulley の地下鉄サム Thubway Tham シリーズを下敷きに、地下鉄サムを「隼お秀」に、サムを追いかけるクラドック刑事を高山刑事にしたものと目されている。

久山秀子という署名入りのテクストは、確認できた限りでは、一編を除いてすべて「隼」の一人称で語られている。「私は何故探偵作家になつたか?」という特集に寄せたエッセイ「丹那盆地の断層」（『新青年』一九三二年二月増刊号）や、「新説デカメロン」という競作のために書いた読み物「白旗重三郎が凄がつた話」（『新青年』一九三六年一月号）まで、「隼」が語る話という形式がとられている。女性犯罪者が自らの経験や見聞を物語るという設定が徹底されているわけだが、久山秀子という女性名で書かれたこの連作の作者は、実は海軍航空隊の国語科教授を勤める男性であった（後註・久山秀子の詳しい経歴については、『久山秀子探偵小説選Ⅲ』〔論創社、二〇〇六年〕の横井司による「解題」を参照されたい）。

シリーズ第一作「浮かれてゐる『隼』」において「隼」は、無事仕事を終えた後、男装して芸術家と称し、料理屋で「酌婦《をんな》達」と遊ぶ。その別れ際を思い出して「隼」は、「一つ夜着に包まれながら、終に打ち解けなかつたあたしを、翌朝《あくるあさ》になつて送り出した時の、あの娘の怨めし気な、しかも名残り惜しげな寂しい顔は、まだはつきりとあたしの胸に烙《やき》付けられてゐる……。」と書きつけているが、「一つ夜着に包まれながら」相手を男装した女性だと気づかないなどということがあるものかどうか、という詮議は措くとして、このように男女の性的な差違を行き来する、何ものにも囚われない自由なキャラクターとして「隼」が造形されていたことには注目しておきたい。書き手（作者）自身、男性でありながら女性語りを駆使することで、性的なありようを擬装していたわけだが、おそらくそこにはジェンダーの桎梏から超越するという狙いがあったわけではなく、弁天小僧菊之助（河竹黙阿弥『青砥稿花紅彩画《あおとぞうしはなのにしきえ》（白浪五人男）』一八六二年初演）などに代表される、異装の犯罪者という伝統にのっとっていたにすぎないと考えるのが、妥当というものだろう。「戯曲　隼登場」（『探偵趣味』一九二六年一二月号）では、歌舞伎役者よろしく見得を切って登場したところで幕になるという作劇法がとられており、このことからも、舞台の悪役の属性を与えられていることは明らかだろう。あるいは、性を超越する形でしか（時として男性を擬態しなければ）、縦横無尽に都市で活躍する女性探偵的なキャラクターは描けなかった、ということだろうか。また「隼お秀」というニックネームは、毒婦もののニュアンスが刻印されているようにも感じられることも、指摘しておこう。

歌舞伎的な、あるいは毒婦もののコードを脱した女性探偵が描かれるのは、一九三〇年代末期になるまで待たなければならなかった。一九三七年七月に起きた盧溝橋事件と、そこから派生した日中事変によって、「隼」のようなキャラクターが時局にふさわしくないと思われたことは、容易に想像がつく。その「隼」の後を引き継ぐように現われたのが、木々高太郎・海野十三・大下宇陀児という三人の男性作家による連作シリーズ「風間光枝探偵日記」（『大洋』一九三九年八月号〜四〇年四月号）に登場する風間光枝である。女学校を卒業後、星野私立探偵事務所に勤める二十歳の女性という設定で、一人のキャラクターを三人で描いたために、それぞれの作者によってキャラクターの造形は微妙な温度差を示している。

木々高太郎が執筆した連作の第一話「離婚の妻」では、スパイ事件の調査のために、精神を病んだ検事夫人に変装した光枝は、当の検事に恋愛感情を抱いてしまい、「女探偵にとつて、最も慎む可きものが恋情である」という「第一の禁」を犯したことに精神的打撃を受けている。海野十三が執筆する第二話「什器破壊業事件《ものをこわすのがしやうばいじけん》」では、第一話を受けて、「たつたあれくらゐのことで、急に気が弱くなつてしまふといふのも、所詮それは女に生まれついたゆゑであらうが、さりとは口惜しいことである」と考えている場面から始まるのだが、物語自体は、海野十三のシリーズ探偵である帆村荘六の助手としての働きが、軽妙に描かれる。大下宇陀児の執筆する第三話「危女保護同盟」では、無意識の内に男性を惹きつけずにはいない女性が陥った危機を、女学生時代の仲間たちが救おうとする話だが、その仲間の中に風間光枝もおり、結局光枝の活躍で女性の名誉が守られる。口先だけで行動力が伴わない女学生時代の同志の中で、光枝のみが世慣れた女性であるかのように描かれている。

右に示したように、風間光枝は、「隼」のような性別を超越した活躍をみせるわけではなく、その時代なりに等身大の感情を持つ一人の女性として描かれている。男性作家による執筆とはいえ、非現実的なスーパー・ウーマン的なキャラクターではない点を、見逃すわけにはいかない。ただしその一方で、男性的価値観を内面化したキャラクターの枠を超える存在ではないこともまた、認めなければならない。それは、風間光枝を海野十三がどのように消費していたか（いったか）をみても、明らかである。

「風間光枝探偵日記」は、各作家の執筆分がそれぞれの単独著書に収められたこともあるが、連作そのものが単行本として刊行されたことはなかったようだ。海野十三は、この連作が終了して後、風間三千子という女性探偵を主人公としたシリーズを執筆しており、それを風間光枝ものに改めて単行本に収めたりもしている。海野は戦後になって、蜂矢風子という女性探偵も創造している（「沈香事件」『宝石』一九四六年五月号。丘丘十郎名義）が、風間光枝や、その後継者である風間三千子は、テクストの最後で帆村荘六に助けられる格好になることが多い。海野十三のテクストでは、女性探偵は常に男性探偵の後塵を拝するか、協力者として現われるのである。それはまた、時代が女性探偵に要求する性的役割でもあったともいえようか。
その意味では、久山秀子の「隼お秀」というキャラクターは、男性的秩序を壊乱する存在であるという点において、男性作家の手になる女性探偵でありながら、現在でも独特の位置を占めているといえないこともない。

2

第二次世界大戦前の代表的な女性探偵は以上の通りであり、すべて男性作家によって描かれた。一条栄子（小流智尼）や大倉燁子、勝伸枝、中村美与子など、女性作家が皆無であったわけではない。だが、まだまだ考証の余地はあるとはいえ、分っている限りでは、彼女たちが女性探偵を創造することはなかったのである。

戦後になっても、「鯉沼家の惨劇」（『宝石』一九四九年三月号）を書いた宮野叢子（戦前に、紅生姜子としてデビュー。後に「村子」と改名）がいたものの、女性作家が本格的に活躍し始めるのは、仁木悦子が『猫は知っていた』で第三回江戸川乱歩賞を受賞し、一九五七年にデビューしてからのことだ。その仁木悦子が創造したのが、作者と同じ名前の仁木悦子というキャラクターである。ただし役どころとしては名探偵の協力者であるワトスン役であり、名探偵として創造されたのは作中の仁木悦子の兄・仁木雄太郎だった。

この時期、他に女性探偵がいなかったわけではない。仁木悦子の登場と前後して書かれていたシリーズ・キャラクターとしては、たとえば、藤沢桓夫の医学部女学生・康子（『オール讀物』ほか、一九五四年～五八年）や、島田一男の〈婦警日誌〉シリーズ（『婦人朝日』一九五六年七月号～五七年六月号）に登場する塚原婦警と、〈女事件記者〉シリーズ（『婦人朝日』一九五八年一月号～一一月号）に登場する津川京子記者。そして、小沼丹の女性教師ニシ・アズマ（『新婦人』一九五七年四月号～

五八年三月号）などがいる。このように、女性探偵として印象に残るキャラクターは、みな男性作家が創造したものであった。

日本に翻訳された作品から判断する限りでは、海外でも事情は同じであった。カーター・ブラウン Carter Brown の創造したメイヴィス・セドリッツ Mavis Seidlitz（一九五五年初登場。邦訳は六二〜六三年）や夫婦作家G・G・フィックリング G. G. Fickling の創造したハニー・ウェスト Honey West（一九五七年初登場。邦訳は六六〜六八年）など、この時期を代表する翻訳ミステリの女性探偵たちは、いわゆるB級ハードボイルドと呼ばれるテクストの中で表現されていた。読者は当然、男性が想定されており、推理力よりはお色気と行動力を武器として活躍していた。身体性が強調されているとはいえ、それはあくまでも男性の視線に則ったステロタイプなものでしかない。

先にあげた日本の男性作家のテクストは、その発表メディアの多くが女性誌ゆえだからか、お色気と行動力によって解決するキャラクターではなく、むしろセクシャリティに関わる側面は抑えられて、観察力・推理力を駆使して謎を解くキャラクターとして描かれている。日本の男性作家が描くこれらの女性探偵たちは、第二次世界大戦前の風間光枝の系譜にあるといっていいだろう（ちなみに、海外の女性作家が創造する、観察力・推理力を駆使して謎を解く女性キャラクターは、アガサ・クリスティー Agatha Christie のミス・マープル Miss Marple［一九三〇年長編初登場。邦訳は五一〜七七年］のように、老嬢として設定されることが多い。グラディス・ミッチェル Gladys Mitchell のブラッドリー夫人 Mrs. Bradley［一九二九年初登場。邦訳は五八年および二〇〇二〜〇七年］なども、この系列といえる）。

この時期ではおそらく例外中の例外であろうと思われるのは、組織の中で苦労する女性警官を描いたドロシイ・ユーナック Dorothy Uhnak のクリスティ・オパラ Christie Opara 刑事シリーズ（一九六八年初登場。邦訳は七〇〜七二年）である。こうしたキャラクターが登場する背景には、一九六〇年代のアメリカで展開された女性解放運動があると思われる。少し遅れて、女性私立探偵の活躍をリアルなタッチで描いたP・D・ジェイムズ P. D. James の『女には向かない職業』（一九七二年。邦訳七五年）も登場しており、海外ミステリの世界ではリアル志向の女性探偵が増えつつはあったといえるかもしれない。いずれも女性作家の手になるキャラクターであった。

では、日本における女性作家による女性探偵の第一号は誰だろうか。これも考証の余地があるとはいえ、おそらくは山村美紗が創造したキャサリン・ターナー（『花の棺』一九七五年）ではないかと思われる。アメリカ副大統領の娘である青い目の女子大生探偵が、京都を舞台に活躍するシリーズだが、都市を生きる探偵としての血肉を備えているかといえば、判断を留保せざるを得ないだろう。山村美紗の目指すところが、トリックを駆使した謎ときのプロットを備えた、いわゆる本格推理小説であったことを思えば、探偵役が記号的な存在を超えることがないのは当然である。国際化時代という社会背景をふまえて創造された節があるとはいえ、あえて女性であることの必然性に乏しいキャラクターであった。

それに対して、現代にも通じる自立した個性を持つ女性探偵の先駆的存在として注目されるのは、夏樹静子が「暗闇のバルコニー」（一九七六年）に始まる連作に登場させた女性弁護士・朝吹里矢子である。国立大の法学部を卒業後、司法試験に合格して、居候弁護士（いわゆるイソベン）の身分にある二十五歳の女性である朝吹里矢子は、ドロシー・ユーナックの女性刑事ものにも通じるプロフェッショナルな職業に就く等身大の女性探偵として、リアルに造形されている。

書き手である夏樹自身が、検事か弁護士として活躍してみたかったと漏らしたことがあるという（木村喜助「解説」『星の証言』集英社文庫、一九七九年一二月）。殺人ゲーム的な世界観の下ではなく、リアルな現実を背景とした世界観の下で女性探偵を描こうとすれば、素人探偵ではなくプロフェッショナルな職業人であるという設定は、必然であったのかもしれない。女性私立探偵という存在は、現実には皆無ではなかったものの、欧米風の私立探偵を日本を舞台に活躍させることは、作品世界の現実性を問題にすればするほど抵抗があるということは、当時にあって良心的な仕事をする作家の共通認識であったことを忘れるわけにはいかない（事情は、男性の私立探偵でも同じなのだが）。この時期の朝吹里矢子は、初々しい女性弁護士として描かれており、背景の現実性を別にすれば、女性を取り囲む社会的現実がそのキャラクター造形と密接に関わっているというふうには読めない。里矢子自身、法の言語が自らを抑圧するように働くことに自覚的ではないように、読めてしまう。男性社会の論理を内面化し、そのルールに従って行動するという意味では、山村美紗のキャサリンとたいした径庭はない、といえないこともないのである。

3

現在書かれている、女性探偵を取り囲む社会状況と女性探偵のキャラクターとが不可分なもの、その社会状況がキャラクターを形成してきたというふうに描かれる、あるいはそういうふうに描くことに重心が置かれるテクストが登場するのは、サラ・パレツキー Sara Paretsky のV・I・ウォーショースキー V. I. Warshawski シリーズ（『サマータイム・ブルース』一九八二年。邦訳は八五年）と、スー・グラフトン Sue Grafton のキンジー・ミルホーン Kinsey Millhone シリーズ（『アリバイのA』一九八二年。邦訳は八七年）が紹介されて以降のことだ。男性に依存することのない、自立した女性として登場した二人のキャラクターは、女性読者の絶大な支持を受け、女性探偵ものの新時代を築いたといっていい。この二作に、パトリシア・コーンウェル Patricia Cornwell のケイ・スカーペッタ Kay Scarpetta シリーズ（『検屍官』一九九〇年。邦訳は九二年）が加わって、女性探偵ブームが起こる。作中探偵・作者・読者がすべて女性 female であるということから、3Fミステリと呼ばれた（日本の場合は、翻訳者も女性というわけで4Fミステリといわれていた）。

こうした状況を反映して登場したのが、桐野夏生の『顔に降りかかる雨』（一九九三年）である。桐野はこの作品で、大金を拐帯して失踪した友人の行方を捜さなくてはならないはめになり、成り行きで父親の仕事であった私立探偵業を引き継ぐことになる村野ミロというキャラクターを登場させた。少し遅れて、柴田よしき『ＲＩＫＯ——女神《ヴィーナス》の永遠』（一九九五年）と、乃南アサ『凍える牙』（一九九六年）が書かれた。共に男性優位社会である警察組織の中で、差別的な扱いに耐えながら孤独な闘いを続ける女性警官を登場させている。それぞれに個性的であるこれらのテクストに共通しているのは、一度は結婚していたか意中の男性との関係を持ったかしたことがあるが、現在では独り身の三十代の女性が、捜査の過程でさらされる男性の差別的な視線に対抗しながら、個人としての矜持を持ち続けていく点にあるといえようか。

このうち、桐野と柴田のテクストは、女性の性的ありようを描くことに積極的である点も、その特徴のひとつに数えられる。桐野夏生『天使に見捨てられた夜』の解説「村野ミロの自尊心、桐野夏生の勇気」（講談社文庫、一九九七年六月）において松浦理英子は、桐野が「小説家としてきわめて真摯に取り組んでいるのであろう主題」は「恋愛と性愛をめぐる主題」であると述べ、その問題のポイントを「男性に依存せず自分の人生を主体的に営んで行こうとしている女性は、いったいどのような恋愛をし、どのような性生活を持つのだろうか。主体的な生き方を営む女性は、恋愛や性愛においても妥協せず自分の信じるあり方を貫いて、成功できるのだろうか」というふうにまとめている。こうした問題意識は、柴田よしきの村上緑子《りこ》シリーズにも引き継がれている。異性のみならず同性とも関係を持ち、シングル・マザーとなってもなお警官という職業を続けるという設定を通して、女性のセクシャリティやジェンダーの問題をテクストの中に大胆に取り込んでいるという点で注目されている。『ＲＩＫＯ』の解説（角川文庫、一九九七年一〇月）において千街晶之は、「女性の官能を描き切ることで、欲望する（視る）男性と欲望される（視られる）女性という古典的な性の役割分担を無効化し、相対化する『視線の政治学』を見事に描ききって」おり、「性という、縺れに縺れた毛糸の玉にも似たこの永遠のテーマを、決して教条主義に陥ることなく、小説という形で女性の立場からリアルかつ真摯に語ってみせたところが、この連作の貴重さの要なのである」と評している。「リアルかつ真摯」かどうかは判断を保留したいが、少なくとも性的身体を前提とした壊乱的なありようは、従来の男性作家のミステリ・テクストとは違う書法・スタイルによく現われているように思われる。

乃南のテクスト『凍える牙』では、機動捜査隊巡査である音道貴子が、オートバイを駆使して犬と狼のハーフであるオオカミ犬を追い詰めるのだが、そこに描かれているのは貴子のオオカミ犬に対する共感である。『凍える牙』では貴子の性愛よりも、彼女が希求する凛烈な精神のありようをオオカミ犬に託して描くことに重点が置かれているといえるかもしれない。その意味では桐野や柴田のテクストとは、微妙な温度差がある。とはいえこの三作が、女性探偵ものとして一時代を劃したことに疑いを入れることはできないだろう。

こうしたフェミニズム的視点とでもいえそうな要素が男性作家の書くものに影響を与えたことをよく示すのが、横山秀夫の『顔』（二〇〇二年）である。似顔絵を書くという特技を持つ婦人警官が、その特技ゆえに個人として見てもらえない状況に置かれてしまうこの連作では、男性社会の中で女性がいかに生きているかという諸相が活き活きと描かれている。女性の社会進出を背景として自然に発想されたものだろうが、島田一男の〈婦警日誌〉シリーズや〈女事件記者〉シリーズと比較したとき、『顔』というテクストの個性はことさらに際立つ。

こうしたフェミニズム的視線ともいうべき要素が表面に描かれず、女性としてというよりも、自尊心を持つ個性の生のありようを物語とスムースに絡めて描いているのが、宮部みゆきのテクストだといえる。『パーフェクト・ブルー』（一九八九年）では探偵事務所を営む一家の長女・蓮見加代子が主人公で、その長女の肩肘張らない考え方や生き方が描きこまれているという点では、仁木悦子が描く等身大のヒロインの魅力を引き継いでいるといえるかもしれない。また若竹七海の『依頼人は死んだ』（二〇〇〇年）では、私立探偵事務所にフリーの立場で所属する葉村晶というキャラクターが登場する。「確かめて、調べて、白黒つけなきゃ気が済まない病気」にかかっていると揶揄される葉村は、謎に対して真摯に追及する姿勢が突出している点と、ややシニカルな視点を持っているキャラクターで、この連作はキャラクターよりもプロットに主眼が置かれているといえよう。その意味では、男性作家たちが描いてきた女性探偵の流れにあるといえるが、泡坂妻夫の曾我佳城(『天井のとらんぷ』一九八三年)や北村薫の新妻千秋(『覆面作家は二人いる』一九九一年)、二階堂黎人の二階堂蘭子(『地獄の奇術師』一九九二年)、西澤保彦の神麻嗣子(『幻惑密室』一九九八年)、愛川晶の根津愛(『夜宴』一九九九年)のような記号的な存在にはとどまらない魅力を持っている(これはもちろん、ミステリとしての評価とは異なる。また西澤のテクストは単なる記号的存在と切って捨てられない要素もあるし、女性探偵と少女探偵を一緒くたにする乱暴さにも留意しなければならないのだが、ここではそういう示唆をするにとどめておく)。

4

日本の女性探偵が登場するテクストにおいて、一九九〇年代には声高に主張しなければならなかった女性の権利やセクシャリティは、二〇〇〇年に入るころには、緩やかに沈静していった。女性の権利やセクシャリティといった問題が社会に受け入れられ、もはや当たり前のものになった、それを前提としないテクストなどありえなくなったのだといえるのかもしれない。そうした状況は先に述べた横山秀夫『顔』のようなテクストの存在が象徴的に示しているのだといえる。

かつて男性に擬態することでしか都市のなかで活躍することが出来ず、おおむね男性の協力者としての位置に甘んじてきた女性探偵というキャラクターは、次第に自らの身体を所有し始め、九〇年代に入って自らのセクシャリティに真摯な目を向けるようになった。また、男性社会の中で、その差別的視線に耐えながら、自らのスタンスを固めるようになった。そうした過程を経た現在、女性探偵たちは〈女〉としていかに生きうるか、という問いに加えて、〈人間《ひと》〉としていかに生きるべきか、という問いを常にはらみながら活躍しているように感じられる。男性の描く女性探偵が、謎ときのための機能しか持っていない記号的存在であることが多いのに対し、女性作家の描く女性探偵には、現代社会を生きる女性が抱える問題がことさらに書き込まれているように思える（それは、男性の研究者であるこの私の偏向した観方だろうけれど）。ともあれ、そのように都市を生きる女性にまつわる問題をスキャンするメディア装置として、女性探偵キャラクターは今後とも注目されるべきであろう。

解題

横井司

日本の探偵小説界では古くから連作の試みが盛んであった。中島河太郎は、「合作・連作探偵小説史」（『幻影城』一九七六・四。後に『日本推理小説史』第三巻［東京創元社、九六］に収録）において、「そのもっとも早い例」として「五階の窓」（『新青年』二六・五〜一〇）をあげ、以下、一九七一年までの試みを概観しているが、残念ながら、木々高太郎《たかたろう》・海野十三《うんのじゅうざ》・大下宇陀児《うだる》という三人によって書き継がれた連作探偵小説〈風間光枝探偵日記〉には言及されていない。同連作は、スタイルとしては先行する「楠田匡介の悪党ぶり」（『新青年』二七・七〜一二）と同じく、同一キャラクターを使って、複数の作家が読み切り短編を書き継いでいくという形式のものである。楠田匡介シリーズが、その題名どおり、男性の犯罪者キャラクターであるのに対して、風間光枝シリーズが、女性の探偵キャラクターであるという対照が興味深い。女性の犯罪者キャラクターを登場させた連作としては「江川蘭子」（『新青年』三〇・九〜三一・二）や「畸形の天女」（『宝石』五三・一〇〜五四・二）が知られているが、このように女性犯罪者を狂言回しとすることが多かった中で、風間光枝シリーズはその異色さが際立っており、女性キャラクターに対する男性側のロマンティシズムのありよう、ないしその振幅も垣間見せる興味深いテクストといえるのである。

その特徴について詳述する前に、連作に関わった各作家の略歴を述べておく（執筆順）。

木々高太郎は、一八九七（明治三〇）年五月六日、山梨県に生まれた。本名林髞《たかし》。甲府中学卒業後、上京して詩人の福士幸次郎に師事した。一九一八（大正七）年、慶応大学医学部予科に入学。在学中も小説の執筆などを試みている。卒業後は、同大学生理学教室助手を務め、のち助教授となる。三二（昭和七）年、レニングラード実験医学研究所に留学して、パブロフ **Иван Летрович Лавлов**（一八四九〜一九三六、露）の許で条件反射の研究に従事した。帰国後の三四年、科学知識普及評議会の席上で海野十三を知り、その勧めで書き上げた「網膜脈視症」を

『新青年』に発表し、探偵文壇にデビュー。フロイト精神分析学を取り入れた清新な作風が注目された。以後旺盛な筆力を示し、前年にデビューした小栗虫太郎とくつわを並べて、第二次世界大戦前における第二期の探偵小説ブームを牽引した。三六年には、留学体験を活かした長編「人生の阿呆」を『新青年』に連載。完結後、探偵小説芸術論を抱懐した長大な序文を付して刊行し、翌年、第四回直木賞を授賞した。同じ三六年には、『ぷろふいる』誌上で「探偵小説講話」を連載中の甲賀三郎と、探偵小説の芸術性をめぐって論争を展開した。一方、失敗する探偵というモチーフで知識人の悲哀を描いた「折蘆」を『報知新聞』に連載。三七年になると、小栗虫太郎・海野十三と共に探偵小説専門誌『シュピオ』を創刊（『探偵文学』三五・三～三六・一二を引き継いだもの）。同じ年、自伝的長編「笛吹」を連載したが、次第に戦時色を色濃くしていく世情に合わせて、探偵小説の執筆は減っていった。戦後になって慶応大学医学部教授に就任。短編「新月」（四六）で第一回探偵作家クラブ賞・短篇賞の受賞を皮切りに、再び旺盛な創作力を示していく。四九年から五一年にかけて『宝石』に連載した「わが女学生時代の犯罪」（後に「わが女学生時代の罪」と改題）では、久しぶりにフロイト精神分析学を取り入れ、同性愛と絡めて過去の事件に光を当てるという出色のプロットを提示した。戦前の芸術論を発展させて、探偵小説を知恵の勝利を描いた文学と定義するに至った。なお、戦後、芥川龍之介・森鷗外なども含めた異色の選集である〈推理小説叢書〉を雄鶏社からいち早く刊行し、推理と思索の文学を「推理小説」と呼ぶことを提唱したことが、現在の「推理小説」という呼び名の源泉となっている。六九年一〇月二一日病歿。享年七二歳。

　海野十三は、一八九七（明治三〇）年一二月二六日、徳島県に生まれた。本名佐野昌一《しょういち》、別名丘丘十郎《おかおかじゅうろう》。筆名の「十三」は「じゅうぞう」と訓ずるという説もある。一九二六（大正一五）年、早稲田大学理工学部卒業後、逓信省電気試験所技師となり、無線の研究に従事した。その傍ら、科学雑誌に本名で読物記事を掲載したり、海野名義で「遺言状放送」（二七。後に「放送された遺言」と改題）「三角形の恐怖」（同）などの習作を発表。二八（昭和三）年に「電気風呂の怪死事件」を

『新青年』に発表して探偵文壇にデビューした。その後、「省線電車の射撃手」（三一）「爬虫館事件」（三二）「人間灰」（三四）「赤外線男」（三三）などの探偵小説の力作を発表する傍ら、「キド効果」（三三）や「十八時の音楽浴」（三七）など、ＳＦの秀作を発表。こうしたＳＦ的発想と探偵小説的趣向を融合させた「振動魔」（三一）「俘囚」（三四）などで独自の境地を示した。三六年には都市幻想を胚胎させた探偵長編「深夜の市長」を連載する一方、地球侵略テーマを扱った初の長編ＳＦ「地球盗難」も連載。以後、児童誌を中心に、堰を切ったようにＳＦ長編を発表し始める。三七年には、小栗虫太郎・木々高太郎と共に『シュピオ』の創刊に加わるが、時局の変遷に伴い、軍事スパイ小説などの執筆に手を染めるようになっていった。ただし、四一年から四四年にかけて発表されたマッド・サイエンティスト金博士のシリーズは、時局の枠にとどまらないユーモラスな作風を示していると、近年評価されている。四二年には海軍報道班員としてラバウルに赴任。四五年の敗戦時には自決を考えていたが、友人の説得で思いとどまったという。その後は旺盛な創作力を回復し、活躍が期待されていたが、四九年五月一七日、宿痾の結核のため没した。享年五二歳。

大下宇陀児は、一八九六（明治二九）年一一月一五日、長野県に生まれた。本名木下龍夫。一九二一（大正一〇）年、九州帝国大学工学部応用化学科を卒業後、農商務省臨時窒素研究所に入った。同じ職場の先輩に甲賀三郎がおり、その執筆活動に刺激を受けて、一九二五年、「金口の巻煙草」を『新青年』に発表してデビューした。二九（昭和四）年からは『新青年』以外にも活動の場を広げ、『週刊朝日』に連載した長編「蛭川博士」が評判を呼び、人気作家として地位を得た。「蛭川博士」は通俗的ながら本格ものであったが、執筆活動当初より、トリックの創意よりも人間心理を描くことに優れており、三一年には、『新青年』に連載中の長編「魔人」が「断じて探偵小説ではない」という批判を甲賀三郎から受けたのに対し、「探偵小説の型を破れ」と反論して旗幟を鮮明にした。後の木々・甲賀論争を先取りするものといえる。その後書かれた「灰人」（三三）「義眼」（三四）「情鬼」（三五）「烙印」（同）「悪女」（三七）などは、今日なお読むに値する犯罪小説の秀作ぞろいである。その他、「紅座の厨房」（三一）「魔法街」（三二）など、怪奇幻想短編にも力量を示している。戦後になって、ヒロイズムに流れる傾向にあった従来の作風を反省し、筋はロマンチックに、描写はリアルにという「ロマンチック・リアリズム」を提唱した。権田萬治は、大下のリアリズムは「巨視的な社会的視野に立つものではなくてむしろ庶民意識に根ざすもの」であり、「よきにつけ悪しきにつけ、松本清張や水上勉のようなある種の社会的、階級的認識に立つものではない」と、その限界を指摘しているが（『日本探偵作家論』幻影城、七五）、松本清張以後の社会派ミステリの登場に先駆けてリアリズムを主張した意義は見逃せない。その後、戦後世代《アプレ・ゲール》の心理を描いた第四回探偵作家クラブ賞受賞作『石の下の記録』（五一）や、父親を殺された少女の悲劇的な運命を描いた『虚像』（五六）などの長編を上梓した。六六年八月一一日病歿。享年六九歳。歿後、遺作長編として諷刺SF『ニッポン遺跡』（六七）が上梓された。

久山秀子が書く探偵小説の擬態された語り手である〈隼お秀〉は、ジョンストン・マッカレー Johnston McCulley（一八八三～一九五八、米）の地下鉄サム・シリーズにインスパイアされたキャラクターとして知られているが、〈隼〉はスリであるだけでなく、富田達観が所長を務める秘密探偵事務所預かりという身分を有してもいた。したがって「チンピラ探偵」（一九二六）や「隼の勝利」（二七）、「隼の解決」（同）といった、〈隼〉が探偵として活躍するエピソードもシリーズに含まれている。このような〈隼〉のありようは、久山の好きな作家であるモーリス・ルブラン Maurice Leblanc（一八六四～一九四一、仏）のキャラクターであるアルセーヌ・ルパンを髣髴とさせよう。「怪盗紳士」Gentlman-Cambrioleur ともいわれるルパンは、『ルパンの告白』*Les confidences d'Arséne Lupin*（一三）や『八点鐘』*Les huit coups de l'hourloge*（二三）などでは名探偵に等しい役回りを演じており、探偵と犯罪者とが地続きの存在である黎明期のミステリ・ジャンルのありようを、よく示している。

このように、当初、女性探偵という存在形態は、犯罪者というありようを通して描かれたわけだが、探偵小説ジャンルにおいては〈隼〉的なありようは珍しく、女性キャラクターは探偵役としてよりも犯罪者として形象されることが多い。そのことは、江戸川乱歩の「お勢登場」(二六)や、連作「江川蘭子」(三〇)の第一回が端的に示しているといえる。〈隼〉が三九年に、事実上引退するまでに、女性キャラクターが探偵役を務めた作品として、管見に入った限りでは、大橋如雪「女探偵」(二七)、甲賀三郎「変装の女探偵」(三〇)などがある。ただ、ジャンル・プロパー作家である甲賀の作品は、刑事の娘が父の命に逆らって犯罪者に加担するというルパン調の古色蒼然としたプロットで、「女探偵」は女性としても探偵としても主体的な存在として造形されているとはいえない。むしろ大橋作品の方が、意外にも女性警官を活躍させた本格もの(密室テーマ)に近い。女性刑事が偶然と直感に頼るあたりは、プロパー作家でないことからくるのかもしれないが、当時の一般通念だった女性性が重ねあわされているように感じられる。巻末に「以上女探偵、月輪美佐子処女出征功名心中の巻とでも云うべきものである」と書かれていることから、伊庭孝作の浅草オペラ『女軍出征』(一九一七年初演)のイメージも(ある意味、揶揄的に)重ねあわせているのかもしれない。いずれにせよ、歌舞伎のイメージも重ねあわされていると思しい〈隼〉シリーズの方が、かえって時代の枠にとらわれない魅力を現出しえているように思われる。

そうした〈隼〉シリーズのあとを受けるかのように連載が始まった風間光枝シリーズは、犯罪者の余儀ではなく、最初から正統的な私立探偵として描かれている点が注目されるのである。

ところで、富田達観が経営する「秘密探偵」とは、今でいうところの「私立探偵」に等しいが、〈隼〉が活躍した当時、女性私立探偵という存在は、まだ成立していなかったと思われているかもしれない。というのも、露木まさひろ『興信所』(八一)などで、一般に日本の女性探偵第一号は、一九三〇(昭和五)年に岩井三郎探偵事務所に入所した天野光子だとされているからである。

露木の『興信所』によれば、天野光子は一八九六(明治二九)年生まれで、山梨の女子師範学校を卒業後、教職に就いたが、その後上京して紡績会社に勤務。一九二〇（大正九）年に結婚するが、後に離婚。再婚後、家計を助けるために岩井探偵事務所を受験して採用されたのだという。

露木は同書で天野を「女性探偵第一号」と記している。だが、平山蘆江の「結婚媒介所と私立探偵局」（『新小説』二二・一二）には「仮に一つの私立探偵局で十人の係員がゐるとして、其中の七人までは女探偵である」と書かれており、平山の記述をふまえるなら、天野以前に女性探偵が皆無だったとはいいきれない。平山は「結婚の上から身元調べ、家出人の行方捜索、又は素行調べの上の尾行などは女の尤も得意とする仕事であらねばならぬ」ともいっており、その仕事内容は露木が紹介する、天野が実際に担当した案件と変わりはない。天野を採用する際、岩井は「女には内情を知りたがる習癖がある……そのうえ我慢強く……この女性なら、当たりも穏やかで情報収集に向いている……と適正に目をつけ」たと露木は書いているが、女性探偵に対する岩井の認識と、次に引用する平山の認識とが、ほぼ十年の開きがありながら、まったく同じといっていい点が興味深い。

女は一体、ものに疑ひ深い性分を持つてゐる。何事に当つても内状を知りたがるものは女である、そして其内状を知る為めにはいろ〳〵の質疑を更に起す事も女の性分である、質疑を訂して行く事については女は殊に綿密な性分を持つてゐる、又依頼者も、調査される人も、相手が女である場合、幾分心を許してかゝる為めに男には知り得られぬ事柄までも女は知り尽し得る特長を持つてゐる、それ等の特長が、自然に女自身で女の職業の範囲を造つて行つたものと思はれる。

とまれ、女性探偵第一号が誰かという点については、いまだ考証の余地を残すものの、メディアに露出するなどして、探偵小説ファンにもよく知られた女性探偵といえば、おそらく天野光子であったろうと推察される。それはたとえば、『新青年』一九三五年三月号に載った、後の久生十蘭こと阿部正雄によるインタビュー記事「三十分会見記」が、「悲劇供養（天野光子女子と語る）」という副題で、天野光子を取り上げているからで、この記事などは探偵小説ファンに強い印象を残したことが想像される。風間光枝が天野光子をモデルにしているといわれるのも（末國善己「編者解説」『野村胡堂探偵小説全集』作品社、〇七・四など）、右のような背景を踏まえたものであろうか。岩井三郎探偵事務所に入ったもう一人の女性探偵として有名な芹沢雅子は、入所したのが一九四〇年であるから、少なくとも時期的に風間光枝のモデルたりえないのである。

それまで女性探偵といえば、初期のサイレント映画（いわゆる連続もの《シリアル》）や小説などのフィクションを通して描かれるか、探偵とはいいながら、実際はスパイ活動を行なう女性を指す（「女流探偵」ないし「女探」といわれる）か、いずれかのありようを示していた。後者については、「悲劇供養（天野光子女子と語る）」の書き出しが、女性探偵に対する視線のありどころをよく示している。

一体、探偵も女流といふことになりますと、なかなか浪漫的でありまして、近くはマタ・ハリとか、マルト・リシヤアルなどといふ名人が居て、これが頻りに波斯風のクネクネ・ダンスなどを踊つて目指す敵の大将を悩殺いたします。充分ナヤましたといふところでまんまと敵の機密を手に入れるのでありまして、エロテイツク探偵術とでも申しますか、その辺の科学的探偵術などは可笑しくて足元にも寄れないやうなのであります。（略）従つて女流探偵たるものは、細心、機敏、沈着、勇気、機智と夫々《それぞれ》有益な五官六能の外に一応美人であるといふ事も大切になるのでありまして、万一この方に欠けてゐては折角の特技を発揮する余地がない訳であります。

マルト・リシヤアル Marthe Richard はフランスの女性スパイで、『私は女スパイだった』*Mon detin de femme*（七四）という自伝の邦訳がある。右の文章が書かれた一九三五年といえば、アガサ・クリスティ Agatha Christie（一八九〇～一九七六、英）のミス・マープルものなどは本国ですでに刊行されていた。それは未紹介だったとしても、アンナ・キャサリン・グリーン Anna Katharine

Green（一八四六～一九三五、米）のアメリア・バターワースや、バロネス・オルツィ Baroness Orczy（一八六五～一九六七、英）のレディ・モリー・シリーズなど、女性探偵ものはすでに翻訳されていたはずである（レディ・モリーものの「砂嚢」The Bag of Sand など、間をおいて二度にわたって訳されている。なお、論創海外ミステリの一冊としてシリーズ全編が訳されたのは二〇〇六年のことだった）。にもかかわらず、男性の探偵役と同じ身体を持つキャラクターとしては認識されていなかったことを、阿部の文章はよく示している。

こうした阿部の認識と、先に引いた平山蘆江や岩井三郎の認識とが、ないまぜとなって、女性探偵に対するイメージが形成されていたといえよう。阿部の文章の四年後に書かれた風間光枝というキャラクターは、非常時に書かれたものであるにもかかわらず、阿部が描き出した女性探偵イメージの枠組からは基本的に解き放たれている。現実の女性探偵をモデルにした（と思われる）ことが、女性スパイといったキャラクター・イメージを排斥するのに与ったのだといえなくもない（そうはいっても時局柄、スパイがらみの事件が多いのだが）。〈隼〉のような犯罪者的属性もはらんだ痛快無比のキャラクターでも、マタ・ハリなどに代表される妖艶なキャラクターでもなく、地に足のついた、その時代ゆえの限界はあるとしても、リアルな女性キャラクターを造形しえた、ないしはその可能性を示したシリーズとして、〈風間光枝探偵日記〉は重要なテクストなのである。

以下、本書収録の各編について、簡単に解題を付しておく。作品によっては内容に踏み込んでいる場合もあるので、未読の方はご注意されたい。

〈風間光枝探偵日記〉

連載第一回時には「誌界空前の新企劃・毎号読切連作小説」という見出しを掲げられていた。また巻末の「編輯日記」には、執筆者三氏に集まってもらい打ち合わせをしたという記述が見られ、「誌界空前の新企劃として評判になること請合ひ」と書かれている。だが、なぜ女性探偵なのか、またなぜこの三人に執筆者として白羽の矢が当てられたのかは、どこにも示されていない。実際にどれほどの評判を呼んだのかは正確には分からないが、一九三九年一一月号誌上の「愛読者通信」欄には以下のような読者からの感想が掲載されている。

吾らのホープ風間光枝さんの颯爽たる探偵ぶり。毎号第一にとびついて読んでゐる。こんな恋人があつたらな、とさへ思ふ位だ。六回で止めないで、いつまでもつづけてほしいと思ふ。之は何も僕一人の意見ぢやない、大洋の全読者の声であるのだ。

「六回で止めないで」と書かれているが、どこにも六回連載とは示されていない。おそらくは一〇月号を見て、次号も掲載されることを知り、最低でも六回と考えたものだろう。実際には、大下宇陀児執筆分である最終回「虹と薔薇」の内容から考えて、当初から九回完結で計画されていたものと思われる。

三七年の盧溝橋事件以来、中国の蔣介石政府と交戦状態が続いていたわけだが、三九年の五月にはノモンハンでソビエト連邦と武力衝突を起したばかり。『大洋』発刊後の九月には第二次世界大戦が勃発している。『大洋』の創刊意図には、こうした時代において、前線の兵士に対して海国日本の想いを鼓舞する意図もあったことと想像される。海軍要人の座談会や対談記事などが誌面を飾ることもあった中で、女性探偵が活躍する連作が書かれたことは、巷間いわれる海軍の開かれた気風を背景としていたからこそ可能であったのかもしれない。

「離魂の妻」(木々高太郎)は、『大洋』一九三九年八月号(一巻三号)に掲載された。後に「離魂」と改題されて、『風水渙《ふうすいかん》』(春陽堂文庫、四〇)に収められた。

葉山と思われる別荘地のホテルを舞台に、検事を務める六條子爵の奇妙な経験を描いた本作品は、機密書類が絡み、憲兵司令官から依頼を受けるというところ以外には、まったく時局色を感じさせないのが印象的な一編である。女性探偵と事件関係者とが事件を通して出会い、恋に落ちてしまうというロマンティシズムは、文学派・木々高太郎の真骨頂といえよう。

モーリス・メーテルリンク Maurice Polydore Marie Bernard Maeterlinck（一八六二～一九四九）はベルギーの詩人・劇作家。日本では『青い鳥』*L'Oiseau blue*（一九〇八年初演）の作者として知られる。

「什器破壊業事件《ものをこはすのがしやうばいじけん》」（海野十三）は、『大洋』一九三九年九月号（一巻四号）に掲載された。後に『幽霊放送者』（ラヂオ科学社、四一）に収められた。『怪盗女王蜂』（高志書房、四七。ルビなし）、『海野十三全集』第七巻（三一書房、九〇。ルビつき）に再録されている。

「離魂の妻」事件で、関係者との恋に陥り、懊悩する風間光枝が、帆村荘六の調査に協力することでその懊悩が払われるという本作品は、木々が担当した前作とうって変わったユーモラス編で、これまた海野十三ならではの作品といえる。海野自身のシリーズ・キャラクターである帆村は、本作品以降の海野担当分には、光枝をからかう役回りとして毎回登場する。女性探偵は結局男性探偵の後塵を拝するというイデオロギーが見え透いている点が、瑕疵といえなくもないが、これも時代の限界であろう。本作品では、光枝が「当年とってやっとまだ二十歳」の「処女」であることが書き込まれており、当時の男性読者のロマンティシズム（今風にいえば萌え心）を刺戟したであろうことは想像に難くないが、一方で、木々執筆分で示されていた、落ち着いた〈大人〉の女性としての魅力が薄れてしまった感があるのは残念である。なお、水鉛は現在のモリブデンのこと。

ちなみに「いまどき銀座通を歩けば、すぐぶつかるやうな時局柄をわきまへない安い西洋菓子のやうな女！」という帆村の台詞が見られるが、この年の六月に開かれた国民精神総動員委員会が生活刷新案を提示して、いわゆるパーマネント禁止令が出たばかりであった。子供たちは「パーマネントはやめましょう」という替え歌を歌い、道ゆく女性をからかったという。

「危女保護同盟」（大下宇陀児）は、『大洋』一九三九年一〇月号（一巻五号）に掲載された。単行本に収められるのは今回が初めてである。

学生時代、どうしようもなく男性をひきつけてしまうコケットを持った友人が、勤め先の重役と起こした駆け落ち騒ぎの背後に隠された秘密を、風間光枝が解明する。若くして自殺したドイツの哲学者オットー・ヴァイニンガー Otto Weininger（一八八〇～一九〇三）の女性学の書『性と性格』*Geschlecht unt Charakter*（一九〇三）をふまえて、風間光枝を「理想的女性」と規定しているが、単に女性であるだけでなく男性的資質を持つことを「理想」とすることは、〈隼お秀〉の中性的魅力を彷彿とさせなくもない。

「赤はぎ指紋の秘密」（木々高太郎）は、『大洋』一九三九年一一月号（一巻六号）に掲載された。後に『風水渙』（前掲）に収められた。

現実の女性探偵である天野光子は、殺人事件などに関与することはなかったようだが、探偵小説の主人公である風間光枝は、殺人事件に対しても臆するところなく対処する。指紋がはがされた死体の謎を鮮やかに解き明かす一編。ＮＹＫは日本郵船株式会社、ＯＳＫは大阪商運株式会社ないしは大阪商船株式会社の略であろう。

「盗聴犬」（海野十三）は、『大洋』一九三九年一二月号（一巻七号）に掲載された。後に『幽霊放送者』（前掲）に収められた。

ボストン・バッグに小型犬を仕込んで探偵活動に臨んだ光枝が思わぬ危難に見舞われる一編。最後に「もう彼女は、チンピラ探偵でもなく、要監督助手格探偵でもなく、りつぱな一流の女探偵となつた」と書かれているが、海野担当の次作ではやはり帆村の助けを借りる羽目になっている。

ちなみに冒頭で光枝の同僚が「いよ〳〵そいつは、複雑怪奇！」と言ってるが、この「複雑怪奇」は当時の流行語のひとつ。ドイツがイタリア・日本と三国同盟を結ぼうとした一方で、日本の方針がまとまらないうちにドイツがソビエト連邦と不可侵条約を結んだのを受けて、時の首相が内閣総辞職の際に「欧州の天地は複雑怪奇なる新情勢を生じたので」云々と声明を出したことから一般に流行したのだという。

「慎重令嬢」（大下宇陀児）は、一九四〇年一月号（二巻一号）に掲載された。単行本に収められるのは今回が初めてである。

結婚相手を決めるのに慎重な依頼人の女性のサポートをする光枝のある計画が描かれる。作中、シャーロック・ホームズが一本のステッキからさまざまな推理をしてみせるというエピソードは、コナン・ドイル Arthur Conan Doyle（一八五九〜一九三〇、英）の長編『バスカヴィル家の犬』*The Hound of Baskervilles*（一九〇二）の冒頭に描かれている場面である。

「金冠文字」（木々高太郎）は、一九四〇年二月号（二巻二号）に掲載された。後に『風水渙』（前掲）に収められた。

歯科治療のためにはずした金冠に文字が書かれていたという印象的な謎に光枝が挑む。歯科医を題材とした探偵小説は、実は珍しく、その意味でも貴重な一編。光枝が青年医に対して「それは同じ探偵事務に関係のある方でも、帆村壮六先生とか、志賀司馬《しま》三郎《さぶろう》先生とか、或ひはうちの所長とかに御相談なすつたら……」と言うのは、海野担当編のユーモア・テイストに影響されたものか。志賀司馬三郎は木々自身のレギュラー名探偵で、『人生の阿呆』（三六）他の作品で顔を見せる。

「痣のある女」（海野十三）は、一九四〇年三月号（二巻三号）に掲載された。後に『幽霊放送者』（前掲）に収められた。その後、江戸川乱歩・大下宇陀児・海野十三『探偵小説傑作集』（日本文化社、四六）に再録された。

幼いときに家を出た娘が帰還し、後添えの妻はその真偽を判断できずノイローゼに陥ってしまう。光枝は義俠心から真偽を探り出そうとするが、証拠の痣を確認するために帆村と共に家族風呂に入ることを「一大覚悟」というあたりに、時代を感じさせられるユーモア編。

なお初出誌の『大洋』は、本号から判型をA4サイズから菊判（A5サイズ）に改められた。読者からの要望だとのことだが、「これで慰問袋へお入れになるにも便利になつたし御携帯にもまた軽快である」（「編輯後記」）というあたりが時局をうかがわせる。この年の七月には奢侈品等製造販売制限規制が公布・施行、八月には国民精神総動員本部によって東京市内に「贅沢は敵だ」という看板が立てられることになる。

「虹と薔薇」（大下宇陀児）は、一九四〇年四月号（二巻四号）に掲載された。単行本に収められるのは今回が初めてである。

密室内の人形殺しという、大下には珍しく探偵小説的ムードあふれる事件に遭遇する風間光枝だが、トリックそのものは残念ながら肩透かしだといわざるをえまい。ただし、光枝が論理的に謎を解こうとする姿勢を描いている点は、それなりに評価すべきだろうか。

「危女保護同盟」では「理想的女性」とまでいわれた光枝だったが、結局は結婚という〈幸福〉へと導かれていく。前年の九月には厚生省が「結婚十訓」を発表しており、その中に「産めよ殖やせよ国のため」という文言を掲げたことから、人的資源確保のための国策スローガンが流行語になった時代である。大下の筆致は、光枝の結婚への欲望が、あたかも自然な生理現象であるかのごとく、また虹のイメージを借りて美しく描いているが、時代状況と照らし合わせてみれば、国家の要求に屈したと読むことも可能だ。光枝のように結婚して国家の役に立つか、あるいは後に海野が書いた「探偵西へ飛ぶ！」のように命がけの活動で国家に殉ずるか、女性探偵というアイデンティティにこだわるなら後者が理想ともいえるかもしれないが、いずれにせよ〈隼〉シリーズの最終話である「隼銃後の巻」（三七）と共に、都市における女性探偵というありようが成立しがたい時代になっていたことを象徴するテクストである。

〈科学捕物帳〉

以下に収録するのは、海野が単独で執筆した風間三千子という女性探偵のシリーズの、判明している分をまとめたものである。風間光枝と風間三千子とは、その名前の印象が似ているだけでなく、以下の「恐怖の廊下事件」の書誌からも分かるように、海野の中ではほとんど区別されていなかったようだ。

「科学捕物帳」という総題は『講談雑誌』に掲載された際に、タイトルに角書きとして冠せられていたものである。『講談雑誌』一九四一年五月号の次号予告には「科学捕物／青空探偵」という題が示されており、「科学知識を持つた犯人の科学的犯罪わが青空探偵の活躍いかに？」と惹句が添えられていた。

なお、紀田順一郎によれば、風間三千子シリーズには、ここに収録した四編の他に「探偵面」という作品がある由（「解題」『海野十三全集』第七巻、三一書房、九〇）。だが、残念ながら当該作は発見できず、今回は収録を見送らざるをえなかった。諒とされたい。

「鬼仏堂事件」は、『講談雑誌』一九四一年六月号（二七巻六号）に掲載された。後に『英本土上陸戦の前夜』（博文館、四二）に収められた。また、『海野十三全集』第七巻（前掲）に採録された。

機械的トリックによる不可能犯罪は、いわば海野のお家芸のひとつだが、見えない凶器に科学的説明を加えているのがミソ。冒頭に「特務機関から命ぜられた大陸に於けるこの最後の仕事」とあることから、本作品以前に風間三千子の活躍譚が書かれていたことが想像されるが、未詳である。

「人間天狗事件」は、『講談雑誌』一九四一年七月号（二七巻七号）に掲載された。後に『空中漂流一週間』（成武堂、四二）に収められた。

天狗にさらわれた子供が戻ってきたが、実の子かどうかが判然とせず、三千子に判定が任される。先の「痣のある女」よりは、〈科学捕物帳〉というシリーズ名にふさわしいといえようか。まだDNAなどは知られておらず、血液型が唯一の親子関係の鑑定法だった時代の物語であることを念頭においてお読みいただきたい。帆村荘六の、いわゆるサード・ディグリーともいうべき探偵法が読みどころ。

「恐怖の廊下事件」は、『講談雑誌』一九四一年八月号（二七巻八号）に掲載された。後に『空中漂流一週間』（前掲）に収められた。さらに、探偵役を風間光枝に改めたうえで、江戸川乱歩・大下宇陀児・海野十三『探偵小説傑作集』（前掲）に再録された。

石上三登志《みつとし》が、自前の「トリック・ノート」を作成した際に、「電気殺人」の項目に取り上げたことのある作品として記憶している読者もいるかもしれない。ただし、本作品のトリックについては「もうギャグである」と断じ切っている（『名探偵のユートピア――黄金期・探偵小説の役割』東京創元社、〇七）。トリックだけを抜き出せば「ギャグ」かもしれないが、それを独特のスタイルで読ませてしまうのが、海野作品の身上とみるべきだろう。

「探偵西へ飛ぶ！」は、『講談雑誌』一九四一年九月号（二七巻九号）に掲載された。後に『空中漂流一週間』（前掲）に収められた。

本作品のみ角書きが「科学小説」となっているが、内容は純然たる軍事スパイ小説である。「今こそ生命《いのち》を捧ぐべき秋《とき》である。皇国のためになることならば、二人とも、この上の生存には全く執着はなかつたのだ」と「愛国の熱情をたぎらせてゐる」帆村と風間三千子の姿が描かれるラストは、この二人が戦死したことを暗示させる。風間三千子はこのあと、新作としては登場しなかったようだが、それはあたかも、国家のために命を散らす女性スパイの運命をトレースしているかのようだ。風間光枝は結婚することによって、国家にとって有用な存在へとその立ち位置をずらすことによって生き延びたが、銃後にいて、国家にとって有用な子供を産まない女性は、その身体を国家のために投げ出すしかなかったことが象徴的に示されているともいえようか。

〈蜂矢風子探偵簿〉

以下に収録するのは、戦後の海野が創造した女性探偵・蜂矢風子の探偵譚をまとめたものである。丘名義で発表された二編のみ、恋愛がらみの事件を扱うことで、戦前の風間光枝・風間三千子とは違い、より地に足の着いたリアルな造形になっている点が注目される。「蜂矢風子探偵簿」というのは『宝石』に掲載された際に付せられたシリーズ名である。間をおいて書かれた「幽霊妻事件」は初出誌未見のため、シリーズ名が冠せられているのかどうかは不詳。前二作とは打って変わった

SFミステリになっており、蜂矢風子の造形も戦前風のケレン味あるものになっているため、全くの別シリーズといってもいいくらいだが、一応ここでは同シリーズとしてまとめておいた。

「沈香事件」は、『宝石』一九四六年五月号（一巻二号）に、丘丘十郎名義で掲載された。後に『怪盗女王蜂』（高志書房、四七）に収められた。

香りをトリックに使った、珍しい一編。蜂矢風子の探偵業の恩師・南洞雷夢は、本編のみの登場。どことなく〈隼お秀〉の恩師・富田達観を思わせるところがあり、風間光枝・三千子を助ける帆村荘六のような嫌味がないのが救い。

「妻の艶書」は、『宝石』一九四六年七月号（一巻四号）に、丘丘十郎名義で掲載された。後に『怪盗女王蜂』（前掲）に収められた。

まるで新喜劇の舞台を探偵ものに作り変えたような作品。当時の世相を反映しているのかもしれないが、現在なら携帯かパソコンのメールで似たような事件が起きそうだ。

「幽霊妻」は、最初「幽霊妻事件」の題で『物語』一九四七年一月号（二巻一号）に掲載された。後に改題され、『ネオン横丁殺人事件』（世間書房、四七）に収められた。初出誌が実見できなかったため、ここでは同書収録のテキストを底本としている。

事務所に隠しカメラを仕掛けるあたり、「什器破壊業事件《ものをこはすのがしやうばいじけん》」でも描かれる、帆村荘六の探偵事務所を連想する向きもいるかもしれない。事件の内容も、マッド・サイエンティストが絡むその解決も、帆村が登場してもおかしくないような体のものだ。

依頼人と会う際は、助手の春川青年が蜂矢所長の振りをして、所長である風子自身は「すこし脳の足りないオフイス・ガールのやうな顔つきをし、白絹のワンピースを裾短かに着こなして、男の蜂矢探偵のうしろからていねいに頭を下げ」るようにしている点について、語り手が、「どういふ必要があつてそんなことをするのかよく分からないが、とにかくそれは女流探偵蜂矢女史の趣味なのであらう」と述べているのが、ノンシャランな雰囲気を醸成している。現在の視点からすれば、女性が探偵事務所の所長であると依頼人が知ると、信用されないからというような説明が入るところであろう。良くも悪くも、そうしたノンシャランさが海野作品の持ち味のひとつなのである。

巻末に収めた「**都市のなかの女性探偵たち**」は、『国文学解釈と鑑賞　別冊』二〇〇四年三月一五日発行号に掲載された。同誌は「女性作家《現在》」特集号で、本文冒頭にあるように、明治から現代にいたる女性作家・女性文学をめぐる考察を前提として、表題のテーマで依頼されたものである。〈風間光枝探偵日記〉の女性探偵ものの系譜における位置づけが簡略に示されているので、参考までに収録することにした。本論文以降、多くの女性探偵が登場し、また邦訳されていると思われるが、今回はそれらへの言及は見送り、事実誤認を訂正するにとどめた。諒とされたい。

ちなみに、初出誌では、横井論文を紹介する際、編者の菅聡子は、横井が言及できていなかったアマンダ・クロス Amanda Cross（一九二六〜、米）について次のように述べていた。

『女の書く自伝』の筆者キャロライン・ハイルブランは、並行してアマンダ・クロス名義で推理小説を書いている。彼女によって創出された女性探偵ケイト・ファンスラーは、英文学の教授としてアカデミズムの世界に身を置き、自らフェミニズムの進展を体現する存在でもある。実際、60年代に書き始められた第一作では、ケイトはそれほど確固としたフェミニズムの代弁者ではない。だが、90年代まで書き継がれているシリーズのなかで、作品はジェンダーの問題とミステリとしての謎を交錯させていくようになる。

ケイト・ファンスラーは、一九六四年に初登場しており、本文中でふれたドロシイ・ユーナックのクリスティ・オパラ・シリーズにわずかに先行する。ただ、邦訳は、一九八八年に第二作が訳されて後、九六年になっていきなり、デビュー作と最新作を含む四冊が三省堂から刊行されるという経過をとった。このうち、六〇年代の作品には明らかにドロシー・L・セイヤーズ Dorothy L. Sayers（一八九三～一九五七、英）の影響が垣間見られ（邦訳のあるハイルブラン Carolyn C. Heilbrun 名義の二冊の著書には、いずれもセイヤーズ論が含まれている）、菅が指摘する「ジェンダーの問題とミステリとしての謎を交錯させていくようになる」のは、邦訳作品に限っていえば、『ハーヴァードの女探偵』*Death in a Tenured Position*（八一）以降からといえる。したがって初登場時は、ユーナックのシリーズほど、「リアル志向の女性探偵」という印象を受けない。その意味では、むしろP・D・ジェイムズ P. D. James（一九二〇～、英）のコーデリア・グレイの登場以降が、フェミニズムという観点から見た際のアマンダ・クロスの本領が発揮された時期といえるだろう。

ちなみに、ハイルブランの『女の書く自伝』*Writing a Woman's Life*（八八）第六章は、自らが探偵小説を描き出した頃をテーマとしているが、そこでは次のように書かれている。

> 長いあいだ、女には名前がなかった。彼女たちは人間ではなかった。父親から別の男である夫に渡され、つぎつぎに名前を変えながら流通する物体だった。ペルセポネーやデーメーテールの物語が、結婚する全女性の物語であるのはそのためだ。だからこそ、『女主人公のテクスト』のなかでナンシー・ミラーが指摘しているように、死と結婚が小説のなかの女性にとって可能なたった二つの結末であり、しばしば同じ結末となったのだ。というのは、若い女性が主題として死んでしまうと、実体としては存在をやめるからだ。（大社《おおこそ》淑子《よしこ》訳。みすず書房、九二）

右に引いたハイルブランの文章を補助線とすれば、「虹と薔薇」（大下宇陀児執筆）が結婚を示唆して終わること（風間光枝にとって「父親」にあたるのは、探偵事務所の星野老所長であるのは、いうまでもあるまい）や、「探偵西へ飛ぶ！」（海野十三執筆）が戦死を示唆して終わることが、必然的なものであったことがよく理解できよう。「探偵西へ飛ぶ！」の場合、男性である帆村荘六も戦死したかのように読めるのだが、もちろん帆村は戦後になって復活し、活躍しているのだ。風間三千子の方は、結婚という形で国家に奉仕した風間光枝に名前まで簒奪されて、戦後のアンソロジーに収録されたことは、きわめて象徴的である。

また同じ章でハイルブランは、ケイト・ファンスラーに関して、「美貌は、わたしが与えなければよかったと悔やんでいる唯一の属性」と書いている。なぜ「与えなければよかったと悔やんでいる」のかは明言されていないが、いうまでもなく、「美貌」は「流通する物体」としての女性にとって強みとなる価値であり、すなわち「美貌」は男性社会の価値観にそった属性であるからに他ならない。

風間光枝は、六條子爵の目を通して「この女は妻の直子よりも、はるかに整つた顔をして、はるかに美人であつた」（木々高太郎「離婚の妻」）と描写されており、また帆村荘六に「ときに貴女は、なか〳〵い、身体をしてゐますね。うまさうな女といふのは貴女のことだ」（海野十三「什器破壊業事件《ものをこはすのがしやうばいじけん》」）と言われている。後者の場合は、帆村のいわゆる「処女性反発力」を試すためにわざといった台詞であり、実情とは違うという解釈も成り立つものの、いずれにせよ、風間光枝が若くて美貌の女性として造形されているのは、明らかであろう。「危女保護同盟」（大下宇陀児執筆）で、木々・海野が付与した属性に加え、「健康で快活で敏捷」な属性を持つ「理想的女性」とされていることからも、その属性のありようがうかがえようというものだ。これらはすべて男性の視線から見て価値のある属性であり、光枝自身の「流通する物体」性を象徴するものであることには、フェミニズムを背景とする文学理論が普及している現在、注意しておく必要があるだろう。

「人間天狗事件」が掲載された『講談雑誌』四一年七月号については、浜田知明氏から資料の提供をいただきました。記して感謝いたします。

[解題] **横井 司**（よこい つかさ）
1962年、石川県金沢市に生まれる。大東文化大学文学部日本文学科卒業。専修大学大学院文学研究科博士後期課程修了。95年、戦前の探偵小説に関する論考で、博士（文学）学位取得。『小説宝石』で書評を担当。共著に『本格ミステリ・ベスト100』（東京創元社、1997年）、『日本ミステリー事典』（新潮社、2000年）など。現在、専修大学人文科学研究所特別研究員。日本推理作家協会・日本近代文学会会員。

風間光枝探偵日記 〔論創ミステリ叢書31〕

2007年10月20日 初版第1刷印刷
2007年10月30日 初版第1刷発行

著 者 木々高太郎・海野十三・大下宇陀児
装 訂 栗原裕孝
発行人 森下紀夫
発行所 論 創 社
〒101-0051 東京都千代田区神田神保町2-23 北井ビル
電話 03-3264-5254 振替口座 00160-1-155266
http://www.ronso.co.jp/

印刷・製本 中央精版印刷

Printed in Japan ISBN978-4-8460-0719-5